西风消息

李万华 著

天津出版传媒集团

百花文艺出版社

图书在版编目（CIP）数据

西风消息 / 李万华著. -- 天津：百花文艺出版社，2016.5

ISBN 978-7-5306-6986-0

Ⅰ.①西… Ⅱ.①李… Ⅲ.①散文集–中国–当代②随笔–作品集–中国–当代 Ⅳ.①I267

中国版本图书馆 CIP 数据核字(2016)第 081880 号

选题策划：汪惠仁　　　　　　　装帧设计：郭亚红
责任编辑：张　森　田　静

出版人：李勃洋
出版发行：百花文艺出版社
地址：天津市和平区西康路 35 号　邮编：300051
电话传真：+86–22–23332651（发行部）
　　　　　+86–22–23332656（总编室）
　　　　　+86–22–23332478（邮购部）
主页：http://www.baihuawenyi.com
印刷：天津市永源印刷有限公司
开本：787×1092 毫米　　1/32
字数：166 千字　　插页：2 页
印张：8
版次：2016 年 6 月第 1 版
印次：2016 年 6 月第 1 次印刷
定价：29.00 元

序

匈牙利电影导演贝拉·塔尔喜欢用长镜头挑战观众的耐心，他的《都灵之马》尤其如此。电影一开始便是马夫驾车在风中穿过旷野走回家的长镜头，无休止的狂风，翻飞的碎屑，萧瑟树木，天边落日，锯子拉过心脏一般的沉重配乐，马不停地走，不停地走。这样一个镜头，竟然长达几分钟。影片的内容其实简单，荒原上的一间破旧小屋，胳臂残疾的沉默父亲和同样沉默的女儿，一匹马，相似而重复的六天时光：冬天的暴烈之风在原野呼啸，风同时刮起尘土和树叶，并将乱蓬蓬的头发弄得更乱，卸下马车，打开木板门，将马拉进光线幽暗的马厩，给它耙来干草，脱去外衣，给炉灶添上木柴，火焰翻卷，烧水，煮土豆，插上门闩，听着风声和瓦片掉落的声音睡觉，早晨起来，未及洗漱，裹紧衣服去汲水，拿起斧子劈木头，在两根柱子间拴上绳子，晾衣服，收拾马粪……如此反复。

如果排除掉影片的哲学思想和无处不在的象征隐喻，无关乎尼采与马的传说，脱离影片的道德规劝，以及贝拉·塔尔的绝望："死亡瞬间，我们不会再纠结所作所为是否有意义，我们、已老去的灵魂、这个世界，都不复存在"，只以父女俩的日常生活而言，那里面一天与另一天，一时与另一时，一幕与另一幕的重复，何等单调，枯燥乏味。

然而这何尝不是我们每一个人所应对的惯常时光。

不过贝拉·塔尔的电影自有它的迷人处。他不表现庞杂内容，不呈现宏大场景，不会让时间跨度大到几个世纪。他只表现富有质感的细节，简陋之物，行为的一次次重复，缓慢时间，个体的日常生活，平淡，边缘……我于这一些，总有耐心相待下去，有时也在某种相似处，心有所动，觉得它们不会轻易陷入涌动的暗潮中去。

大约从 2006 年开始玩博客，那时胆子大，逢着一个节气，某种时辰，或者一段情景，某个梦，触发某种情绪，便在博客中记录下来。那时尚未搬家，住一楼，窗外是一家建筑公司的老院子，有长满苔藓和衰草的破败屋顶，有废弃不用的小小烟囱，暗旧红砖的墙头上，有猫咪女王一般走过，墙根一排青杨树，来往喜鹊、啄木鸟、布谷和斑鸠，夜晚，猫头鹰会偶尔啼叫。那时，我尚未迷上古典音乐，博客背景音乐中总是姬神，总是范宗沛，总是神秘园和爱尔兰民谣。那时，我养着一只名叫林黛玉的白猫，逢着落雨，或者风过，窗外青杨潇潇不已。

这本书中的一部分文字，便来自那时博客记录。它们有点像贝拉·塔尔的电影，个体的平淡，细节的重复，并且乐此不疲。

我于人事，一概糊涂，并且木讷，然而越是糊涂，越懒得琢磨，但越不研究，越是糊涂，如此往复循环，连连不断，碰到不少束手无策的窘况，后来索性不闻不问，任它逍遥。但对于自然界的物事，一些花鸟鱼虫，片时雨雪风霜，或者一些毫无逻辑、荒唐可笑的梦，一段少时记忆，总是好奇，总是痴迷，于是这又成为一种循环。

不知从何时起，周末总想往山川野洼跑，夫君便开了车，载着我走。都是随意而行，进一条沟，翻一道岭，过一道川，只要车子能拐。也不管时节，春寒料峭，秋雨连绵，还是浅山寒雪，都由着性子来。这样漫无目标地将一条路往尽处行驶，结果往往会逢着料想不到的景物，加之夫君风趣幽默，为人良善，总能在山中人家讨得几杯茶喝，于是越加想往山野中去，哪怕那番风景早已熟悉，还是想一遍再一遍地看，直到记在深处。

这本书中，另一部分文字，便来自这些山野记录。

书中其余篇章，书写初衷并不明确，或许只是记录时光的模样，塔可夫斯基那样。

贝拉·塔尔的电影几乎将塔可夫斯基的风格发展到了极致：缓慢摇移的长镜头，黑白色调，对画面近似洁癖的要求。但他的电影中，我们看到更多的，是符号象征和隐喻，而塔可夫斯基的电影中，我们看到的，更多是时光的方式和模样：原野上，一座失火的草棚；雨漫进窗台，流到地板上；乡间祖屋，白桦树叶子飒飒作响；植物横生的花园，年轻母亲绾着发髻坐在栅栏上；扬起的花边窗帘，小小孩童正走过荞麦田；影像中穿行的奇妙声音，父亲的诗句，一幅达芬奇的绘画作品；风过时，像一千只鸟飞起来的树林；一扇总也推不开的门，母亲和土豆在里面；树林里的一段朽木，核桃一般碎掉……梦境和幻象交织，片断碎裂，记忆穿梭，但时光总在那里，并且留下身影。

很多时候，我看塔可夫斯基的电影，几乎就是在看时光存在的方式。在那里，时光并不是单一的流动。一截树木朽在林子中，它身旁的苔藓和菌类不断将时光推陈出新，一朵花蜷在花苞里，徐徐绽放，然后在暮色中凋零，时光在那里画出抛物线。返身自观，我便也见到某个转身后，曾经的闲淡散漫，抑或仓皇失措，时光都没有像一枚玻璃弹丸那样，从我身上逃离掉，我的日子不论风清，还是浪浊，我都和时光彼此绑架，一荣俱荣，一损俱损。

我因此尝试写下时光的模样，尽管笨拙。我所触，我所回忆，我所梦。一朵花，一株草，一棵树木，小而小的蚰蜒，或者一颗流星划过天际。我也零散记下某一时刻的我，阳光下的嬉戏，夜半梦醒，山冈上，和一缕风擦肩而过。

如此，如此。

感谢大地上一切静谧的人事和物。

李万华

2016 年 3 月

目　录

辑二 从立夏到大暑

辑三 从立秋到霜降

辑四 从立冬到大寒

西风消息 —— 李万华作品

辑一 从立春到谷雨

001.立春

　　总有一些消息,在不经意的时刻冒出,仿佛无心,又似有意,春天似乎因此动荡,又显得繁忙。不过想一想,哪个季节又会无所事事到袖着手四处闲逛。季节无非是几根钢丝和尼龙拧成的弦,张力足够,却拉不断,吱吱啦啦地回旋着,我们有时听得见,有时又可以当作耳鸣的顽症:寂静时它丝丝游动,喧嚣时它遁去身形。这样一说,季节似乎又是一尾巡游之蛇了。四季如若果真平铺直叙,机械更迭,又无法老去,创不出新意,它是否因此感觉疲惫,以至厌倦。我看电影《返老还童》,看出对一种既定程序的倦怠。如若我们都是本杰明,四季该怎样轮转才不羞惭。

　　至于春天的消息,一些或者一切,譬如枝上花或者黄金柳,我看没有一件比云飞来得更早,所谓东风随春归。只有风起云动,而后才可能草长莺飞。一切看似突兀的事情,必定有预设,如同我们的一些忘却,曾经被追忆。

　　这一天与昨日没有区别。榆树、红灯笼、春联、彩色风车、福禄寿三星的年画、绢制荷花和牡丹、糖葫芦、大灰狼气球。我看见它们,在小镇街头,甚至有人将待售的红灯笼挂到榆树萧散的枝条。人们从乡下赶来,购买冰冻的鱼、猪脚、牛肚、鸡爪、芹菜、炮仗……匆忙喜悦,小街因此熙攘。如果区别存在,也只在天空。从人群中挤过,抬头,我看见太阳早不是昨天那一张贴在高处的圆白剪纸,薄而寡淡,而是一面经过反复擦拭的铜镜,它的光线尽管没有暖意,没有劲道和力度，然而分明。我甚至想象它是来自汉代的一枚铜镜，装饰着"见日之光，天下大明"的铭文。它背后的天空依旧如同昨日清寒，云却已经失去丝丝缕缕的黏性，春饼般卷起。想来云原本也有休眠期，有兴奋和抑制，有烦躁不安，也有童声合唱一样的嘹亮清越。

社区卫生院，慈眉善目的老中医在处方上写下柴胡、党参、茯苓、枣仁、白术、苍术……我仿佛看到满坡的柴胡花黄，党参蔓横，嗅到夏季水缸中那一块苍术浓郁辛烈的芳香。

"白术守而不走，苍术走而不守，故白术善补，苍术善行。"我无法一一看到这些植物曾经苍翠的容貌，也无法脱离药物而给予它们一些尊重，我只是觉察到它们的好，却说不出缘由。

东南风起。

002.雨水

昨夜梦得一坡油菜花开，竟是"一气初盈，万花齐发，青畴白壤，悉变黄金"。在梦中，我以为大地的模样就是这样：金黄，暗藏柔韧的劲道。但是梦中有人说：风吹雨打，花落叶下。

这之前的某一日，我在老屋檐下闲坐。这是乡下，阳光没有杂质，尚未长出新叶的梨树在院子中央，枝杈如同龟甲兽骨上的笔画。它旁边，一棵沙枣树歪着身子，旧年的妃色果子小如豆粒，果皮上布满黑点。想一想，如果每一种果子都如此闹脾气，不肯掉落，年长日久,果树会成为什么。一只猫咪跑过去,爬上大板夯筑的土墙,又从墙头跃到树枝上,停驻。看上去,它的这一行为没有任何意义。墙头露出远山一角,清冷的风从屋外榆树的枝子上滑下,近处耍社火的锣鼓节奏铿锵。也有一两声鸦啼,仿佛冬季还未离去。我们喝咸茶,偶尔说话。脑中无舟楫的片刻散漫,清波亮出光斑。其间记忆自在身边游走,觉察时它们已经遥远,并不与我发生多少关联。而在沉默时刻,我总能看见时间踮着脚,小毛贼一样扛着些破烂玩意走过。一扭头,我甚至看见多年后我们自身的白骨,在阳光里静坐。它们洁净、温润,泛着光泽,它们完好无损,姿态娴雅,仿佛正在轻颦浅笑。

现在想起,那一天仿佛来自一个遥远过去,又仿佛取自未来。眼下转瞬即逝,未来遥不可及,过去是什么,一棵沙枣树,抑或只是一场回忆?

然而回忆未必可靠。电影《去年在马里昂巴德》中,一场或许并不存在的相遇被男主人公回忆得历历在目,仿佛它刚刚发生,彼此的气息还没在花园的雕塑下散去,不过被另一个人忘记。如果遗忘表明过去并不存在,那么回忆,是否果真能杜撰出一个过去。

这一日夜间,我听见窗外檐漏,滴答滴答,屋顶积雪正在消融。我有多久不曾见得冰雪融化的样子?旧日那些冰凌挂在屋檐,雪水晶莹,春风沿着河道走过的情景,我并未生疏。一些情景日日重复,回想起来却如同空设,一些情景一旦露面,便被魔术长久定格。小时候接触物事存有局限,不能一一看尽,然而相待之心细腻专注。成年后,时刻穿行,其间柳暗花明,抑或山重水复,我们却已习惯顺水流逝。

其实我并不知这是哪一日的积雪,我从乡下老屋回到小镇,它们已经存在,在楼层背阴的角落,树根,砖瓦的缝隙。它们在那里沉积,并且渐渐瓷实,它们的表面因此变成薄薄冰层,反射光芒,仿佛一些特立独行的人,"过言不再,流言不极;不断其威,不习其谋",并不依附。

《礼记》说:始雨水,桃始华。这节候的物候,本以中原为主。在青藏高原,这一切都将姗姗来迟。

003.惊蛰

前夜或者它的前一夜,我从梦中反复醒来。我听到一种声响,自窗棂传入。窗外有青杨、断墙、破败屋顶和枯瘦青苔,再远处,是废弃的黑烟囱和连绵山脉。起先我以为那声音来自人们送亡时吹奏的唢呐,音调悲切,断续呜咽,黄白纸钱正在黎明前的暗色中上下翻飞。听几声之后,又觉察出一些异样。那声音起先在近处的低矮墙头,后来便逃逸到瓦楞上去,在那里短暂停留,又钻入狭窄小巷,远远而去。醒来与睡去的过程是不断陷入迷魂阵,片刻清醒,觉察出四围灯火青灰,阴风森森,恐惧如同爬虫丝丝游动,片刻又沉入梦底。到后来,当一缕灰白天色浮动到纱帘,我终于明白,那是一只夜猫在叫。

我以前时常听见半夜猫叫,却不是这般状况。那往日的猫叫总带点幽微暴躁,带些小的愤怒,仿佛丢失奶嘴的幼儿,满是寻找的急迫,让人偷笑,又仿佛一些斗得眼红的顽童,正在上墙揭瓦。前夜的猫叫声竟有几分凄楚。我想像那声音该来自一只渐渐老去的猫，它有沉静面容，威武的胡须。白天，它时常蹲在屋顶青苔旁。那是一种猫族长久延续的姿势，尽管老去，但不失优雅。有时我打开窗户，拿些食物，唤它来吃。它不为所动，蹲在那里，神情专注，眼神并不急于肯定或否定什么。观察，但不说。

说不定有些人模仿着猫而生活，过去我总这样想。但是有一天，米兰·昆德拉说：在妓女的世界和上帝的世界之间，弥漫着一股刺鼻的猫尿骚味儿，如同分隔两个王国的一道河流。我习惯将猫放置到一副牧歌的图景中去，时光悠然，然而米兰·昆德拉关于猫的这一说，几乎带着撒旦的微笑，让人心存芥蒂。

今日早起，见得天地罩着寒烟，薄云扯成灰白一片，远处没有山峰逶迤的影子，仿佛冬天刚刚醒来，打着霜花四溅的呵欠。近处是零碎雪花。它们在地面上，刚好能印出鸡爪。午后起风，并不轰隆。这风肯定不是天风，没有浩荡，也没有剪水的老庄，"天风海水，能移我情"，也不是这样。这风只来自世间，刮着些微杂乱。

我在这一天想起"仓庚鸣，鹰化为鸠"（《礼记·月令》）这句古语。我宁愿相信鹰变化为鸠，而不是鸠替换了鹰。变化是神奇，譬如白狐俯身一变成为报恩的女子；替换充满了不确定，比方那狸猫换了太子。

004.春风

风一直刮着。昨天和前天没有区别，今天和昨天没有区别。我耐着性子听它们叫嚣,并不烦躁。在这之前,高原的风在山路上低头走过,或在黑夜敲窗,总带着愧疚的模样,仿佛不是它自己要来搅扰我们,而是被胁迫。如果在夏季,风也会轻盈得仿佛口哨,吹过长满红柳和沙棘的河谷。那时,狼毒花正在满地打滚,蜜蜂大的黄蝴蝶飞过头花杜鹃丛,龙胆小而小的紫色花瓣满山坡铺展。然而这几日的风迥然不同。

它们总是在午后叫嚣起来,卷起尘土,扑向刚才还在阳光中发亮的细长街道,以及低矮建筑。它们几乎从四面刮来,没有方向,仿佛来不及预定下一步要突破的缺口,心思混乱,仓促,莽撞,并在自己的世界中自暴自弃。它剖碎自己的肢体,将它们摔在窗户、门楣、信号塔和行人不耐烦的脊背上。它同时刮过青杨枝,瓦楞间的衰草和鼓楼五瓣梅的盘绣图案上。仰头,我看见蓝的天空,几片云,以及一些渺远的淡烟,这已经是春季的天空。这样的天,以及这样的风,这样不搭调,仿佛天空依着季节前行,大地倒在后退。而这些风,似乎更有了决意毁坏的心,有了一去不回的决绝。并且是凌厉的,一去不回。再不顾盼,再无留恋。带走愿意带走的,留下你们不愿看见的。让你们,在浑黄的沙尘里,死心塌地。

在以前,那该是多久之前,一个夜晚,又一个夜晚,风穿过云杉林,以及白桦树梢,风在那里弄出的声响,仿佛山下河水大声流淌,那时,长耳鸮在断崖上啼叫,山下的犬吠一声比一声遥远,我坐在木屋里,守着油灯。爷爷说:一个年轻猎人决定和棕熊比高低,熊走过来,遇到大柏树,"啪"的一掌,抠去柏树一大片,猎人见了,将手朝另一棵树拍过去,也是"啪"一声,树没动,手掌生疼,于是猎人放弃决斗,仓皇逃遁。我想笑,因为我认定爷爷就是那年轻的猎人,但是木屋的门板被什么拍得啪啪响,我想该不会是棕熊吧,爷爷说,那是春天的风。

现在,在古旧的宋词中,或者南方,此刻一定是花露重,草烟低吧。"南园春半踏青时,风和闻马嘶;青梅如豆柳如梅,日长蝴蝶飞。"宝马香车,雕鞍绣辔。才是骏足随花,忽而画堂燕归。

但在这青藏高原的一个小镇角落,我听不见燕在梁间呢喃,看不见一树一树花开,甚至不见一丝拂人的绿意。清晨云飞成鸟的模样,午后又被狂风推至山峦。傍晚我推窗时只看见天上弯月,挑在依旧枯瘦的青杨枝上,仿佛正在等待出售。

005.春天的鱼

夜晚,憨实的鹦鹉鱼卧在水下,头塞到草丛之中,腹鳍贴着缸底,像一只猫咪。我以为鱼儿酣睡的模样便是如此乖巧。我甚至不忍惊动它,不敢在房间中轻声走动。早晨,我看见鹦鹉鱼躺在水面,已经死去。鹦鹉的身体两侧各有两枚花朵,红花黑梗,仿佛用针线一点一点绣成,手法拙朴。在此之前,有人来看鹦鹉鱼,我打诳语,说那两朵花是我用颜料一笔一笔画出。那人未必全信,但她靠近鱼缸,仔细探究的模样惹人发笑。

其实我从未尝试过给一朵鱼儿描上花朵,我也从不曾将我白色的猫咪染成粉红。

前一段时间翻书,见安·契诃夫在《萨哈林旅行记》中写库页岛,说它很像一条鲟鱼。后来做梦,见到库页岛,它像我家鱼缸里那条名叫奶糖的金鱼。鱼没成为大象,这个梦便失去新意。在梦里,世界地图展现在我眼前,亚欧大陆像我脖子上的蓝色桑蚕丝巾,太平洋倒是灰白,仿佛盛在碗里的一片月色。奶糖在亚欧大陆的东端,向北游动着,阿穆尔河像甩下来的一条细线,钩着它的嘴。梦里,有人问:阿穆尔河,它注入库页岛的,是鱼饵,还是氧气。

鱼缸里还有一条名叫地图的黑鱼,我不知道地图是它的品种还是名称,卖鱼的人说它叫地图,我们就叫地图。它黑色的底上长些橘红色斑纹,生了锈一般,地包天的大嘴巴,像掉完了满嘴的牙。这条黑地图在鱼缸里,像一截飘忽而来又飘忽而去的黑色念头,抓不住,但也驱除不掉。它起先吃掉另一条小而白的地图。它们是同类,怎么下得了口。我站在鱼缸前准备给它说些难听的话,比如我喜欢凛冽的西风,但不敬仰咄咄逼人的鱼之类,但没说出口。后来它撕咬像库页岛一样的奶糖,过两天,库页岛就不见了。

飞船是鱼缸中最大的鱼了,有四十码的皮鞋大,白中透粉的身子,舒缓优美的两条丝鳍。它也是会认人的鱼。资料说,它性情温和。但它总是追着咬地图。时间一久,地图也就不见了,最后鱼缸被飞船独占。然而飞船不甘寂寞,开始撞缸壁,碰出大的声响。屋子里如果没有曲子回旋,总是很安静。我在书房里,忙一些不重要的事,不经意间就会被它撞出的声响吓一跳。有时我坐在鱼缸旁的沙发上翻书,偶尔一翻书页,或者一起身,也会吓得飞船在鱼缸中东奔西突。算下来,我吓飞船的次数和飞船吓我的次数也对等了。有人说，鱼最忌惊吓，我学着小心谨慎地在屋子里来去，但是它照样将鱼缸撞得咚咚响。真不明白，飞船为什么要那么狠劲的撞鱼缸呢，因为是春天到了的缘故？

鱼儿在春天会是什么状态，我不知晓。有资料说，春天，草长莺飞，鱼会纷纷外出活动，大量进食，成群游弋，活动范围极广。果真如此，我也就理解飞船了，它也许厌倦了孤家寡人的生活，想外出寻觅朋友。但有时候，我又忧心，它是不是因为看不到春天在鱼缸上的倒影，开始绝望。

006.长寿菊

踩着积雪去社区卫生院。二月末的雪总是下，总是下。在雪中，近处的楼层和远山连成一体，竟也凹凸有致，比起晴天楼是楼，山是山的分明反而蕴藉。韩愈将一首《春雪》写得一惊一乍，像个小孩子："新年都未有芳华，二月初惊见草芽。"在青藏高原，正月开花不现实，二月见草芽也属虚幻，雪花肆虐倒是常见的景致。或许是春雪见得多，上班路上鞋子常陷进积雪中去，漾得脚踝时时湿冷，因此始终无法像韩愈那样拍手赞叹："白雪却嫌春色晚，故穿庭树作飞花。"春雪到底还是雪，落到地上一片茫茫，落到枝上，也还是雪爪子模样。

抓几服草药出来，走几步便跨进一家花店。逼仄的屋子雾气腾腾，摘下眼镜才见得一些草木在花盆中葱茏。暖气烘烘，加湿器嘶嘶作响。便是在供暖的房子里，高原的花也开得艰难。不过是习惯了的事情，如若高原的二月三月春花烂漫，四月五月杂英满了芳甸，有人恐怕也要韩愈一样惊呼。上帝安排事情可能是掷骰子决定的，因此有些人一辈子迷在花丛中，有些人看见树木注定要大喊：看哪，那么大的草。

挑一盆长寿菊，巴掌大的褐色塑料小盆，盆体已有裂缝。盆中勺形的小叶子开始萎黄，花朵也小，细密的管状花瓣簇拥成纽扣大的几枚，一些浅红淡紫，无助得像个留守儿童。卖花人明显带了嫌弃那盆花的意思，说五块钱你拿回家去。怕门外的寒冷冻伤花朵，罩几层塑料拎回家，移植到黑地黄花的陶盆中。我做事情总是凭感觉，有时异想天开，想着有道理跟没道理一样，结果毫无道理可言。我在花店挑三拣四后，捧回的居然是别人试图放弃的花朵。

其实将长寿菊摆在红砖砌就的花园墙上更耐看。母亲种一院子花，翠菊、波斯菊、大丽菊、虞美人、野罂粟、碧桃、五台莲……有些花喜欢攀高，就长到墙头和屋顶上去招摇。母亲于花是娇宠的，由着它们的性子。我从山中移来野芍药和黄花铁线莲，居然没成活，因此认为花心是偏的，跟人一样。一院子花花枝枝，母亲独将长寿菊栽在陶盆中，摆到花园墙上。若遇到烈日或者冰雹，母亲还要将它们搬进搬出，这使得长寿菊与众不同。那时高原的天总蓝得往下掉，遇到一整天没事情做，我宁可躺在晒干的青草上做僵尸，也懒得去侍弄这些花。那时年幼，不知道人一辈子其实要跟变化打交道，更不知道，其后某一刻，我读到"芳草纵天涯，不知人何处"时，也要因为母亲的早已离去戚戚然。

开火，熬上中药，看处方。中药名都好听：党参、白芍、黄芪、金钱草、元胡……党参我熟悉，细枝软藤，袅娜在荆棘丛林中。又跑去看阳台上的长寿菊。跻身阳台的，还有其他花草，金钻叶子过于霸道，虎耳海棠将玫红的花瓣撒到各处，七彩凤仙高秆上蹿……都屏着一口气生长。长寿菊花朵那么小，小猫小狗一样，蹲在它们之间，让人怜爱。我以前看花，总没有这样欢喜得要捅到怀里去的想法，是不是因为那些花朵都有些高洁意味，不让人亵玩。便想人们为什么要给花朵也赋予一定的秉性或者品格呢，真是闲来无事的败笔。

007.有春雪的夜晚

春雪到底还是丰盈，一茬一茬，比起四季草木，显然灵泛得多。如若草木今日枯去，明日便荣，也劳累。我在大雪后的早晨看见背着女儿朝学校奔跑的父亲，也看见穿深口棉拖鞋的母亲，牵着背书包的儿子，在大雪中疾步。我跟在她身后，踩着她的脚印前行。耀眼蓬松的雪地上，她的脚印深浅不一，参差有别。我想着日子如若留下足迹，也一定如同眼前脚印。它们掉落在不同时刻，独步，层叠，一页一页没有重复。它们也将在不同时刻消融，化为一摊雪水，而后蒸发不见。

有春雪的夜晚，我看见月亮长着一层淡黄色绒毛，有时又像一颗刚剥掉外壳的荔枝，水分充盈。这样的夜晚，星星总稀疏，仿佛它们也在不停掉落。这些寥落的星辰，它们的衣着各有不同：橘红、浅粉、淡蓝、莹白、奶黄。我看着它们，再无法将它们想象成更多其他形象，譬如耳钉，譬如猫的眼睛。倒是有一些似是而非的判断，仿佛谬论，茁壮繁衍。想象力不断丢失，美好的事物露出原型，这是个长大的过程，又似乎是个学习的过程。我们一路走来，为什么总有着熊逮旱獭的嫌疑，一些得到，一些丢失。老人说聪明的熊在它明白腋下最终只有一只旱獭时，会气得拍胸脯。我们似乎连胸脯都懒得再拍，毕竟丢失的也只是些清明无用的东西。

午后的睡眠总是漫长，仿佛暗夜与白昼反复交替，又仿佛混沌未经开窍。而梦总是零零散散，如同梨花院落，柳絮池塘。夜晚，依着沙发，听一段柴可夫斯基第一弦乐四重奏，第二乐章仿佛总是在诉苦。换掉，放勃拉姆斯《G小调第一钢琴四重奏》，吉利尔斯和阿马迪乌斯四重奏团的版本。这个小个子的钢琴家，总能在键盘上呼啸风云，我喜欢。然而第一乐章的快板并没有结束，竟又偎着沙发靠背睡去，音响中那一段吉卜赛风格的回旋曲都没能起到干扰作用，醒来时，灯光莹白，叙事曲已经结束，屋角龟背竹的叶子似《千与千寻》中的无面人，窗外寂静无声。

如果明日继续春雪，以至一场白盖住另一场，直到碧桃花刚好早开。那时白雪蹲踞在绯红的花苞上，兔子的耳朵一般，俏皮又秀雅。如果恰巧又有一两枝探出斑驳院墙，墙根走过一只猫咪，这样的景致，在幽僻乡村容易碰到。楼房里的假设来得容易，如同一场雪纷纷扬扬，但也消失得快捷，如同冰水融尽春归去。倒是旧年的记忆比较真实：翌日起来，发现春雪覆盖在云杉的枝杈上，将枝杈压弯，怎么看，云杉树上都是壮硕的雪爪子。

008.一本书

水烧开,让它慢慢冷却,将漂白粉沉淀下来。药材倒进砂罐,注入凉水,浸泡半小时,放到电灶上,慢慢煎熬。这些药材,有些我早已熟悉,譬如党参、白术、茯苓,有些,第一次接触,无法叫出名字。

小时候有大半时间在原野嬉戏,自然认识多种花草。那时候,认识一种植物,似乎仅限于知道它长在哪里,什么模样,开什么花,结什么果,怎样零落。如果没有名字,我可以随便将它称呼。这样的认识显得轻松随意。如同在常年行走的街头碰到的那个人,知道她穿什么衣服,何种发型,何时出现,她的眼神祥和还是冷厉。与她对面,不用招呼,不用客套,擦肩而过时,仅知道她就是这个人,彼此没有任何交涉担负。对草木即便是这样浅显轻松的认识,也总有陌生叶子时时冒出。我无法将它们一一知晓,如同我无法知晓每一个到来的春天,风最先在哪面山坡行走,花苞,最先在哪个枝子翘起。

一剂药煎三次,分别煎好,和在一起。这期间,需要等待。记忆中的等待总是漫无边际,如同那个春日午后。午后落起小雨,园中雨水逐渐沉积,成为浅池。雨水使春天变得寒冷,缩手缩脚。我坐在檐下,等候雨过天晴。雨滴落下,水面溅起小小涟漪,此起彼伏。有时雨滴来得紧密,涟漪将水面划皱,有时又有停顿,一波涟漪舒展开去,直至消失。起初,我能耐得性子,看着涟漪数数,后来腻烦,觉得雨滴不再是雨滴,而是时间慢悠悠的脚步。时间如此心怀叵测,藏身雨滴之中,像举着甲虫回身洞穴的蚂蚁,它们的身子隐而不见,只露出一溜长着绒毛的杂乱细脚。

那些春天的时间总是用来挥霍,哪怕百无聊赖,坐等它慢慢过去。现在已经适应时间哗哗喧嚣,向前涌动。拿一本书,一边读,一边等药熬成。都是顺手拿起的书,这些书被随意放置,茶几,饭桌,古董架。翻开哪页都成,如果书本内容有完整情节,便将它的情节拆开,成为零碎,如果书本内容原本散淡,我怎样读都感觉自在闲适。也会读一页,搁下,看看窗外。这个春天的变化并不大,公寓楼下的沙枣树还结着去年的果子,墙根,蜀葵旧年的茎干萎枯在地,好在那株西府海棠总算露出些淡绿的芽孢。没有什么书非读不可吧,突然想。我手上拿的是勒克莱齐奥的《非洲人》,薄薄一册书,插几张黑白照片,关于非洲的记忆,俄果雅时光,走在喀麦隆西部小王国的父母亲, 这是只属于作者的记忆, 哪怕这本书被无数人阅读。如同无数人走进春天的原野,踏青、赏花,在一棵苹果树下谈诗喝茶,那只是一些个人片断,春天它只属于春天自己。一本书,或许是高山花朵,是清冷夏季风,是枝头鸟叫,或许是筋脉结构,是粉尘交错,是待定以及命定的程序,我遇到,或者欣然忘食,或者淡然相处,但我始终无法将它全部拥为己有。

《麦田里的守望者》中,安托尼利先生对霍尔顿说,要知道自己大脑的准确尺寸,好恰当的将其武装起来。我从来没想过用一本书武装自己的大脑,我想象自己与一本书不过是偶尔相遇。

事实也是如此,我已经错过山冈上无数花开,也因此粉碎和熄灭过无数念头。但是花香在每一个春天都要将山冈熏醉,而我总是朝着同一个方向持续行走。苏轼在他的《黄州寒食》中说"年年欲惜春，春去不容惜"，原本如此，何必执迷。

009.栀子

谷雨后，买来一盆含苞的栀子。花苞紧密瓷实，淡绿苞片向右旋转，将花瓣包裹。花迟迟不开，数一数，两星期早已过去。我想栀子在高原，大约也只能如此，如同曾经养过的白山茶，年年打苞，从不知道绽放。二十多天后，终于有一朵花耐不住性子，启开白瓣，同时散出芬芳。一朵花完全绽放的时间也是悠悠的长，用去一整天。我因此判定栀子是个慢性子，急不来。夜晚，我将栀子花盆搬到书桌上，浓郁花香漾开来，弥漫屋子的幽暗角落。嗅闻，抚摸，我将它当作粉雕玉琢的雏儿。

我于栀子，并无多少记忆，这毕竟不是高原的花。影响多一点的，就是关于栀子的文字。它似乎是极坚韧的植物，折下一枝随便插进土壤，就可生根存活。那时的女子似乎喜欢将栀子花插进头发，想来那也是另一番清淡的娇艳美好。眼前的一种事物，如果对它没有可以偶尔一掀的回忆，相当于不认识。而对于不认识的事物，想象自然要丰饶。元代许有壬的一首《鹊桥仙·赠可行弟》中，起句便说满园花香，花阴匝地，也不说清楚是哪一种花在散播浓郁芬芳。能香远益清的花朵，我所知道的，也就是栀子、风信子、水仙、丁香、桂花。风信子和水仙想来难以成丛，丁香在夜晚，倒可以成为黑色的一团，但丁香体弱，又多愁，不宜生活在江南的山野，桂花开在金秋,剩下的,也只有栀子。我因此将那在有月亮的静谧夜晚飘溢满园花香,且匝地花阴的植物,想象成大丛栀子。"南坡一室小如舟,都敛尽、山林清致",栀子也许就生长在这样的地方,至于屋主人,都是极懒散的:竹帘半卷,柴门不闭,在一个个暮春,高卧酣睡。

但是想象未必可靠。

喜欢的小事物,平时总能碰到。路途上的猫咪,熟悉和陌生的树木,一些花,几段乐曲,啁啾而不见身影的鸟雀,花苞一样的孩童,几朵云。总能遇见,但也总是擦身而过。我不能在一棵开花的沙枣树下老去,不能在鸟雀的翅膀上睡到日暮,我也不能将一池清水坐出绿藻。我们行进的路交叉纵横,如同溪流大河,网格繁密,一个交汇点与另一个交汇点看上去也许没有区别,故事大同小异,结局雷同,但相遇的瞬间总有惊喜,让人安宁愉悦。

我去买花,喜欢挑小而瘦弱的植株。将它们带回,换土,施肥,看它们的绿叶慢慢泛出油光,枝子逐渐强壮,心中自是欣喜。有时也埋下种子,进行扦插,静心等待。小植物让人怜惜,若日日照看,亲自养护,那份心情与养育自己的孩子没有区别。栀子花还没凋谢,我便剪下小小一枝,泡在清水中。过一段时日,去山中云杉林挖来些黑色腐殖土,装盆。居然枯萎。继续扦插,等待成活。

高原气候寒冷,氧气稀薄,降水缺乏,南方的植物能在这里存活,实在是不容易的事情,我因此不着急。

春风淡荡。

010.却藏寺

进入却藏寺时，春天的风正冷，天空阴沉。虽然节气已过立夏，气温却依旧在十几度左右。青藏高原就是这样，春季从夏日开始，初秋又会跟着暮春，冬日漫长。节气一成不变的到来，但季候特征并不明显。然而这有什么关系，存在总有它的合理，出现都在正当时候。所谓早，那不是早，所谓晚到，那不算迟，于是便成习惯。此时，远处逶迤的祁连山还罩着白雪，清冷之气将山峰和大地连在一起，青稞刚刚长出地面，不足半寸的嫩绿从山脚铺展，平缓起伏，如此新鲜。路旁青杨树的叶子才从叶壳中探出鹅黄一点，枝梢依旧萧瑟。这样的时刻，寺院自然空阔，经幡几道飘飞，香炉却是灰冷，除几间暗旧僧舍，一座千佛殿，四周围墙和寺门外，再无其他建筑。殿前长满杂草的大片空地上，蒲公英正在绽放，也有淡蓝色黄豆大小的龙胆花，星星点点，这是高原最早开放的花了，如果在野外，也会有淡粉的报春，指甲盖大小。绕着围墙，几棵云杉长得并不高大，旧年泛黑的枝条还在稀疏，新芽也没有突出的迹象。一只母羊套着绳索正在那里啃草，地包金的藏獒，带着王者威仪注视我的行动，两只鸭子将嘴塞到翅膀下，卧在有水盆的地方。绕过清冷香炉，看殿门两边斑驳的雕刻图案，抚摸那些磨损得早已光滑的木头。回头，我看见窗棂上鸽子的粪便正在堆积，显然许久未曾擦拭。

这是藏汉风格融为一体的寺院，建在极好的地势之上：东西各有一山环抱，人们说，这是左盘龙，右飞凤，后山栽植大片云杉和园柏,寺前百亩良田。这块佛地有个素朴的名字:燕麦川。那是哪一年,我曾牵着我的女儿,走过这个名叫燕麦川的地方。那一时,阳光肆意泼洒,天空洁净,环顾,我眼前所见,无不是过滤掉烟尘的事物:大块云朵正在向中天移动,翻卷,堆积,哪个词都无法说出它们的轻盈与闲适。青色山脉罩着淡烟,环绕天际,并且无尽延伸。山下青稞,早已泛上黄色,而油菜,它五寸长的荚,还染着葱绿。这两种色泽并不突兀,它们相互濡染,仿佛时间和一个人的年龄相渗透,最终给这人以慈祥和温暖。在田地之外,溪水穿行的地方,野草铺成滩涂。我无法叫出这些野草的名字,尽管我如此熟悉。

我曾经竭力想象几百年前的燕麦川,这也许是唯一的一种怀念方式:边墙,墩台,旌旗,刀矛;乱云,西风,荒草,海寇;杀伐,焚掠,奔逃,抵御……暮色如期而至,烟岚绕着残缺。镜头慢慢移转:时间消失,燕麦一茬枯去,一茬葱郁,原先的草滩生齿日繁,犁锄渐起,后来,村庄相连,牛羊遍野。变幻如此剧烈,沧海桑田。

寺院昔日的情形会是怎样,我无法一一见到,只能凭借文字的片段,去了解它曾经的兴衰。却藏寺始建于清顺治六年(1649年),当初曾有众多殿宇、经堂、佛塔、僧舍,尤以千佛殿、九龙壁(残体)、却藏囊和章嘉囊为出名,是藏传佛教格鲁派西北四大寺院之一。后经扩建,有了大、小经堂、护法、弥勒、龙王、灵塔祀殿等殿堂楼阁,活佛府邸以及僧舍。寺内有法相、时轮、哲理学院及总领全寺的大经堂。建立讲闻经院、显宗、密宗、修辞学院、天文、历算等学科系统。鼎盛时期,僧人达千余人。道光十年(1830年)进行大规模修建,建成千佛殿、九龙壁(砖雕)、宫式山门、廊房、铜制经轮,以及拉木桑佛堂、通天四柱经堂、宣康佛宫、小经堂、囊所(佛府)僧舍等三百一十处。清同治五年(1866年),除九龙壁、千佛殿、章嘉和却藏囊幸存外,其他建筑惨遭焚毁。光绪十三年(1887年)再次重修,1958年再次被毁。

在寺里行走,遇见一行香客前来拜佛,守护寺院的僧人过来打开殿门。我跟随其后,他们的谈论过于简单,三言两语。这是一群习惯于沉默寡言的人,和我一样。从言谈中,我约略知晓他们大概的行程。他们从佑宁寺附近的村子赶来,其间有他们的亲戚,从远在青海海西的乌兰慕名而来。佑宁寺、海西,这熟悉的地名,又让人想起一些与历史有关的文字:"1648年,哲蚌寺高僧一世却藏南杰班觉(1578—1651年,西藏堆垅人)辞去佑宁寺法台,在今青海省互助县南门峡本朗扎西滩(也称却藏滩)开始筹划建寺。1649年寺院初建,取名'却藏具喜不变洲',后世简称却藏寺。二世却藏罗桑丹贝坚赞(1652—1723年)时,寺院发展很快。寺院采用哲蚌寺郭莽扎仓教程,下辖有花隆县的夏琼寺、湟源县的扎藏寺、海南州贵德县的白马寺、海西州乌兰县的都兰寺和新疆焉耆县哈拉沙的却藏木寺、和靖县的夏日苏木寺等众多属寺,在青海省海东、海西、海北、藏、土、蒙古族中很有影响。寺院所在的南门峡、海北门源县的黄城、苏吉滩,刚察县及海西都兰等地的藏族、蒙古族、土族群众为其主要信仰者。二世却藏活佛还被康熙帝册封为外呼图克图,是青海地区最早获得这个封号的活佛之一。"

然后依旧是寂静。我看看他们转动经轮,凝视从幽暗深处逐渐清晰的壁画,默然解读那些佛经故事,炷香礼敬,匍匐下去,将身体交给大地和诸佛……幻象便是被摧毁，它依然是幻象，菩提本无树，明镜亦非台，如果心有不安，此刻便可大安，如果未曾见性，此刻可以悟出点滴。

出门见青苔斑驳的围墙上贴有捐修寺院的倡议书，去僧人居住的简易房子，捐出不多的钱款，看僧人用毛笔在一本记事簿上仔细写下名字。门口有一老人卖烤肠。铝合金的小推车上，摆放一面颜色漆黑的烧烤架，旁边零散放置的塑料瓶子中，有鲜红的辣椒末和深红色辣油。一只白色小狗蹲在她脚下。我看见小狗的一只后肢已经残废，明显是被什么动物咬掉，或者夹掉。两只喜鹊在旁边的青杨树枝上喳喳啼叫，一阵雾气从附近村道上卷过来，是更深的寒冷，看样子，雨就要落下来了，或者是雪，也未可知。此刻，除去我和那几个香客，没有路人，老人的生意显得有些清冷。

011.三月

三月，小镇外，我看到那么多的土地被荒芜。"被"字我不大喜欢用，这大约受了董桥的影响："形容不太好的事情，不妨用'被'，叙述好事避之则吉"，"女鬼被裸埋，小红被门槛绊倒，韩信被人骗走，都不错；黛玉被宝玉追求，纪晓岚的书被人传诵，都不好"。土地荒芜了，这该是怎样的不争气；土地被荒芜了，这该是怎样的无奈。

当然，我还看到另一些土地，在麦苗没有铺开之前，生长着其他一些事物。一群慢悠悠的羊，羊羔跟在它们身后，如同玻璃弹珠，羊羔总有快乐的事情。田埂上一只洗脸的猫咪,不久,它肯定会被爪子弄成小花脸。三三两两的雉鸡从山里跑出来,带着它们的鲜红耳羽簇和花尾巴,那样显摆。三只喜鹊,酣睡的蓝棉袄老人……三只喜鹊,正有口角之争,一群绵羊,反倒温柔和善。声势到底要造,喜鹊属于胆汁质。

从前,进了三月,虫子们开始在土壤下蠢蠢欲动,母亲就会耐不住性子,挑一个晴和日子,拿出早已选好的种子点到泥土中。种子极简单,油菜、萝卜、菠菜,还有些芫荽和葱。种类少,便于规划,五线格或田字格,一畦一样,将园子分割开来。虽是阳春,在高原,这仍属于反复无常的多变时节。天上的乱云尚未飞渡,便怕寒流突至,大雪降温,种子被冰冻。好在这种恼人天气并不多见,种子往往能自由酣畅的吮吸养分,专心孕育某一刻的突然萌发。果然,春雨会如期而至,润物无声,芽们被催促着,顶土而出。那些小嫩芽,像一张张纯净又显茫然的童稚之脸。那时候,母亲看到俏生生傻愣愣的小叶子时,是什么心情呢,而来菜园里撒尿的猫咪见到,又是什么感觉。

我大约能感觉到,然而不一定真切。母亲曾经为之年年忙碌的事情,那些泥土地上的春种夏耘,秋收冬藏,在我,竟然成为一种奢望。然而,如果果真有那么一些时候,我在泥土中,在风雨和高原的寒冷中,为一粒青稞和一棵白菜而忙得焦头烂额时,是否还会像现在这样,念念不忘呢。

我大约只能这样,忙着眼前的琐碎,却怀念着从前的事情。或者也不是我一个人念着从前的好,木心有首从前慢,说:

从前的日色变得慢

车，马，邮件都慢

一生只够爱一个人

从前的锁也好看

钥匙精美有样子

你锁了人家就懂了

　　黄昏时分，阳光从窗纱斜进来。我伸出手去，发现一个指头足够将窗外太阳遮挡，但挡不住纷纷光线。将贝多芬的《献给柏拉图式的恋人的奏鸣曲》放进播放器，吉利尔斯的录音。附在CD里的片断文字，说：这两个身材矮小的人，在音符上，似乎都为对方存活。倒一杯蜂蜜水，坐在阳光的温热中。我身边，白色的飞船鱼和黑色的地图在水缸中游曳，铁线蕨静无声息，金橘垂在枝头，杜鹃的花瓣撒到窗台上。

　　我很少记录这样的时刻，因为它既琐碎，又无多少意义。但我并不因此而感到沉寂，以至厌倦。一些事物看不到，这并不等于看不到所有。总有些另外的事物，在静谧的地方，存在着。譬如一枝唐古特忍冬，一只金雕，或者一缕清冷的风，此刻，一定在目力所及的高山上，或者，雪水渐次融化的原野，生长，飞翔，流动。

012.狗尾巴花

已是清明了，高原的草尚未返青，这使得山山一片苍黄。风从远处吹来，拂动一些高大草茎和穗子，浮起浅黄光线，鸟和野兔没有踪迹。山下一些人家的院子里，或者路旁，偶尔有杏花绽放，这些粉白的细碎花朵，总让人感觉那是一树陈年旧事，罩着清除不掉的风尘。想着在山外的小镇上，大丛连翘该是绽放出四裂的黄色花朵，带点明艳又带点静寂了，行道旁的碧桃也该早已盛开，那将是罗马军团一样的红云，庞大热闹，但一定也有些未放的花苞，浅红的星星点点，立在枝子上，俏皮又娴雅。

春天的雨还是没来，都这个节气了。等得时间长了，有些恼，就盼望雨不成为雨，成为山魈也好。蒲松龄的山魈是个庞然大物，有着老瓜皮的面色，目光像闪电，巨口如盆，三寸长的牙齿，舌动喉鸣，却又胆小，极其笨拙。山魈与雨，实在无法牵扯一起，但我还是希望雨如山魈一样在夜晚悄悄来临。

在山上行走，裤脚迅速蒙上草棵间的尘土，这几乎是不足为怪的事情了，高原总是少雨。见一丛狗尾巴花，在空旷处摇曳，走过去，摘几枝下来，小心握在手中，不让穗子和叶片有任何碰触。这是旧年的花朵，早已干枯，它的任何一点组成部分，都容易破碎。然而它们依旧保持着青葱时候的完整模样：淡黄的绒毛分明可辨，白色籽粒潜藏其间，却又暴露无遗，蒙上黑斑的叶子舒展自如，稍一碰触便发出细碎声响。若从远处去看，它毛绒的穗子朦胧出一圈淡黄光晕，果真像小狗弯下的绒绒尾巴。

传说中，狗尾巴花是下凡仙女的爱犬所变。仙女爱上书生，受到王母娘娘的阻挠，对抗时，爱犬为了主人而舍弃自己的性命。后来，书生和仙女变成阴阳两块玉佩，在世间流传，爱犬也变成一束狗尾巴草，作为爱情的见证。传说总是走一种套数，犬在传说中，依旧是忠诚的化身。猫却不一样，猫在传说中带着些嫌贫爱富的味道。然而这并不影响我对猫和狗的看法。狗固然忠诚，猫在临死前依然选择归山，也是大勇气。

弯腰采摘一束狗尾巴草的时候，身边有人陆续走过。若在往昔，这样的举动断然不敢在人前进行，现在已不再顾虑太多。对有些事情和行为的顾虑，越来越少，自我关注也越来越少。更多时候，似乎只是与周围事物默然相处，忽略彼此不同。越来越觉得，时间在我体内，也就是一把狗尾巴花扎成的扫帚。它曾经频繁扫动，除掉年少简单，想象期许，带来侵占禁锢，恐慌破灭。但它最终在角落搁置下来，静无声息，仿佛现在。它再不肯搅起虚妄异动，哪怕是一丝，瞬息之间的燥烈念头。

回家，找出一只二十世纪五十年代的铝制水壶，将几枝枯去的狗尾巴花插上，摆放起来。这只水壶的盖子和背带已经丢失，但是材质厚实可靠。水壶正面刻着一只五角星，背面刻着"第一翻砂合作社出品"几个字。五角星和字体都显笨拙，"第"字简写。没人知道它的确切来处，只知道它曾跟随某人，翻越山岭，到远处去劳作，几年之后，又跟随那人返回此地。

屋里有几盆绿叶植物，龟背竹、金钻、绿萝、千手观音、铁线蕨、常春藤,盆土换过不久,又施了足够肥料,叶子都墨绿油亮。没有花开,也不萎败,它们始终是春末夏初的繁盛模样。狗尾巴花放在架子上,偶尔一眼看去,竟有点秋风萧瑟秋气凛冽的味道。仿佛从一场细节繁复纠缠不去的梦境中醒来,听到窗外几声风雨几声叹息。

汪曾祺在他的《草花集》序中说,这本书中的有些文章可能连草花都算不上,那只能是一束狗尾巴草,建议读者择掉。这句话我没读完就想抬杠:狗尾巴草开出的花难道就不是花。

013.杏

清代的李渔真是有意思的人。曾有人说杏子如果不结果,将处女常穿的裙子系在树上,便会结实。李渔说他开始不信,后来忍不住实验了一回,果然如此。李渔暗自高兴,并大着胆子将这种方法推而广之,说,若有不育之男,应让他穿上佳女的裤子去试试。想想,真是简便实惠的医治方法。不吃药,不打针,不做手术,还有花裤子穿。

不过杏树却从此落下个"风流树"的名声。想想还是个空名声,委实有些冤屈。一日翻寻"杏"的诗词词条,吓一跳。那些诗词句仿佛一条澄静白练,从一个幽远朦胧的年代抽出头来,浸着雾气,飘飘荡荡一路流淌来,扯不开,剪不断,浸满了古旧芬芳。

想想杏原是个庞大的古老群体,三千年前就已经成云成雾的栽植在中原大地,红一片,黄一片。说苍黄的丝绸之路也曾飘满杏的清芬,一飘就飘到了遥远的西欧。想那一番风雨路三千的艰难行程,杏当和人一样,该有着"奴去矣,莫牵连"的嗟叹。"情能动物,况于人乎"。再想那些诗词,也便不觉得繁琐。

"桃花能红李能白",那应该是桃李该有的分内事,如果桃花能白李能红,那才是它们的能事。我没见过红色的李花,想来李子花只能是白色的。杏花不一样,初开时绯红,开着开着,颜色便逐渐转淡,最终成为白色。颜色慢慢转白的杏花,碎花瓣挤在枝子上,仿佛蒙了一层粉尘,灰蒙蒙脏兮兮,一点不耐看。但在四月的路上行走,哪里就有刚好是初开的杏花呢。于是觉得与花与事,都不可强求。

和某人聊天,她说她们那个地方,从不将杏树栽到院子里。真是奇怪,是怕杏花开出墙头呢,还是什么原因。又有人说,她们那里从不将李子树栽到院子里。在我年幼时候,我家的院子里栽着樱桃、碧桃、祁连圆柏和李子树。李子树长得高大,开花时一树莹白,就是不结果,大约是海拔太高,气候过于寒冷的缘故,也没有杏树。杏树是更不耐寒的树木。在我稍稍长大一些的时候,母亲将几株云杉栽到墙根下。云杉长得慢,还没长大,我们就搬了家。新主人住进去不久,便将云杉连根挖掉,说是云杉不宜栽到家里。

年少时候,难得见到杏子,偶尔吃几枚,也要将杏仁取出来,交给母亲熬茶喝。母亲将杏仁放在勺子里焙出火色,用手搓去薄薄皮膜。茶是茯砖,用黑毛茶压制而成。水是从山脚下挑来的泉水。茶壶已被烟熏火燎,陈旧,难辨旧时色泽。烧开水,放进杏仁、茯砖、花椒、生姜、草果和盐,一起熬。熬到茶水颜色变成深红,倒在大瓷缸里喝。端着大瓷缸,坐在檐下台阶上,头顶清明朗阔的天,看墙外青山隐隐露一抹微翠。低头啜饮几口杏仁茶，吃出花椒的味道，生姜的味道，草果的味道，最后是杏仁的味道。竟是一壶浸满了山川草木的茶。

现在还想捧着那大瓷缸茶在院子里一坐一个黄昏。

014.猫

喜鹊喜欢和人居住在一起，这使得它们粗糙的巢穴，仿佛一粒粒黑色大粪球，始终挂在人家院墙外的树枝上，雪压不塌，风刮不掉。人们对此熟视无睹，出来进去，不理睬。院子里的猫，和人不一样，它倒像个小气鬼，专门与喜鹊过不去。小时候家门前一株青杨树，树头被雪压掉，长不高，只好横向发展，树干短粗，枝丫繁茂。喜鹊在那里筑起巢穴，有事无事总是喳喳。喜鹊叫，总归是好事，我们便不厌烦，这大约使得喜鹊越加任意妄为。一次几只喜鹊玩闹起劲，正好叫院内大花猫看见。猫瞪起眼睛，贴着地面摸出门去，顺着树干就往上扑。过程那般迅速，以至我只是一个愣怔，喜鹊就已经怪叫着，在树枝外的天空拍着翅膀惊恐未定，猫却抱着摇晃的空枝子将自己当想象中的喜鹊。

那只猫的毛色是乌云盖雪，喜鹊的黑白礼服一样经典。

后来居住的屋子窗外，一排青杨并不高大，有雨也不潇潇。树小但不影响鸟雀来往：红肚皮的啄木鸟，小麻雀，花石头雀，夜晚的长耳鸮。那时我养一只名叫林黛玉的小白猫，它的额头上有个黑色感叹号。我们大多时候叫它感叹号,林黛玉也只是个学名。感叹号无事就蹲在阳台上隔着玻璃看窗外的鸟,也看刮过地面的风。有只喜鹊大约做了母亲,一天,它看见猫在阳台上窥探,竟然朝猫扑过来,结果一头撞在玻璃上,而感叹号居然被吓得满屋子乱窜。

站在公寓楼的阴台上,低头就能看见楼下一座房子的灰色屋顶。好几次我见一只大狸猫和两只喜鹊在那里玩闹。大猫屡次弓起身子,瞄着喜鹊,来来去去做出扑食的样子,喜鹊屡次起起落落,欲飞又止。猫原是捉不到喜鹊的,喜鹊一飞就在枝子上,猫再奔忙也不如有翅膀。如此几番,谁都不气馁,反而彼此引逗得起劲。我在一旁,倒有了闲心思:黄帝丢掉玄珠,象罔给找到,是如此有心与无意的故事,其实说不定编故事也就是信手拎个葫芦的过程,结果葫芦里全是天地。

常走的一条公路两旁,密植青杨、沙棘和红柳,灌丛外有大片农田和人家院落。驱车经过,时常看见被车辆碾压死去的猫,躺在公路上,已经看不出完整形状。向一位司机询问原因,司机说,猫在夜晚走路,见到车灯亮着就要迎过来,从不知躲闪。这条公路上空,来去的喜鹊也多。喜鹊在夜晚,不知对灯光有何反应,但在白天,它穿越公路时,始终保持警惕。

我上小学时候,曾经养过一只猫,晚上睡觉总在一个被窝。那时天冷,也不知我和猫谁给谁取暖。后来猫被村里的几个孩子打死。原因过于简单,因为大人说,猫有九条命。几个孩子为了验证这句话的真假,偷偷抱猫到村外旷野,用各种手段,将猫折磨致死。

一次与友人在网上说话。我说我总感觉自己的前世是只猫。友人说:猫转而为人,是作孽,人转而为猫,是造化。

015.荷包牡丹

　　庄子讲故事,从不拿花朵说事。我想象若有一朵花出现在庄子笔下,定有着透明花瓣,大如垂翼,不分四季,随意开放。有时从庄子不见花朵的故事中钻出,仿佛从树木紧密的年轮中出来,又仿佛从不见色泽的城池出来。李渔写花朵,朵朵活泛。但是李渔说:"花之善变者,莫如罂粟,次则数葵,余皆守故不迁者也",又说:"予有四命,各司一时"。这意思清楚,花朵便是嫔妃,该分出个三六九等。这样的李渔看多了,让人心胸逼仄,不如读庄子。

　　荷包牡丹的叶子在风中摇曳舒展,它的花朵如同荷包,沿着柔韧花茎交错排列。两片桃红色花瓣折叠翻卷,露出白色的底,白色花蕊细长,顶端挑起金黄花粉,玲珑秀气。小时候过端午节,母亲缝制的荷包酷似荷包牡丹的花朵。我们将荷包挂在胸前纽扣上,登上山顶,并朝深山行进。有时拿着锅碗瓢盆,到山林野炊。那时总是细雨纷飞,青杨林大片延展。几乎是整村的人要走出家门,登山,野炊,喝酒,唱歌,嬉戏玩闹。

　　山里女人不知道庄子,也不知道李渔。她们缝制荷包,大多模仿身边事物,烟袋、苹果、小狗、银锁、荷包牡丹的花朵。当然,她们偶尔也缝制一些远方事物,譬如荷花、佛手和如意,她们的想象似乎总是囿于手口相传,很少有突破,不如庄子的想象那样有翅膀。

说一朵花为什么要说庄子呢。有一次，我看见庄子抱着骷髅走路，四周隐晦不明，不知是夜还是昼，庄子面目不清，穿着我爷爷穿过的黑色长衫，从路旁飘过，胡子和头发似乎也飘起来，当然，我看到他怀抱的骷髅，其实是一串银色花朵。旁边有人似乎用青海话说，那可能是石榴儿。青海方言中，石榴儿指荷包牡丹花。关于庄子与花的梦，我还做过。有一次我看见一束花，花朵像云团一样裹在失去绿叶的枝子上，一片白色的花瓣卷起来，就是饱满的一朵，要知道，这花并不怎样奇怪，奇怪的是，它的名字，梦里有人说，这花就叫象罔。象罔是《庄子》里的人物，皇帝丢了玄珠，打发几个人去寻找，都没能找到，后来象罔找到。无心的存在是否就是梦里的花朵模样，一片花瓣就是浑圆的一朵，不留缝隙。

女儿一岁时，母亲为她缝制荷包，银锁形状，朱红，金丝镶边。母亲让父亲写下"长命百岁、荣华富贵"八字，剪出，用黄丝线一根根绣到红色荷包的两面，瘦硬的柳体。银锁下面，又挂出五只小荷包。淡粉的荷包牡丹花，白色小兔，深蓝烟袋，黑色金鱼，繁复层叠的红荷。它们都系有彩色长穗。荷包内放有从高山采来的香草。

香草是否是我和母亲去高山上采来的呢，我已经不清楚。母亲缝制完荷包不久，便卧病在床。我们都知道当前的医疗技术，已经不能让母亲健康如昔。那是个春日吧，明净的阳光从玻璃窗穿进，洒在卧室的米色瓷砖上，母亲倚床斜坐，这是疼痛暂且停止的片刻。我坐在阳光中的椅子上，女儿玩一只小皮球。倒挂金钟还没开花，叶子是油汪汪的绿，天竺葵的新枝从枯叶中探出来，小心翼翼的样子。母亲含着笑,看着小女孩。我看母亲,再看小女孩。那一时,我突然从小女孩身上看到我母亲,然后泪水盈眶:这将是一个完满的,没有缝隙的圆环,它不关乎结束,亦与开始无关。

016.花开

敲几粒字,桌前虎耳海棠花"噗嗒"一声掉下,唬人一跳。一琢磨,不是它发出的声音吓人,而是它由静到动的样子吓人。这个过程如此迅疾,出人意料。我甚至记不起这之前它安静的模样。我由此想金庸杜撰蛤蟆功,依赖的全是这海棠花一跳。

什么样的花落像杜甫,什么样的花开仿佛李白,有时我会如此莫名地想。我听有人说杜甫的孤傲极谦卑,谦卑又极桀骜,正如飘飘何所似,天地一沙鸥,独立苍茫。我想起的杜甫,总是那无边落木萧萧下,不尽长江滚滚来,与海棠花掉落毫无干系。李白呢,我想起的李白是花间一壶酒。什么花,不知道。

这之前的情形如果写成文字,或许是这样:穿过海棠花的乌鸦,开在乌鸦翅膀上的海棠花,乌鸦穿过海棠花……其实真正的情形是:我坐在桌前,虎耳海棠花开在窗前桌子上的陶盆里,窗外飞过几只乌鸦。这是清明后几日的傍晚,对面的楼不高,天空是旧日的蓝,我抬头,刚好看见几只乌鸦飞过去,其间有一瞬,它的身影和海棠花重叠。

关系原本简单,两点一线足够到达,然而设置往往复杂。

也许有另一种关系。暗里认定的花,跟暗里认定的人一样,一旦成为现实,喜悦倒是其次,一切朦胧突然失去,清晰又变作陌生。如同一些人的书籍。这个作者你不曾认识,他的书籍你便读得随心所欲,一旦与作者熟识,你需重新从他的各种角度层层深入。

一些花绽放,似乎并不是为了让大家看见它模样,而只是将香气噗嗤一声倒出。但有些花懂得矜持,轻易不让你嗅到它的芬芳,譬如橘子花。青藏高原的雪山上有一种香草,长起来仿佛一撮发梢开了花的褐色头发,但是香气清冽又奇异。人们爬上岩石去采摘,然后将它缝进荷包。它的芬芳只有佩戴荷包的人嗅到,别人无法知晓,是一种不张扬的暗香。有一次我将一撮香草用纸包起,放进手提袋,老人见了便叮嘱:不要将香草放进衣兜,它会引来毒虫叮咬。高原上,哪里来的毒虫,因此不以为然。

这样一比较,虎耳海棠花带着声响跳到桌子上来,也就不足为怪:有些人不是喜欢特立独行吗,有些花为什么就不能逆经叛道。

孟元老《东京梦华录》记清明节,说:"四野如市,往往就芳树之下,或园囿之间,罗列杯盘,互相劝酬,都城之歌儿舞女,遍满园亭,抵暮而归……"那芳树大约是些梨、石榴、樱桃之类。至于我面前这一盆叶似虎耳的小小海棠花,想来汴梁的清明与它是无缘了。

不过在这个季节,当我看到草木从土壤探出头,天空的一朵云与另一朵云相碰,栀子花开,一朵海棠落下……我倒想象它们是安德烈·波切利的歌声。

017.云生

　　我躺在草地上看云，并不是小时候。小时候我关注过几个问题，现在都已成为过去。譬如我曾坐在夜幕已经将虞美人和罂粟花染黑的院子里，遥想2000年到来：我抬头看看有着灰白缝隙的暗黑云层，已经和大地成为一种色系，它下面的树梢和屋顶，同样晕染着天空的幽暗。掐掐手指头，2000年将在十八年之后隆重到来，那时候，我已经二十八。二十八岁，相对于现在，说不定已是面目全非。而面目全非的，也许并不仅仅是我个人，我身边的这一切，青石台阶、栽着蒜苗的花园、侧柏树、檐下挂着的罂粟干枝、梳短发的母亲、长腿蜘蛛……十八年之后，必将成为另一种模样。但一定会更加美好，至于好到什么程度，我又想象不出来。"年、月、日、时、分、秒，我们和时间赛跑，奔向2000年"，必得如此，我需跨过今日，像甩一个累赘的尾巴那样，将今日甩掉，然后狂奔。我因此始终忙碌，忙着犯错，忙着跌跌撞撞地长大成人。

　　2000年像一尾鱼那样晒干之后，我已经忘记躺在草地上看云了。是，2000年只是一个装满琐碎的坛子，它在到来的那一天，哐当一声裂开，散开在瓦片之上的，不是锦绣和绮丽。然而我已经习惯于凌乱和破碎：没有哪一年或者哪一月的日子是完好无损的，它们总是边角卷起，折痕新旧参差，偶尔几粒墨字上，油污浸洇泛黄。

　　之前和之后中间，曾有一段时间停滞不前，或者困顿，但没有不堪。这种出现绝非有意，而是自然而然。我于午后走出校门，夏日寂静,绿叶与枝一派懒洋洋的茂盛,青蛙在远处池塘,没有蜻蜓,校门外的草滩上,蓝色龙胆和粉红报春挤着草尖,流水在身侧,喧响持续不断。我那样躺在有树枝遮掩的草地上,透过青杨和沙棘叶缝,死死地看天。风偶尔过来,叶子发出声响,阳光一块块洒在身旁,草丛中有黑色小虫子匆匆忙忙。天总是蓝,小云雀忽上忽下。云过来,以各种形状,在中天并不逗留。它们总在来去,带着深浅不一的白色,但不是飞。有时候,一朵云和另一朵相遇,重叠,缝隙间有金色光线射出,根根锐利。没有一朵云突然消失,像一张熟悉的脸孔那样,但也没有一朵云,突然出现,像一个陌生人那样。来去永无止境,没有停顿,似乎也没有方向,我不清楚自己像哪一朵云。那时候,眼前的路交错纵横,脚步可以随便迈出,也可以收回。

然而这贯穿起来的,我看,或不看云的所有时日的清醒中,我从未郑重其事地想过一个问题:花如何开,云怎样生。我何必去想这些问题呢,科学家忙着将所有的事情弄个清楚。我的兴趣,只在于给它们罩上一层想象,如同年少时期的那个梦。

混沌尚未凿开,天地方向全无,也没有厚此薄彼的区分,只是灰暗模糊的一团,然而巨大。梦中有人告诉我,这就是混沌当初的模样。我不知道自己在哪里,也看不见自己,但我感觉到自己存在。也许我只剩一双眼睛,染着混沌的色彩。后来我看到一棵开花的李子树,出现在混沌中心。李子树的出现极其诡异,不带任何征兆。它的所有枝条向着一个方向倾斜,显得柔软修长,枝上的花朵碎小,却繁复,白到仿佛那就是一些堆砌的碎骨头。瞬间,花瓣向着高处飘飞,轻盈,仿佛一些小令,一瓣瓣,然后一团团,飞到高处,最终形成大朵白云。

018.头花杜鹃

连着几天细雨，气温又降到八九度。就是这样，在青藏高原，五月才是春天的开始，一切尚未确定。碧桃是开得算早的花了吧，一树繁密成粉云，藏一些暴烈与豪爽。后开的丁香和连翘，都矜持。如果在远处高山，这一时，头花杜鹃正开得繁茂，万马脱缰。那通常是一整面山坡的蓝紫。山里人见得多，不奇怪。说有个游客一见到满山坡的头花杜鹃，傻了，问：山坡上铺地毯做什么？明显是个笑话。

除去善意的调侃和自讽，笑话总是不请自来。如同李渔所说：我本无心说笑话，谁知笑话逼人来。梦也是不请自来。在梦中，许多事荒唐到可笑的程度，人们却不拿它当笑话讲。或许在梦中，现实成为另一种样子，而一切无望变成有可能。有一次，我梦见一个男孩对我哭诉，说他有一个身体是十边形的妹妹。当初妹妹生下来，身体六边形，后来发生变化。他给妹妹找来一只乌龟玩，妹妹渐渐以乌龟为同伴，将人当异类。这样的梦醒后，自然不追究它喻示什么，也不牵扯卡夫卡。反正日子一天天揭过去，许是心有压抑或狂暴，听几回贝九也消解不了多少，于是成梦。

资料说头花杜鹃只生长在甘青两地海拔两千五百米至三千六百米的高山草原或灌丛中，是香精油植物和药用植物，目前只用于中药,作为香精油尚未开发。资料介绍一些植物,总离不开它的功效,似乎植物一旦离开它对人具有的某种作用,再无存在的意义。资料介绍动物,也如此,一看便让人生厌。

小镇外的高山上,通常有四种灌木生长得有气势:鞭麻、冬青、头花杜鹃和甘青瑞香。鞭麻会开出两种颜色的花朵,金色和银色(青海湖畔的金银滩由此得名),能调节气温,说塔尔寺绛红色的墙壁主要由鞭麻加工后砌成。冬青其实是另一种高山杜鹃,叶子硕大,开出白色花朵,暗红色的茎柔韧。头花杜鹃叶子小、卵形、革质,叶片布满白色和褐色鳞片,被细绒毛,开出的蓝紫色漏斗状小花,通常三四朵簇生在枝子顶端,它的植株生长起来成丛蔓延,大手笔。甘青瑞香株型高大,花朵带点浅淡的柠檬色,喜欢将花开在秋后的寒冷中。高山杜鹃和头花杜鹃的花朵都具芳香,人尚未靠近,便能嗅到,那是含有山野清凉气息和泥土气味的芬芳,与养植花朵的芬芳不同。

小时候,在这些花丛中整日游玩,并不知晓它们的美,只是觉得平常,偶尔会将鼻子凑近花朵嗅嗅香气,而绝不会将它们插在头发上。夏天,会跟母亲去高山上割头花杜鹃,并将成捆的头花杜鹃背回家,晒干,做柴火。头花杜鹃便是晒干后,清香依旧馥郁,花朵形状完整,放进灶膛时,不仅火焰旺,还毕剥作响,我们叫它"香柴"。那时守着山生活,少有煤炭,做饭全靠木柴。从山林中捡来的枯枝,挖来的朽树根总是不够,只好去更远的高山上砍灌木。现在想一想,那时的行为,几乎是罪孽,然而在那时,除了靠山吃山,又没有其他办法。

019.蒲公英

　　尚是浅山寒雪未消时，崖畔沟旁向阳的地方已有蒲公英的鲜黄花朵绽放。蒲公英莲座一样匍匐在地面，叶子仿佛披散开的绿色犁铧，冒着冷冷锐气，向四野划开，全是劲道。古语说蒲公英"花罢成絮，因风飞扬，落湿地即生。"很明显，蒲公英是一个急性子。

　　想一想，急性子的植物真是不多。高原气候寒凉，缺少氧气，这原本就阻碍了植物的生长，再加上一些植物自身蜗牛一般的生长速度，你要在某个时候心念一动，说要去春山赏花，那未必就能如愿。在高原，春季的花开在初夏，早秋的花开在暮秋，就是这样。资料说头花杜鹃开在四月间，你千万不要相信。如果你在此时节去高山，那里除了积雪和旧年的枝子，一般没什么惊喜。

　　也有急性子的植物。

　　晚春时黄昏的小镇街头，总有些旧三轮车装满新鲜蔬菜出售。通常是从自家菜园里摘来的新鲜蔬菜：小油菜、菠菜、茼蒿、生菜、菜瓜和甘蓝。小蔬菜沾着潮湿泥土，带着水珠，油绿葱翠，一把一把挤在车厢里，下班回家的人停驻脚，总会买几把回去。也有人蹲在路旁卖扎成小把的蒲公英，说从野地采来，一把一块，能消炎治病。

　　蒲公英是良药。都说良药苦口，《本草纲目》里却说蒲公英气味甘甜。蒲公英的茎中空，极易折断。裂口常有白色乳汁浸出。小孩子好奇，伸舌头一舔，全是苦味。其实蒲公英的叶子也总有些苦涩。我所在的小镇，人们喜欢将蒲公英从野地挖回，放进水盆，浸泡半天，反复搓洗，再用碱水煮些时候。这样煮出来的蒲公英柔嫩，去尽苦味，做凉菜吃，或者包饺子，成为一道时髦的保健菜。

老人从村里捎来大包晒干的蒲公英。说从野地挖来，干净，没有污染，煎水喝，可治我的顽疾。耐着性子煎一两次，终究忍受不住那味中不苦不甜异样的寡淡，便悄悄将几大包蒲公英塞到垃圾袋里。那些失去水分的蒲公英在黑色塑料袋里依然通体翠绿，保持优美外形。只在那哗啦一声丢进垃圾桶的时候，它们发出脆生生的肢体碎裂声。过一段时间，老人以为我已经将蒲公英用完，又去野地挖一些回来，洗净，晒干，捎来。我不能反复将它丢弃。于是耐着性子泡水喝。

蒲公英开出的花朵其实耐看，不过因为是野花，人们不怎样赏识，人们的这一种行为习惯真是毫无理由。

020.霹雳的样子

父亲推自行车捎油漆包出门时，阳光很好地照着父亲的背影，仿佛父亲也是个阳光捏出来的人，只是此刻暂时穿上了中山装。

我爬上梯子，在房顶闲逛。高原的土木房屋低矮，房顶平展，富贵人家留下来的松木大房才有房脊，中央躬起，仿佛瘦猫的脊背。我家的房顶自然低矮，如同甘肃永昌的火柴盒子。我看见曾经残留在房泥中的青稞此刻正抽出绿芽，柔弱着春天。大板夯筑的土墙，它的褶皱里是去年的青苔，面朝东南方向的杉木大门上是羊的齿痕,院子里栽着还没开花的樱桃树。我在房顶上浪掷童年时光,没有丝毫悔恨,并且自鸣得意:你看整个村子,现在全在我的脚下,它们后靠山,前依水,四仰八叉仿佛一个晒太阳的披着褐色衣衫的懒汉。

轰隆隆的声响来自东边,我以为是雷声自天边滑落。但是,扭头,我看见了死亡。声响与死亡之间,不需要多少过程,小说才会叙述它。我首先看见饲养院几间房子的死亡(房子没有生命吗?有:"这房子寿命可长了"),它的尸体摊开来,没有力气的散落在阳光中,黑色椽条,黑色柱子,熏黄的檩条,并不端正的大梁,干硬的房泥,陈年草茎,它们失去了结构和形式,一切都空了。人们喊叫着,扔掉他们肩头的背篓。他们刚刚还在为这些房子挖去积攒在地面上的牛马粪,他们是要房子们更好更持久地活下去,但房子不干了,死亡是一种断然反抗。然后我看见红色的毯子。纯正的大红,像父亲泼在地面上的一摊红漆。红色的毯子盖在女人身上,女人像一朵虞美人那样躺在灰尘叫嚣的院子里。夏秋时候,我家院子中四方的小花园里总会开出些深紫浅红的虞美人,当然也会开出些罂粟。它们的叶茎裹满淡绿的绒毛,仿佛蜘蛛的细腿。一场急雨过后,花瓣们掉在泥土上,拽着它们的艳丽不撒手。你看花的死亡跟房子的死亡不一样,女子的死亡又跟房屋的死亡不一样。

那一年,我留下记忆的并不是那场意外事故中死亡的女子,但我记住了那一年的红毯子。你要知道四月份的高原还是一片苍黄,寒烟仿佛雨雾笼罩远处山梁,尽管人间的四月已是燕在梁间呢喃。冷凉的风依旧在河谷和山顶盘旋,仿佛一些不怀好意的小兽。天空的云还没有扎成棉花。土壤穿着冬天的旧衣裳,墙壁上斑驳的白色圈里是毛主席语录:"帝国主义是纸老虎"。我见过纸老虎,它藏在父亲学画的草纸上,神情倦怠,猫一样躲藏,但是我不知道帝国主义。那一天盖在女人身上的红毯子在四周的荒寒中格外醒目。上学后我读到"突然晴天里一声霹雳"这句诗时,想着霹雳的样子也就是那一年红毯子的模样。

诞生怎么样,死亡又怎么样,它们也许和成长、上学、结婚、生病一样,和豆荚里的籽粒一样,和山洼里的野草一样,和天空遥远的星星一样,它们只是一部分,涵盖不了整体,它们偶尔变化,但并不表示它们变质。

021.索尔

细雨在端午节前一天停止,小镇上开始散播出沙枣花的清香。沙枣树长得高大,树形并不端直,喜欢在干旱的土地上繁茂。它的小叶子灰绿,风过时,叶子一翻就是一片银光。开出的花却细碎,金黄花瓣,米粒般藏在叶子中不容易看到。沙枣花散发出的芬芳,清淡持久,几乎与树形不相称,花谢后结出花生米大小的果子。端午节来临前,有人将缀着花朵的沙枣枝条折下来,扎成把,拿到街上卖。一把两三块钱,路过的人就会买一束,拿回家插到玻璃瓶中,香气可以持续两星期。也有人卖五色索尔线和薪艾。薪艾带有浓郁草药味道,索尔线由五色丝线搓成,要在端午早晨系到手腕上去,待到农历六月六,再放到清晨的露水或者河水中去,以示长命可续,百病消除。这是逐年流传下来的习俗。高承在《事物纪原》曾引《续汉书》中的一句话,说"夏至阴气萌作,恐物不成,以朱索连以桃印,纹饰门户,故汉五月五日以朱索五色",又说"今人以约臂,相承之误也"。误传到底是有的,几千年一路走来,谁能保证一种习俗亘古不变,又延续发展。

以前,女子自己绣花,绣荷包,索尔线也是真正的丝线,色泽浅淡自然,戴的时间一长,便会掉色。现在,女人们已经没有耐心去一针一线自己缝制,丝线也被鲜艳的锦纶线代替。那时,端午节的早晨,女人们挑出红蓝黑绿黄各色丝线,自己搓出索尔线,给家人带上,显得庄重。而现在,端午节前夕,小店铺门口挂出花型繁多,色泽鲜艳的各式荷包和索尔线,均为机器制成,荷包之内没有香草。

看上去,这些变化似乎并没有突兀之处,以至于使某一节彻底中断,消失不见,它总是被慢慢代替,表面上的一切细节显得水到渠成。也许就是这样吧,有多少后来是能够被预料,被看穿的,我们所知道的,永远只是秋天早晨的一滴露珠,或者初冬的一枚枯叶,而未知,是夏季午后的瓢泼大雨,是春草塞满长川。

挑几根索尔线往回走,过一个路口就看见父亲拿着马扎从对面慢慢走来。小镇的好处就是这样,当你想起谁,谁就有出现的可能。比起以往,小镇已略显拥挤,路口开始堵车,楼层也开始将阴影大面积铺下来,人行道上,来往之人偶尔摩肩。父亲走过来,背对着傍晚的太阳光,这使父亲的身形罩在一片深色迷蒙中,那么小,几乎什么都看不清。父亲走得又那么迟缓，小心翼翼，仿佛踩在脚下的，不是平坦马路，而是一堆搁置已久的往事。我记得父亲也是一米七几的人，并且急性子，一件事如果要做，绝不会等到第二时间。然而现在从对面走来的，几乎是另一个人。苍老已经将父亲彻底改变。

苍老是怎样改变一个人的，它运用了哪些手段，它是不是像一把手术刀，时刻藏在我们身体内，在我们忙碌，或者酣睡时，从每一个细胞着手，一点一点做改动。我几乎没有注意过父亲怎样老去，父亲的老去是一瞬间完成的事情。那又是哪一个瞬间呢？瞬间那么多，仿佛密布在蜂窝中的巢房，我们关注一个巢房，必将另一些巢房错过，我们总是无法做到完满。父亲性格自来孤僻，朋友不多，退了休，除去看书，就拿着小马扎在街上到处走，走累了，小马扎一放，坐下看街头事物。我们也便慢慢习惯了父亲这种独自遣散时间的方式。退一步，即便父亲开朗，爱热闹，在小镇，老人们也没有更多的地方可去消闲，只能是三五个聚在一起，在小公园，拿着自己的乐器，吹拉弹唱，或者在树荫下，打纸牌，喝几两白酒。

但是，很多话只是说辞，是推脱，我们彼此都懂。

将父亲拉到街头榆树下，拿出索尔线，挑出红黑蓝黄绿五色，捻成一股，系在父亲的手腕上。又怕今天才是初四，别人看见会笑话，便将父亲手腕上的索尔使劲塞到衬衣袖子中去。我做这些时，父亲乖得像一个小孩子。我说现在系上，明天就不用再系了。父亲看看自己的手腕，说：现在系上好，明天有可能就找不到了。

022.蚁大如蝗

梦中,我去银行,拿出存进银行的蚂蚁。蚂蚁被装在草茎编制的笼子里,只有一只,已经很大了。我捧着笼子,一边走,一边想:蚁大如蝗。

当初蚂蚁为什么会存进银行,并不清楚,也不知取出蚂蚁要做什么。梦的好处是,那里永远没有预设,没有幻想,没有前因后果,也没有过去与将来,只存现在。也就是,一切出现,稍纵即逝。这使梦成为生活这枝权上旁逸斜出的一枚果子,而且一边结,一边落,一边又有新果子长出。它们彼此不相连,也不雷同。然而无关紧要,不论鲜美还是酸涩。

其实在梦中,蚂蚁也没有具体出现,它只是一个概念。梦的背景一片灰暗,仿佛混沌未开,阴阳不分,方向不明。银行也是概念。我更看不到自己,只觉察自身存在不过是一些意识。唯一细节是,我捧的小笼子里,黑乎乎一团,我确定那是蚂蚁,而且那个词在脑子里确定无疑。

蚁大如蝗,这明显是梦境生造的一个词。梦总是如此,会不合情理的创造出一些事物和词语来。我曾经梦见一只背着龟壳然后迈动八只脚在墙壁上爬行的小动物,梦里有人说,那是壁虎。醒来,一时恍惚,我弄不清那小小的爬行动物和壁虎这个词语之间的对应关系,是不是哪里出了差错,譬如,原本有那样一种八足小动物,它本该叫壁虎。事物原本存在,名词却几经杜撰,那么银行和银行里的蚂蚁呢,这两种存在与两个名词之间,会是什么关系。或者存有另外寓意,也未可知。但梦本身就是糊涂,附加的定义如果太多,梦怎能还是梦。

假期去看女伴的母亲。那是慈祥的老人,种半院子蔬菜,半院子花。芹菜、甘蓝、胡萝卜、波斯菊、萱草、蜀葵、金丝莲,都是高原上的寻常蔬菜和花木。院墙石阶下一丛青竹,仿佛没发育的女孩。又有一丛矮的竹节梅,铜钱大的紫色花朵,花瓣边缘镶些浅粉莹白的细边,花不多,阳光将竹叶的影子投射到花瓣上,明明暗暗。花丛下,浅褐色的小蚂蚁无所事事地忙碌。老人说,这是我养的蚂蚁,去年蚂蚁太多,我撒了一些药,但是老伴说,杀蚂蚁是要折寿的,于是我开始喂今年搬来的这窝蚂蚁,每天给它们撒点馒头屑。

地上来去的蚂蚁果真有大有小,它们也不跑到远处去,只在花丛中穿行,仿佛一些背负阳光和阴影的顽童,整日没目标的嬉戏。

蚂蚁群搬家,像一股黑毛绳在路面上移动,这是我小时候听到的故事:老人驾马车在山路上行进,看见前面横过一条黑色粗毛绳,细看,是蚂蚁结队过路,老人于是卸下马车,坐在路旁抽烟,等蚁群过完,才又驾车上路。蚂蚁总是喜欢搬家,有时背负米粒一样白中透亮的卵。但是,蚂蚁似乎并不能将家搬到理想的地方去,不管即将到来的风雨是大还是小。因为在我看来,蚂蚁认为的高地,不过是另一处平地。后来我读卡尔维诺的《阿根廷的蚂蚁》,替结尾不满意。但是又一想,如若设身处地,我的果断和决绝说不定已被消耗殆尽,或者我是更合群的一个,于是释然。

其实蚂蚁最常见的习惯是,它才不会勇往直前:当你将手指头挡在它前面,它总是拐个弯,绕行,再挡,再绕行。有一个下午,阳光温婉,我和一只蚂蚁玩这个游戏,我希望它能毫不畏惧地攀到我阻挡它的手指头上来,结果以失望告终。

023.行到碧桃花下看

已是五月中旬了,山里的青杨才举出淡绿的芽胞。这是一种看上去有足够耐心的树,不温不燥。但在这之前的秋天,十月还没过中旬,青杨一树树金黄就开始散去。仿佛它果真将卵形的叶子当成了金锭,诚心要应验一下金乃流动之物这句话。青杨的旧叶子落得比秋风早,新叶子又要等到暮春才钻出来,这中间便是半年之久的高原之冬,这般漫长,挑战人的耐心,仿佛贝拉·塔尔玩着的长镜头。

然而毕竟是春天快要消失了,寒冷的空气湿漉漉,仿佛有无数看不见的雨滴悬在其中,飘摇着,雨滴的中心又包裹了万千种子,似乎它们只要一落地,便会噼啪着,或者吱吱呀呀冒出万千的芽尖。想一想,一粒种子破土而出时如婴儿一样发出一声啼叫,那春天会是什么样子,是一支波尔卡、赋格,还是狂想曲。

山坡上一块块田地裸露着,通体黝黑。黑色是高贵的色彩吧,在以前,黑色也应该是孕育的色彩,如同黑夜和母腹那样,也许不完全。田地不仅黑,还海绵一般蓬松。如果压一压,一定会有虫子探出触角来。河谷早有流水了,泠泠着,雉鸡偶尔掠过低矮灌丛。更宽广的滩地上,是若有若无的草色。但是这一切,我看得并不分明。因为这个春天的雾正漫延着,仿佛巨人在冰天雪地里呵出的一些热气,丝丝缕缕地漂浮,雾气中满是潮湿的泥土气息。这些灰白的雾气甚至将整个山川,树木和房屋轻轻拎起,仿佛它们只是一块桑蚕丝的手帕,在纤纤手指间移动。

地面上的雾,尤其是这春天的地面上的雾,与山头的浓雾明显不同。前者是低吟,是慢捻,是舞台上扬起的水袖,而后者,是汹涌,是套曲,是秦腔里的铜锤花脸,是一树树的泡桐花。

这样,当我在雾气里穿梭,我觉得自己也便是雾了。成为一种雾,你不知道有多妙,机心不分明,界限不清晰,你轻盈着躯体,捕梦者那样,穿过石缝、草棵、林梢以及水分子,窥探它们不为人知的秘密。是,谁说过,纳博科夫吗,他说,自然是最大的骗子。你成为雾,可以钻进骗子的每一个空隙,查看虚实。而你自己,除了迷蒙,谁都抓不住。

然后撞到一树碧桃花。

碧桃先前留给我的,也就是一树红云的模样。光秃的枝权上,突兀的挤满那么多桃红的花朵。没有绿叶和缝隙,背景一律是蓝得让人不知所措的天空。也没有其他花草来陪衬,大地几乎还是冬天的样子。碧桃花莽撞地开出来,喷涌着,仿佛舞台上的花旦,宜远观,不可近玩。便是宋人扇面上的那枝白碧桃花,也是多次勾描,反复晕染,靠近了细看,蜂巢一样,让人心里堵得慌。但现在,眼前出现的,这山野村庄里的一树碧桃,不,应该说,那只是一枝碧桃,颠覆了它以往的所有形象。

它依着一面土墙，墙不高，斑驳处生了青苔，明显是早年大板夯筑。碧桃树只有一米多高，纤巧的枝条扶疏开来，错落有致。都是绯红的花苞，小豆子一样翘在花枝上，不密集，但也不隔绝。一扇半开的木板门在花枝旁边静默着。没有人影，也没有犬吠或鸡鸣。雾从山坳涌出来，沿着土墙，拂过碧桃树，继续向前移去。雾是不懂停留的，即便逢着是一树未开的碧桃花，也是慢悠悠地走过去。

慢悠悠地走过去，是，哪怕你遇到这样一树清冷秀雅的碧桃花，你暗自赞叹，万分流连，然而你还是走过去。"二月春归风雨天，碧桃花下感流年"，这是不必要的。一句行到碧桃花下看，足够了，再续什么，都将成为多余。

024.车前草

车前草总是爬在路旁，身体摊开来，歇息的小兽一样。车前草的有些叶子甚至一伸出来就仿佛被牛马的蹄子踩踏过，贴着地，不柔嫩，也不妩媚。它们叶脉粗大，凸起，从背面看，仿佛是老去的手，青筋暴涨，皮肤皱裂。路上总有些过往飞尘，飘下来，罩在车前草上，土沉沉、灰蒙蒙的，感觉车前草就是个不修边幅的植物。不修边幅的人我知道一个，王安石，变法失败，但诗厉害，后来还骑着老驴周游，更厉害。

车前草的历史自然有芬芳，但从外貌上根本观察不出来。《诗经》里，车前草便葳蕤在平原绣野，愉悦过三三五五的田家妇女。想那些手之舞之足之蹈之的日子里,车前草一定是个梦的载体,而非捕梦者,它跟随那些妇女,并将她们的梦托起来,由此染绿一个又一个清寂的夜。那时车前草的名字也美丽:芣苢。如此古色古香,仿佛纱窗下搁置的半片刺绣。"采采芣苢,薄言缬之",芣苢到底也是被宠爱过的。那时候,它们冒出黄绿嫩叶,看旷野无边,阳光成为瀑布,蜂蝶飞翔。它们在哪里嬉闹,甚至妄为,一点不为过,仿佛幼稚孩童,在母亲的衣襟里生长,并茁壮。

车前草后来还是混迹在野地上,扎土路,看上去极贫贱。也没人叫它芣苢,只有猪耳朵、牛舌草、马蹄草、鸭脚板、车轱辘菜、驴耳朵菜、虾蟆草……十几个别名密密匝匝地绽放在各个路旁,这边一叫名,那边就齐刷刷地探出些头来。仿佛老院里狗儿、宝儿、大勇一样的小名。

有人说故乡是别人只喊你小名的地方。想着车前草真是一种接地气的草,走到哪里,都有人喊小名。

车前草或者车前子三个字见得多,主要是它贴在药柜上。更多时候,车前草进不了药柜,而只用来喂猪。这当然是乡下的事情。当然,还有一个车前子,写文章,画画,他的书我都搜罗来。

红柳编制的箩筐,泛出一种酱红。因为反复使用,柳条被磨出光泽。背着箩筐,走过村前村后的田野和沟坎。阳光总是温煦明亮,鸟声流水,同时婉转。我拿着生锈的小方铲,独自去挖那些并不葱绿的车前草。其实是带着游戏的心,并不专注。有时会放下小铲去摘野花。

田野盛放寂静,无边空旷。小孩童只是一粒爬虫,没有足迹。

圈里的猪总是被母亲有计划地喂养。一日两顿车前草是猪得以打发漫长时日的唯一慰藉，便是如此，猪也要挑挑拣拣，先将嫩叶吃完，再勉强吞咽老叶。但后来猪还是会吞光所有车前草。

很多时候，我就坐在青石台阶上，看猪在食槽里咀嚼车前草。那一时，猪是快乐的，车前草却永远没有表情。

025.三星

如果我问你，你是否顺手就能描出一幅星座图？但我从未问起。简单的事情即便只需一次俯仰，也未必人人有那昂首低头的兴致。小时候的夜晚，母亲起夜，总是说：三星当天，夜深了。我偶尔清醒，探头出去，果真见得天空蝴蝶一样的三星，正举起大翅膀，向着西方，是那缓慢飞翔的模样。

我一直叫它三星。当然，并不是我一人叫它三星。在民间，起码在我小而又小的家乡，人们都叫它三星，并用它来估计时间的早晚。在天上，它蝴蝶一样的翅膀，从未合拢过，而它小小的身体，从未变幻过方向。三星升起了，三星偏西了，三星落了。我家乡那些从没出过远门的，从未曾了解天文知识的人，他们抬起头，这样说。他们是一群跟着三星飞翔的鸟，顾不上休息，他们看着三星将时间带走，又带回来，仿佛将老人带走，又将孩子带来。而三星，它一直在那里飞，一直飞，未曾远离，也未曾消失。在家乡，它甚至比任何星星都出名：金星、北极星、牛郎织女星……

六一儿童节，蓝裤子白衬衣，队鼓小号，红黄蓝绿皱纹纸的花朵和彩带，红领巾。在离家十多公里外的中心小学，我们几个女孩子跳《小汽车》，也许是《小汽车司机》，"嘟嘟嘟嘟，喇叭响"，现在我只记得这一句。土筑的舞台下乱哄哄的人头，卖冰棍儿的人推着自行车靠在墙根，我的注意力总是被那蒙着黑棉袄的冰棍儿箱子吸引。

路途遥远，晚上不能回家，在一间四壁有风的教室里，老师号召我们将桌子拼在一起，枕着鞋和书包睡觉。那些课桌拼成的无比宽大的硬板床上，十几个人挤在一起，没有铺盖。有人在床上追逐打闹，课桌将课桌碰撞得乱响。男生的吵闹在另一个教室，仿佛正在聚众起义。

半夜冻醒。大瞪着眼，我看见星空在窗外悬挂。三星，我熟悉的星座，此刻，正将一只大翅膀伸进窗户来。我希望那翅膀会抖动，并给我摔下一条棉被来。那时候我不知道羽绒被。等了等，它不动。我没生气。

后来我知道，在星座图上，它是骁勇的猎人。它左手举着战利品，右手握着铁锤，它左腿跨出，右腿蹬直，它的腰带明亮，宝剑斜佩。它始终威武，仿佛一天的星辰，全是它的猎物。

026.川赤芍与藏狐

没有人想到将川赤芍移植到花园里，包括我。我曾经移植过一种结白色浆果的草本植物,虽然不知道它的名字,但它那满是绒毛的果实绵软香甜。它生长在野外林棵间,果子总是一串串结出,没有毒,我便将它连根挖起,悄悄栽到李子树下。花园里满是波斯菊虞美人萱草荷包牡丹之类,都是母亲多年经营。我原本带着试试看的态度,对它没抱什么希望,然而第一年它便结出一串棉花骨朵似的果子来,果肉饱满,是一种争气的植物。我也移植过其他开花或者结果的植物,但从没尝试过川赤芍。人们都将川赤芍叫臭芍药,说它散发的不是芬芳,而是一股难闻的臭气。高原上,气候寒冷,人们不习惯栽芍药牡丹。或许栽植了一两丛,也是枉然,不成活。至于川赤芍,更没人想到让它穿堂入户,进入庭院。

川赤芍像极了单瓣的红芍药,但是花朵少,总是一丛抽出一枝。川赤芍的叶子比芍药叶子要凌厉些,披针形,裂口高开。端午节前后,正是川赤芍开花时节。它只开放在海拔较高的山坡灌丛中。灌丛荆棘密布,总是墨绿或者黑褐色。有一个早晨或者傍晚,灌丛中突然一枝鲜妍的川赤芍绽放出来,仿佛贝多芬晚期弦乐四重奏131号忧郁悲伤的第一乐章还没结束,明快开朗的第二乐章便开始,情绪都来不及调整。

我在灌丛穿行,看到远处一枝川赤芍,便拨开荆棘走过去。端午时节雨水总是多,灌丛湿漉漉的,裤腿带着水,雨雾又笼罩四周。其实靠近川赤芍也没什么目的,无非是将鼻子凑近花朵,嗅嗅它的气味到底有多臭。我看到它有着绸缎质地的玫红花瓣,薄薄几片,沾点露水便一副负重不堪的娇弱模样。山坡上满是清冽的芬芳,川赤芍散发出的,也还是一股花香味。惯常的花香似乎总是往上飘,带着翅膀,川赤芍的花香向下压,属于低音提琴。

这样,当我从一朵川赤芍身边抬头时,我看到藏狐,它站在一株头花杜鹃旁,正看着我。那样聚精会神,仿佛我是显微镜下的一只草履虫。然而又是,那样温和,眼神笑眯眯的,仿佛在看我的傻样。头花杜鹃蓝紫色的花还没开放,革质的小叶子稀稀拉拉。藏狐背部和四肢鲜亮的棕黄色,以及肚腹与尾尖上的灰白,显得清晰分明。但这只是瞬间。当我的目光与它相对,这只小狐狸的神情即刻发生变化。惊惧、胆怯、怀疑、失望,甚至掺一份忧伤。仿佛我多么凶猛,曾让它家破人亡。然而这也只是一瞬间,瞬间之后,藏狐掉头向山顶跑去,它小而短的尾巴,以及一起一伏的身影,迅速在草丛中隐去。

让一只小狐狸掉头逃窜,这会是怎样的意兴阑珊。你想不到。这甚至不是意兴阑珊,是拔剑四顾心茫然的无望。因为你原本认为,狐狸会跟你兜圈子,耍聪明,仿佛你是那贫屋苦读的穷书生,或者是一只跳脱的野兔。然而什么都不是,你就是你。

027.金雕

阴天很少见金雕出现,也许是因为暗淡光线会影响它的视力。不过这也只是我的一种揣测,或许与真实原因有巨大差别。我不分四季,几乎带些勤勉态度读书,试图对知识有更多掌握。然而在书本之外,我发觉自己对事物知之甚少。书与生活呈平行状态,没有交汇点,没有碰撞出的火花灵光。这多少让人气馁。

天气晴好时候，金雕从深山的青色岩石上飞起，展着褐栗色的翅膀，开始在天空盘旋。金雕从不会像一个粗汉子那样，莽撞着飞过来，也不会啼叫。你起初看见的，那悬崖顶上，或者天边的小黑点，过一段时间，它还在那里，仿佛已被粘贴。但是如果你忽视，它或许就在几分钟内，已经在你的上空。

金雕频繁出现的时间一般为春季，此时小鸡刚刚孵出。山中人家，鸡一般不圈养。母鸡带着一群鸡雏，叽叽咕咕，离开栅栏到外面觅食。那时野草才冒出浅叶，山柳和青杨吊起穗状花序，河水清冽，岸边蒲公英开出明黄花朵，风挟裹泥土气息，阳光明媚。母鸡从石缝中捉出虫子，放到空旷处，咕咕咕大声招呼孩子过来食用，有时也教小鸡捉虫。它们嬉戏学习，忘记头顶潜藏的危险，有些小鸡就此丧命。也有母鸡时时警惕，看到天空有金雕出现，惊呼着带领鸡雏找到遮挡物躲藏起来。

金雕叼小鸡，叼原野上的鼠兔，叼羔羊。它从高空俯冲下来的姿势过于凌厉，那时我做梦，金雕总是从头顶向我压下来，它的翅膀伸展处，是那么广阔的黑暗，仿佛一座城堡被摧毁。

很多时候，我听《广陵散》，听不出金戈相向的杀伐，只是没有边际的黑暗，仿佛我在黑暗的高台，四野风过，又仿佛在黑暗的深谷，不断沉陷。有时被黑暗逼迫过急，就想从黑暗的高台纵身一跃，然后下落。这种感觉曾在那些见到金雕猛扑下来的梦中出现，已经熟悉。

一位山中猎人讲，金雕孵蛋，总是孵一只，出一只，从不知道一窝孵出几只来。猎人还讲他的经历，说，有一次，大鸟出去捕食，猎人拿枪射小金雕,谁知小金雕总是左右摇晃脑袋躲过子弹,使得猎人意兴阑珊。后来,大金雕乘猎人不注意,将他的猎枪抓去,架在窝旁的大石头上。

028.长耳鸮

　　我想象有一种鸟,它总像夜晚一样来到。它披着黑色大氅,翅膀平展,不扇动,它从不在一个地方长久停留,它柔软地飞,旋转,直到给所有事物:绿绒蒿、墙、灯盏、流水和松涛,染上丝绸一样的幽暗。它甚至用细密润泽的羽翼,遮挡这些事物的口鼻,使之眼睛大睁,而声息全无。它让老人幻灭,让青年喑哑,让幼童惊惧。但它从不带他们走,它只带走他们的睡眠和夜晚。

　　如果唱歌是抒情,我宁愿相信它不是。它的歌声是带着病痛的呻吟。而这病痛,不剧烈,也没有和缓的时刻。一支箭搭在弦上,吱呀着,幕布还不能拉上。在幼年,我经常在一个又一个夜晚,听见它这样低沉的呻吟,像一个贴着悬崖的黑影子,飘浮着长袖,反复来去。

　　说白一点,长耳鸮的啼叫仿佛是庞大魔兽发出鼻音极重的"哼——哼——哼"声,猫头鹰的叫声则多些俏皮:"咕咕——喵,咕咕——喵"。

　　听一只鸟鸣叫,然后想象它的样子,不切实,也容易让人糊涂。但这种方式具备弹性,鸟在想象里,有无限飞翔的可能。只是,在以后,想象力逐渐被事物的原本模样破坏,一只鸟不得不露出原形。

现实中的鸟,它是那样娇小,羽毛素朴,眼神无辜,它在人们的白昼中茫然,然后在人们的夜晚,悄然飞起。它叫长耳鸮。

我唯一一次见到一种长耳鸮,在一个小镇汽车站门口。我去坐车,一位穿着深蓝色棉袄,敞开衣襟的男人朝我走过来,靠近我时,拉开衣襟,小声询问:买不买,一只十五元。我看清它怀中正揣着一只浅灰色小鸟,光盘一样的黄绿色眼睛,褐色瞳仁,圆脑袋,耳际两撮羽毛竖起。我早先曾经查过长耳鸮的图片,一眼认出。我问那男人,鸟从何处来。他一脸得意,说在松林,用弹弓打下。又补充说,在白天,这鸟什么都看不见。我伸手抚摸长耳鸮的羽毛,光洁柔顺,身体有些微颤抖。忙着去坐车,在车上,我才想起,我可以将它买下,给它治好伤,然后放它去松林。又下车,去寻找那男人,不曾找到。再去坐车时,心情陡然灰暗。

在青海高原,长耳鸮有一个更好听的名字:杏(héng)虎。这名字与它的啼叫声相配。

029.蜘蛛

父亲年轻时学画的师傅是一方富贾,常骑枣红马,穿氆氇,来去自如,跟三四随从,吸食大烟。父亲说,师傅卧室檐下,住了一窝蜘蛛。蜘蛛吸烟上瘾,有时犯烟瘾,师傅不在,蜘蛛就爬到墙壁来,几天不动。

我幼时养猫,冬天看大人喝酒,好奇,偷少半盅酒,哄猫咪喝。

大约是青稞酒太辣,猫咪甩着小脑袋吱吱哇哇叫,仿佛受了莫大委屈。大人喝了酒一副心满意足样,猫咪大约没酒瘾。

至于蜘蛛,从没敢试着给它灌酒喝。

小时候见到的蜘蛛都不大,分两种。一种长腿,浅褐色。一种常吊在丝线上,像油菜籽。人们惯常的说法是:早见蛛蛛有喜,晚见蛛蛛打死。这种迷信下,大约不少晚间出来活动的蜘蛛死于非命。那时候,好事的孩子总是很多。长腿蜘蛛爬过来,好事者抓住便要揪条腿下来。残腿在地上,像镰刀,不停弯曲弹跳。女孩子不玩这游戏,蜘蛛爬过来,就看那八条凌驾起来的长腿,怎样繁复着将自己托运。

小时候的屋子总是安静,暗黄光线从木格窗子照进来,铺在油漆斑驳的桌面上,有时能看到一束跃动的细尘。晚间,十五瓦灯泡低垂,人影在地上,鼻子眼睛全不见。有时坐着坐着,眼前慢慢垂下一条细线来,褐色的小蜘蛛吊在细线上,仰天蜷着腿,像第一次来到凡间。

我曾在梦中见到黑色大蜘蛛,它蛰伏在我的心脏内,缩着身体,静止不动。我听得梦中有人对我言语,说那蜘蛛一直在你心脏内蛰伏,你不曾感知,如若它伸展肢体,并且蠕动,它的肢体便是你的肢体。我低头,果真见到蜘蛛将肢体伸展,它的足一点一点探进我的四肢。这之后的一段时间,我在街头逢着一些人儿,总会探视他们心脏所在的地方,并且揣测:谁的心头盘踞着虎豹,谁的心头又栖息着金凤,麒麟在那里怎样飞起,灵龟又怎样爬行。

029.丁香

初逢"丁香"一词似乎是在那一句"青鸟不传云外信,丁香空结雨中愁"的词中,那时候借得一本《唐宋词鉴赏辞典》,是上集还是下集,早已忘记,因为住单人宿舍,夜晚可以无限制的使用,因此便是借来的书,读着也不急。有时一边读,一边往硬皮笔记本上抄。抄了不过瘾,又用钢笔在诗词旁描几笔画:叫不出名字的花,垂下的柳枝,几颗雨珠,一朵远飞的云。那时初出校门,除拥有一份清贫的教书工作外,一切都茫然,词正切合当时心境,几乎觉得每一首词中都藏着一个自己,抄下的词,自然以"愁"为主,诸如"芭蕉不展丁香结,同向春风各自愁"。其实那时候的读,也仅限于读,在生涩的共鸣外,是词与心境的相互影响,这种影响又是暗淡的。此外,一切都懵懂,甚至于丁香是一种什么样的植物,都不清楚。

那时候想,院里有株丁香多好啊,如果高原的雨再多一些,如果我窗口的帘子始终可以放下。

一直不知道,丁香就在身旁,这几乎是件荒唐的事情。某一天,在院子里,逢着一树熟悉的花,有人指着说,丁香。暗自一惊。这不是我们称为"伦贝"的花灌木吗,它在院子里,当然不是一处院子,它几乎在我生活过的每一个地方,生长着,并在每个暮春开出细碎的花朵来,它的芬芳,我早已熟悉。它在我身边,出现的次数实在太多了,以至于我记不清楚,有多少个春天,有学生捧了大把丁香,来敲我的宿舍门,而我总是将它们插在大玻璃瓶中,放在书桌上,读书和备课的间隙,瞅一眼,那清香在屋子里,几日不散。

那时候,我总是犯这样的毛病,以为一切令人流连的事,都在远方。我因而将一些愿望,寄托于时间和等待:时间总会将我弹出去,像弹一粒带翅膀的籽,然后在那里,不论那是风前雨后,还是雪夜霜晨,我所有的期待终将完满。

我因而始终在等待,我的时间那么多,足够一次又一次年轻的想象,我总是不着急。那时候,我们坐在那些丁香树丛旁,一坐就是许多个黄昏,有时我们打牌,输牌者的脸上贴满纸条,有时只是闲谈。春天是丁香的季节,在高原,芍药牡丹,萱草刺玫,只成为陪衬。春天的花香,似乎也只有丁香最为浓郁,不,那几乎不是浓郁,是持久的,香远益清。丁香花掩映在碧绿的叶子中,随风摇曳,哪怕是最轻微的风。如果有雨落下来,丁香四裂的花瓣,钟状花萼,总是盛不住雨水。而其他的花瓣,就显得大而蠢,被雨水压塌,狼狈不堪。丁香便是在雨中,也在轻微摆动,即便那是一大丛。而丁香结,那紫色和白色的,紧紧蜷在一起,瑟缩着,顶着风雨的小花苞,看上去,更像无助的幼儿。

杜甫说,丁香体柔弱,想想,果真如是。丁香的枝条总是柔弱,便是有阳光的午后,在路旁,大丛大丛的丁香,看上去依旧一副不胜风雨的模样,惹人怜悯。

自然还有一种叫暴马丁的,植株要比紫丁香高许多,叶子无毛,开细碎的白花,人们将它种植在行道旁,车子驶过时,那几乎是丁香花流成的河。

031.刺柏

站在刺柏树下,我以为自己完全可以捏住一只麻雀的翅膀,只要一伸手,如同一伸手就可以捏住红漆面柜上的鸡毛掸子一样,但是不能。我于是抬头探究,在繁密的刺柏枝叶间,我依旧看不见它们的身形,只听见它们近似挑衅的啁啾。我想着它们是可以看见我的。我们处于如此不同的境地:幽暗与光亮,却怀揣如此不同的目的:它们在幽暗中光亮,而我在光亮中幽暗。

刺柏早已老去,树身矮小,总也高不过黄土夯筑的南墙头。针形细叶浓密葱郁,其间夹杂锐利小刺,红褐色树皮纵裂脱落,常有黏稠树脂流出,仿佛混浊老泪,历经沧桑。树形优美,枝条箍成圆锥形,紧密有序,是严谨自律的一棵。刺柏树中四季都有麻雀来往。它们在每日日出前二十至三十分钟内就会集合起来进行大规模的演说活动,群情激奋,仿佛要拯救什么,但往往有始无终。大多数时间,麻雀在树叶间欢快跳跃、嬉戏,站在树身外的我看不见它们任何一缕飘忽的身影,由此我感觉到刺柏的悲悯情怀,以及它隐约的偏袒,它敞开密不透风的衣衫,任麻雀在它肌肤骨骼内为所欲为。于是我有了些微茫的嫉妒(并不明晰的意识中,我将自己同小小的麻雀等同起来,争夺自然的庇护),天时于我并不公正。骤雨袭来,抑或冰雹乱砸,我在逃离的瞬间仍旧听得麻雀们在树冠里清脆的说唱,仿佛刺柏枝间结满翠绿光滑的玻璃弹珠。

邻家姐姐说麻雀屎和些蜂蜜拌匀,擦脸,能防皱并使皮肤细腻。我容易相信这些善意的偏方。早间起来,到刺柏树下捡拾麻雀屎(以白里透灰者为佳,据说是公雀的)。那时我暂且忘却了刺柏树身里隐匿的玻璃弹珠,只喜悦于树下厚厚一层雀屎泛着的灰白光芒。那是一缕承载希望的光芒,有着让灰姑娘成为公主的力量。

刺柏长在花园里,父亲常叮嘱我们,不可将洗脸水泼洒到刺柏身上,说刺柏树性子高,受不了人的浊气,会死去。一日我偶尔看见纸面上高冠博带的古人仰面长啸,便觉得刺柏树其实也是位朝饮兰露夕餐菊英的高士,他耳目洞明,心思铮亮,操守坚定,品质高洁,他从不现身,但我们的言语行为均在他的透视之中,我们唯有时刻严格自律他才可愉悦欢欣。我于是追加给自己一种隐性的力量,警醒自己:时刻,我都要,如同松柏。

阴历初一或者十五,父亲早早起来,到院里摘些枯萎的刺柏枝叶下来,揉碎,放进白色陶瓷大碗内,燃起烟来。碗不能随便放置,一定要在干净的高处,譬如有着墨绿苔藓的院墙顶上。烟是孤烟,细小的一缕,灰中带些幽蓝,烟升起来,仿佛巧舌,舔噬小小院落:土木结构的低矮房屋,雕花的松木窗框,有着烟熏味的板壁,藏着太岁的幽暗角屋,便是在阳光下也无比阴暗的厨房,种植刺玫和罂粟的花园……袅娜,如同鬼魅。我在浓郁的刺柏香气中醒来,睁开眼,清冽的早晨挂在纸糊的窗格上,我看不见天色与云影,也不见房屋东边青杨树枝上的鹊窝,但是高原的天光云影全透过薄薄的纸面,亮晃晃地存在。翻个身,在麻雀啁啾的寂静中,我嗅着刺柏的浓香重又睡去,仿佛多年后孩子抱着她的毛绒玩具睡去。

除夕夜,父亲急于清洁房屋以及我们,从河边捡来几块拳头大小的圆白石,埋在火堆里烧红,睡前(总是到了黎明)将石头放进搪瓷盆里,上面撒些刺柏碎叶,浇些食醋。"噗嗤"一阵,烟和蒸汽喷吐出来,混杂着刺柏和醋的奇特香气。父亲端着盆子沿着墙角低低熏过每间屋子,熏过我们,熏过鸡圈猪窝牛马棚,然后投到屋外去,父亲说如此一熏,来年人畜便不会生病。爆竹零星,带着新年的气息睡去,我疼爱并喜悦于那个熏过的自己,仿佛雨后草木,一身清洌。

一天,我翻阅图齐的《西藏宗教之旅》,记住如下一段文字:焚香,是藏区民间宗教中最为独特的一种仪轨活动,这其实是一种净化和赎罪行为,人们认为本处会使人身上产生一种特殊的软弱状态,是些污秽、斑点和阴影,人在这种状态下容易受外界入侵,人们于是通过向四处扩散的香烟,使自身及其周边事物得以洁净。同时藏区的人们还认为人类耕种土地就意味着一种打乱了事物原有状态的新秩序的出现,人们耕种或掀石必须得到人类公共文明生活的第一批创建者的帮助,因此人们要在掀石耕种前举行焚香活动,以求赎罪。

我想着父亲是有简单的宗教思想。以至于现在的我,也对熏香有着癖好。我时常的要在屋子里燃些刺柏的烟出来,让它们熏过各个房间,在此之前,我将屋子扫除干净,然而我总觉得屋子里是有霉气的,刺柏桑烟可以使屋子洁净。我在市场上遇见各类香,龙涎、百合、檀香、印度香,以及名目繁多的精油,点燃它们,仿佛看见别人厚重滑腻的舌苔,感觉窒息。而我住在有着刺柏熏香的房子里,仿佛住在森林里,格外安心。

032.母亲的房子

我去医院看母亲。我感觉已经很久不去看望母亲了，一个月，还是两个月，记不清楚。但我时刻都记得，我该早些去，再拖下去，就来不及了。医院在一个凹陷下去的地方，推开木色大门，看见棱角分明的房子连成一排，又一层一层垒起来，有三层。每一间房子都相似，门窗洞开，没有灯光，也没有任何装饰，似乎只是黑色泥土夯成。有人带我去母亲的病房，黑屋子中，不见母亲身影。有人说，你母亲病重，换了病房。我便一间一间推门去找。整个医院黑暗一片，没有亮光，但道路和门廊又都从幽暗中显现出来。我预感到母亲在一间更黑暗的房子里，屋子角落有一张床，母亲睡在那里，等我。母亲的气息是独特的，我熟悉已久。

我在医院里转啊转，医院似乎是一个迷宫，除去房子，再无任何建筑，没有一叶草。弥漫的黑暗没有厚度，手一伸出就能穿透，但在手的另一头，依旧是黑暗。这些黑暗是纸糊的，不牢靠，又似乎是液态的，我穿来穿去，身上似乎有黑色汁液往下掉。我最终没能找到母亲。我明明知道母亲就在某一间房子里，安静地躺在床上，长满斑点的手垂到被子外面，母亲在等待，她只有一个女儿可以等待，但我就是找不到。

有时候，我一下班就去看母亲。我推着自行车，在集市上买东西。五仁馅的月饼，这是母亲喜欢的。新鲜蔬菜，肉类，有时扯几尺布料。母亲是用惯缝纫机的，曾经给许多人裁剪缝制衣服。捎着这些东西,骑车往家走,心中高兴:就要见到母亲了。但是回家的路过于漫长,总是骑不到。太阳落下去,黑暗涌上来。我还在路上。有时又遇到大雪,纷纷扬扬,回家的路根本看不见。

后来我见到母亲。母亲住在用纸做成的房子里,门户窗棂,皆为白色,上面剪有传统图案:水纹、祥云、蔓草、藻纹,还有博古和暗八仙。梁柱和屈曲体的窗栏,又用朱红装饰。房子不大,但结构精美。拉开门时,见得屋顶一面大灯,是倒悬着的红白色莲花灯。母亲穿着那件我熟悉的淡蓝色对襟上衣,那是父亲去北京开会买来的。母亲的短发已经长长,梳成扁平发髻。这种发髻叫油花头。我看见母亲从门内走出来,脸上带着微笑。母亲的衣襟上别着一朵深紫的虞美人,花朵不太大,花瓣也没有全部绽开,色彩浓郁到恰到好处,是我家花园中常开的那一种。

033.蕨麻

我偶尔回忆起小时候学会的事情,比如缝制荷包、擀面条、割草、摘香草、挖土豆、梳辫子……十之八九,源于自觉。学,然而并没有掌握的两件事情是,给青稞捆子打结,和别人打招呼。这两件事母亲曾反复示范强调,我却不热衷,表面应付,过掉即忘。也有一类事情,我似乎从没学习过,仿佛先天就会。

我不记得早先跟了谁去做这件事情。要说这是一项劳作,也非如此,我始终带着玩乐的兴致,要说这是游戏,我又时常想着要有收获才能罢休。在我能回忆起的清晰片段中，我总是一个人拿着小铲子，蹲在田埂，或者空旷的野地，仔细挖掘着藏在土壤之中的蕨麻。那个时候，天气似乎总是晴朗，云在高天翻卷，还有雀鹰盘旋。太阳光仿佛金色河水，始终流淌。春天的风在山尖，也在河谷，凌厉，又带点柔软。原野总是空旷寂静，云杉黑色的身影罩着山腰。找到蕨麻枯萎的旧年叶子，挖下去。那时冰冻刚刚消融，土壤潮湿。挖出的深褐色蕨麻裹着湿泥，需要擦拭。

那时已有经验积累。向阳的土地干燥松散，那里的蕨麻通常膨大结成球形，甜味充足。靠南阴湿地方的土壤，土质粘连，多为黑色，那里的蕨麻，更容易长得细长，药味较浓。花半天时间，通常也只能挖一两把。将它们拿回家，洗净，大铁勺烤红，倒点菜籽油，烧热，放入蕨麻，加点盐，清炒。熟了的蕨麻通体油亮，口感绵密清香，总是舍不得将它们一一吞下。

青藏高原的冬季，气温并不是很低，降到零下二十多度，已是极限，但是土壤总要冻成冰坨。在此之前，秋天野果太多，我们的时间就匆促，挖蕨麻的事情顾及不到。之后一个漫长冬季，总是遥遥无期。等到开春，人已按捺不住。

那时并不知晓"环保"一词。对蕨麻的挖掘，也只是几个孩子在进行。农历三月一到，蕨麻探出灰绿色叶子，挤满河滩山坡。这些对生的小叶子渐渐长大，开出豌豆大小的黄色花朵，五个单花瓣聚在一起，简单清爽。花开着开着，叶子底下又会冒出暗红色线状细茎，触手一般顺着地面匍匐交替，成为网状，并且随时扎下根去。

我时常俯身在春天的地面上寻找蕨麻，也寻找一些名字稀奇古怪的根茎和虫子。时间久了，我想如果将自己的足迹连起线来，也定是网格模样。然而谁能将自己的足迹一点点描画出形状呢，又能在哪里描画。展开的地图总是太小，行进过的道路又总是太长。

034.杜宇一声春归尽

不是有意要选择雨夜来读萨福的诗。其实，很多时候，书并不是被用来读的，而是用来翻的。翻一页，盯着一两个字出一阵子神，再翻一页，然后搁下。文字就是扰乱人心的。你搁下书，但搁不下文字。"没用的，亲爱的妈妈，我不能织完了，你要怪阿芙洛狄特。尽管她很温柔。她差点儿，要了我的命。她爱上了那个男子。"读到此处，你合上了她的诗。谁都被这样的爱伤过，但都是些很久以前的事情。很久以前，年纪正小，你在唱歌我在笑。

这个时候，你听见雨的声音。

是有意拉长，还是，你将时间捻成抽不断的丝。那么久之后，你听到布谷的叫声。熟悉而又陌生的，遥远而又逼近的，朦胧却又真切的，就那么一声。一声之后，遗失，像萨福这个女子。

是种奇迹。有多久不曾听见它的叫声了。布谷，那个惯常被人们认为是形单影只的浪子，那么早之前，便将影子雕刻在你的眼底。青杨林里，它从这一枝飞起，笨拙，又落在那一枝的隐蔽里，你只见那褐色的一线痕迹。你追逐它，它却给你背影。

不让你靠近，它知道，它和你，或者，你和它，一样，隐藏，在时间的苍茫里。你们是可以彼此诉说的,但是不需要,你们互相懂。

懂,多么温暖的一个字。你渴望有它,但你又远远地躲避。

萨福和布谷,还有雨和夜,搅和在一起。他们应该可以搅和出一种什么吧。可是,他们是零散的,你无法将他们拼凑。

就像那出土的芦纸卷子。那书写着萨福诗歌的芦纸卷子,被一双手从坟墓里挖掘出来,在时间的风蚀里,很快地破碎。于是,萨福的诗就残了,萨福这个精灵般的人就模糊了。人们给她不同的定义,给她不同的色彩。可是,真正的萨福,在哪里。那残存的句子吗?"哪儿去了,甜的蔷薇? 哪儿去了,甜的蔷薇? 一旦逝去,永难挽回。我不复归,我不复归。"

我不复归,你不复归。

结束或者遗失。仿佛刚才那声布谷的啼叫。

杜宇一声春归尽。

辑二 从立夏到大暑

035.夏至

这些天,天气一直晴好。天空仿佛印花蓝布,有时甚至不见一朵云。阳光分明存在一种质感,伸出手,似乎能握住金黄一束。偶尔有风,拂来旷野清凉。约是 6 月 16 日吧,一场并不猛烈的雨带来了雪。六月飞雪。只是那雪落在远处的祁连山上。那日休息时站在窗前,远远望去,见隐隐白雪环绕苍山,烟寒俱在。现在,这是夏至这一天的上午十点十六分,在灿烂阳光下,在墨绿凝浪的青杨林外,群山正显露轮廓。同时显露忙乱记忆。驳杂的,水声食味的,又是诗词一般的时光记忆。

这个节气,芍药终于将花开得不成样子。

衔苞时还好,翠绿萼片托着一星粉红或莹白,饱满青涩。一绽开就信马由缰:单瓣的在那里翘首以待,层叠的在这边托颐沉思,有几枝拉帮结派,又有几枝我行我素。墙角的还在揉惺忪的眼,坛里的已是一副醉酒模样。

花是径自开,不管不顾人间琐碎事。

这一天,开在田野里的,更多是油菜花。油菜花一坡一坡开,拙朴又谦逊。蚕豆也在开花。蚕豆将花开在植株的丛林里。椭圆形的白花瓣,淡紫的脉纹,花瓣中央有黑色大斑,蝶形花冠。远远看去是舞动的蝴蝶。近看了,却全是黑白分明的眼睛。

刚才见得一只小雀,肚腹和翅尖的羽毛白色,其余俱被黑羽,又插着修长的尾羽。小雀蹦跳自如,先是在操场上觅食,倏忽间溜到楼底幽暗的门洞旁吃水。水是夜来积水，被小雀啄出几个涟漪来。真是伶俐。涟漪尚未消去，小雀早已不见。

今年的鸟比以往要多一些。同事说前几日回家，见得院里柳树上两只小鸟终日嬉戏唧啾。小鸟十分漂亮，从没见过。回去查书本，竟是黄鹂。实在是喜事。看黄鹂不必去东吴了，同事调侃。

说:夏至雨点值千金。《荆楚岁时记》又说:六月必有三时雨，田家以为甘霖，邑里相贺。想着这值得相贺的雨点最好是不要来了。在高原，它是甘霖;在南方，它已成了魔兽。

036.小暑

晨起，见到天空丝状薄云。这样的云预示着接下来的天况并不晴朗。但在后来的七八个钟头内，太阳一直兴奋在天上，仿佛喝了某种药剂，抑制不下去。云没有变化，沉稳让人妒忌。

午后，空旷山谷。嗅到山花、野草、虫子和蜂蝶们混合出来的异香。防风、柴胡、大蓟、薄荷、蕲艾、白芨……曾经熟悉的草木，和所熟悉的来自一个人躯壳内迷雾般的杂乱。芳香让人心存感激，内里的幽暗无边无际。

雷在十七点的时候醒转过来。在此之前的半小时里，狂风大作。麦田骤起波涛，青杨翻卷的叶子闪烁莹白，灌丛扭着身子喧哗。黑云迅速从西北方向漫溢过来，吞没阳光，天地暗淡，花香消散，云影加重，草木渐次朦胧。

闪电,南北方向。刀光剑影,瞬间明亮,瞬间又归于暗淡。瞬间看见的仓皇,仿佛一些真相。

三四个雨点,如果来得及拨弄,在手心,超不过五个,三十秒的时间里,含着敷衍的味道。不仅是这一天的雨点,是这一段日子里的雨点。雨一直如此矜持,仿佛那些从豆茎天堂里落下来的金蛋。这之后的雨点,也许是更为密集的雨点,躲在黑云中,向东南天际缓慢移去。闪电和响雷也移过去,它们声势依旧浩大。

其实是有些盼望的,一场雨,一些干燥时日里的湿润,一些油绿上滚动的晶莹。又想着麦子正在抽穗,多晒几时是无妨的,但依旧有些不舒服:雨已经成了一件倔强的事物,说空,它便时时地空了。

十七点四十分,山脚的油菜田恢复绚烂,明亮再次沿着陡坡,从高处滑下,逐步漫过山下平地。夕照一如往常,无限好。

说,小暑打雷,大暑破圩。若如此,想着十五日后的大暑,必是另一番水模样。

竟是一种等待。

037.大暑

凌晨时分落下几星微雨。

如果人在屋里,是感觉不到这样的雨。其实,起初并不知道雨点落下。那时双眼漫不经心地盯着夜行车的挡风玻璃。路灯、指示牌、收费站和一些朦胧的影子,这些隐藏在黑夜却无法遁去形体的事物,一一从眼际晃过,并没留下什么特殊印记,仿佛许多个一晃而过的时日。后来,车玻璃渐渐迷蒙不清。

凌晨一点的时候,看见月亮迅速地穿行在云层间,急匆匆的模样,仿佛夜行人。

午后醒来,见一派阳光。

这一天,我所看见的花草已经不是去年的花草。去年的蜀葵、月季、金丝莲、波斯菊,去年的龙爪、金针、虞美人、大丽菊,这些长在我们手心的植物,早已不在。我试图将我熟识的她们中的一些用文字留存,试着摒弃杂念和卖弄,去记录她们精美的结构和所给予我的美轮美奂的感受,但是,不能够。她们的静默是一种权威。而我,只是凭别人的话去认识她们,"但他们的话常常建立在别人的权威之上。"我总是用自己偷来的权威去欺凌她们。我所能记得的她们,去年的她们,仅仅是去年此时的一捧百合。在女友的办公室里,我看见一大捧萎谢的百合,纯白和淡粉,她们静立在桌子一角。我坐在旁边的沙发上,百合的馨香传过来,仿佛她探过来的手。"我从实验地里摘来,一直等你回来",女友说。

在这一天,我又一次认识一位忧伤的姑娘。

灰斑鸠站在茂密的枝叶深处歌唱。她的歌声低沉。我分明听见她说:"哥哥好,哥哥好",仿佛是声声问候,又仿佛是声声思念。但是有人这样理解她们,说,她是一位善良的姑娘,被嫂嫂毒害致死,于是她时时处处伸冤:哥哥好,嫂嫂歹,黑毛绳儿吊死我。我是从书上看见斑鸠的后颈是有着黑白色半颈圈的。但书本上没说灰斑鸠的一只腿上也有黑圈。故事总是比科普知识感人。说，灰斑鸠后颈的黑色圈是上吊时的毛绳，腿上的黑圈是嫂嫂用火棍烫出的伤疤。

布谷是吟唱的，只有斑鸠在诉说。我听见灰斑鸠的忧伤在平林漠漠处弥漫。我所希望的是，斑鸠的诉说是因为思念，而不是伸冤。她深深切切呼唤着的，是她肯用美玉回报木瓜的，心爱的人。

暑，热也。大暑，热之极也。说，"稻在田里热了笑，人在屋里热了跳"。庄稼们自然是在田地间舒畅，只是人并没有在屋里上蹿下跳地诅咒。看《容斋随笔》，翻到卷七第一则，说："盛之不可留，衰之不可推"。竟是这一天的谶语。

038.处暑

先前的雨在昨天傍晚有了结局：响雷之后，阳光从云间漏出。我以前听见过一种版本的"四毒"，云层里的太阳门缝里的风，蝎子的尾巴后娘的心。我在昨天傍晚见到云层间的太阳时，觉察到一束束太阳光金盏菊一样漂亮，惹人喜爱，因此对"四毒"开始质疑。先前的雨曾连绵不断，仿佛时日将一如既往，再无晴朗之时，但四五日后结局突然出现。这成为一种降示。因为这降示从未离开过我们，以至于我们常常忘记它的存在。

今早我看到阳光下的水色窗外。青杨、瓦楞、烟囱、苔藓、野草、墙头、猫咪。它们在一起，组成一种过去。但在瓦楞的远处，水泥墩子正在蒙上保暖层。我还是喜欢看破旧的瓦楞。一只鸟神一样在那里跳跃,野草如同新绿,苔藓油滑,青杨枯白的树干始终贴着两枚啄木鸟,猫咪像女王一样在树荫斑驳的墙头走过。我记得先前的女王一身灰黑,这几日一转角就是一袭淡黄,原来女王是可以倒班的。如果她们在墙头走过,我就从卧室跑到客厅,或者从客厅跑到卧室。隔着玻璃,吹弹一番。但她们到底是女王,从不扭头,也不斜视,孤绝的样子,将日子从立秋走到处暑。

这一天我还看到蜀葵,一地东倒西歪,来自民间的花朵,"花如木槿花相似, 叶比芙蓉叶一般;五尺栏杆遮不尽, 尚留一半与人看",拙朴。还有翠菊和紫丁香。紫丁香一定已经第三次开放,这一年。这是种殷勤的花朵。

说处暑分三候:"一候鹰乃祭鸟;二候天地始肃;三候禾乃登。"在这一时,我只能感觉到早晚正在水一般凉去,看不到鹰在俯冲,也看不到谷穗垂到大地。

039.明鱼

1.天光已经这样明亮,夜晚的丝质薄云慢慢消散。风从河谷逆流而来,拂过岸边,也拂过清冽河面上的白色水花。带着细鳞的银色明鱼,身长永远只有一寸,它们在水底,仿佛一些闪烁未定的光线。河底铺满鹅卵石,还有寄生的小虾虫,裹着螺壳和草茎挤进石缝。这些从青色岩石间流出来的溪水,股股汇集。它们在夜晚发出巨大声响,回应山际松涛。在晨间,它们依旧淙淙作响。我在此时从不玩闹。挑木桶，来到河边。弯腰，用水罐将河水舀进木桶。有时，明鱼游进水罐，绕着罐壁，用身体画出圆圈。它的尾鳍总是灵活有力，因为太小，腹鳍和背鳍看不清晰。将水罐中的明鱼倒回河中，看它们箭镞一般躲到水花之下。重新舀水，再一次看见明鱼游动过来，鼓起豆粒一样的圆眼睛，围着水罐嬉戏。

2.如果我停驻，在明鱼游动的河边。我所见到的一切，都将成为一个名词，在以后。东山顶上的积雪常年不消，那是嶙峋岩石和沟壑纵横交错的地方，马鹿和月熊偶尔出入。云杉和白桦的树林横贯南山腰际，灌丛在它们底下，开满高山杜鹃。七月的时候，柴胡花会将北面山坡染黄。青稞田在四围的山脚下匍匐，土豆将在那里开出大片淡粉和白色的花。大麻将在田边结籽，燕麦将在秋天继续青葱。村落在河边，青杨织烟。如果时间将我摔打，像女娲抛出的泥点。如果多年后，我在另一个地方，回望。家乡总是这个模样。

3.明鱼从不会跳出水面。它们在鹅卵石的缝隙和柔曼的水草之间，往来倏然。它们看不到岸边蒲公英的花朵，也看不到灌丛里的紫荆。雉鸡在那里怎样低飞，草丛中怎样留下它们灰白的蛋。草莓在五月怎样开出白花，八月又怎样将果实悄悄悬挂。它们也看不到黄花铁线莲的花朵，我们怎样摘下它，玩一种斗狗汪汪的游戏。它们在水中，偶尔见到天空盘旋的金雕和雀鹰。当我们脱下鞋子，在阳光将岸边青石晒暖的午后，用脚拍打水花。当隔壁姑娘将我们摁倒在水中，给我们洗澡。这一切，曾经这样明白无误的发生。我们说笑，来回奔跑。明鱼在水底，是否听得见。

4.傍晚，金棕色的马从山上奔下，它们身后是黑色牛群，羊在它们身后,仿佛翻卷的芍药花瓣。早晨,它们那样急迫着离开村庄,仿佛要离开噩梦纠缠的夜晚。它们那样决然,蹄子扬起碎草,仿佛一去再不回还。现在,它们又趁着夕阳,迫不及待地奔回村庄,找到熟悉的路口和家园。它们仿佛离开已经很久,害怕松木的大门从此将它们阻挡。它们带着风,蹚过河水,蹄子翻起水底石头。它们携带在蹄子之中的泥块和青草,被河水冲洗。如此泥沙俱下,浩浩汤汤。明鱼开始惊慌,我看见,但我给它们做不出解释和说明。我也无法返身,远离它们的慌乱。我只能垂下手,退到一边。

5.过程这样久,仿佛它将取代开始和结束。然而一切都已安静。夕阳跨过山头,清冷的风重新吹起。荆芥、薄荷,还有防风的药香,继续流淌。明天尚未来到,过去还在眼前明亮。黄昏的大翅膀下,草棵跳起舞蹈,即将闭合的花也在跳。明鱼小小的身段,在水底的微光里,一个个急转弯。这样迅疾,又悄无声息,像你我在年轻的某个时刻,倏然惊动,然后,慢慢醒转。

鳟鱼过于珍贵,在高原。我听说有人养殖,却从未亲眼见到。这样,舒伯特的《鳟鱼》,这部加强低音,又使结构多出一个乐章的钢琴五重奏,在我粗糙的聆听和想象中,有了如上变幻。我不知道明鱼确切的名字,我们曾那样将它称呼。家乡的许多事物,都这样。它们像一首曲子,在那里,时而响起,时而寂灭。时间过了很久,草木衰败又葱茏,但它们从不会走到尽头。如此,我在音符的晨曦和暮色中,来去走动。我无法将身体延伸到时光外,亦无法离去而远逝。路途也许一步之遥,也许漫长,我只得时刻回身,用熟知将未知一一代替。

040.梦里青山

在梦中,一位老人指着远处青山,说,它由多种动物骨骼搭建而成。顺着手指,我看见那座巍峨耸立的山峰,它裸露的青色岩石,正是各种动物形象。我看见匍匐的大象背上,卧着青牛,牛背上是四肢头尾都已伸出的乌龟,龟背之上,站着一只鸟。山体基部,我看见一条向南游弋的鱼,露出的黑色鱼刺根根分明。我扭头,对老人说,那是我曾经攀登过的一座山峰,来自我的家乡,我们叫它龙王山。

深山之中的牧民,为吸引游客,在牛身上刻出经文。我看到这个场面,没有分明的光线和背景。黑色的牛毛被剪短,有人用锐利雕刀在牛背和肚腹上仔细刻出白色文字,那些扭转交错的笔画圆满端庄,异常熟悉,却不认识。雕刀按下的瞬间,我掉头关注牛的神情,想知道它是否痛苦。牛却闭着眼睛。

时间过去,灰色大雨瓢泼而至,罩住青色山脊。山坡上,牛群如同黑色弹丸,胡乱散落。我听到雨中有人担忧:牛棚漏水,牛将如何。

我总是骑在山尖上,无法行走。我原本要走下山去,但是山坡过于陡峭,它几乎就是一面瘦峭的马的脊背。我骑着山尖一点一点向前挪动,手中握着一束青草,这是我唯一可以作为凭借立住身体的事物。我不敢低头向山下察看,我是有恐高症的。在梦中,愿望过于简单,我只是希望前面会有一处平地,能够让我将双腿转移到山坡一侧,这样,我可以向山下爬去。但是山尖开始升高,仿佛一匹卧着的马,慢慢起身。我看见山坡就是马的肚腹,山脊线成为马的肋骨。

熟悉的人，一个个向山下行进。山过于陡峭，没有可通山下的路，他们便采用跳跃滑翔的方式。他们没有恐惧，身轻如燕，总能选择最佳线路。我在山顶，寻找缓坡，试图跳跃，却一次一次因为胆怯放弃。这样盘横着，我便看到所有的人已经都在山底。我想总有一条路可以通到山下，不着急。这时候，我似乎听到有人嘲笑：如果一朵花控制自己绽放，一片落叶控制自己飞翔，一条河控制自己流淌，如果夏季控制自己行进，月亮控制自己盈亏，孩童控制自己成长。

我从梦中醒来，依稀记得那几句话语，我尚未从那种情景脱离开来，我觉得有必要回复：如果刻意沉默，或者刻意说笑。如果你能，而我不能。

041.奔跑的黄昏

黄昏的山坡上，母亲正在行走。夏季的大风从山尖刮下，气势遒劲，使得山野发出轰响。母亲走过青稞田，青稞穗子喧嚣着甩过来，麦芒戳着母亲胳膊。这样的大风中，母亲的身子，像树木那样倾斜，头发也一样。我看到母亲努力迈步，却走不出几步。我低头，看见母亲的影子，倾斜着，匍匐在地，仿佛要从母亲身上逃去，又因为连体，影子不得不将身子无限拉扯，变瘦。地上榛莽纵横，草茎挑起碎叶子，胡乱抖动。影子挣扎在这样的草叶上，看上去不仅奔跑，还摇晃。

我同时看到高寒缺氧下依旧发亮的草茎和叶子，密布芒刺野花的灌丛，山腰墨色浓郁的青杨和油松，广袤倾伏的青稞和燕麦，它们喷吐的金黄……这个黄昏里的草木和野果，携带它们的芬芳，正像母亲的影子一样，向着东方奔跑。它们斜着身子，将叶子和枝条举起，甩出去。它们的枝干那样努力，似乎要将自己的根拔出来，无止境地飞。

我看到风也在跑。它们从山上灌下，将脚下的事物一一浸透：裸露的红砂岩，高寒草甸，沼泽，河谷，水，麻田，鄂博，经幡和村落……它们那样迅疾，一刻都不曾停留，并且喧嚣。但是它们卷不走什么。我看见所有的叶子都在枝柯上，所有的枝子都在树干上，屋顶在房子上，水在河床上……它们的徒劳那样醒目，尽管它们斜着身子，一直跑。风跟着它们跑，却没有自己的形迹。风是这个黄昏里唯一找不到自己的事物。

风肯定卷不走我的母亲。这样的黄昏，当我和母亲因为无法行走，坐在山坡上的青稞旁，我突然想。那时候，天空一只云雀，它啼叫一声，像丢下一粒金豆。六棱的，更多是四棱的青稞穗，它们也在我的头顶，倾斜着，举着天一起跑，它们摩擦出的声音，仿佛响雷滚过。母亲也是一枝青稞吧，我猜想，或者是一粒燕麦。是不是小麦呢？不是。小麦在这面山冈上从来不会成熟。小麦习惯于夭折，因为霜冻总是来得过早。说大地没有喜好，不可能。现在，青稞的麦芒有一寸来长，它们在白天承载着光芒，在夜晚，流淌松涛。青稞在老去的时候，总是俯下身子。这是一个人老去的姿势。我想着母亲在老去以后，白发将如同山冈上的黄花铁线莲，而面容，一定如同黄昏的天光。

042.黄垭壑

　　白色的花朵。我这样一比喻,瞬间便又想到自己思维的局促。是,我再无法将它们想象成云朵或者白色的大鸟。它们盛开在我的脚下。陡峭厚实的山坡,被满浓密灌木丛:金露梅、银露梅、锦鸡儿、小叶杜鹃、头花杜鹃、忍冬、瑞香……白色的花瓣、金色的花瓣、蓝色的花瓣、粉色的花瓣。其实我看不清一片花瓣,它们袅娜在葱郁茂盛的绿叶之中。但是我知道它们正在打开花瓣,露出金色的花蕊,喷吐清香,那是些娇嫩的唇齿和舌。灌丛中那些硕大洁白的花朵,长时间静止,我想着它本来的样子或者就是静止,但是偶尔一动,轻捷地跃到另一道毛茸茸的绿色沟坎之上,原来是满坡的山羊。

　　换一面山坡,大牦牛却都是黑的了。我想找一头象征神灵的白牦牛,没有,都是满坡贵妇人一般的黑牦牛,抬着头,偶尔走一步。牦牛的骨子里就是骄矜的,一步都不肯多走。比较下来,山羊灵敏得有些过头,显得有点底气不足。半山坡上蹲一顶黑牛毛帐篷,一只黑色的藏狗,一缕飘忽的青烟,不见人影。一顶帐篷占据一面山坡,与对面山坡上的黑帐篷遥相呼应。没有声音。谷底自然有淙淙的清泉,浸泡着鹅卵石,声音都叫草木过滤了。远处大片大片的云雾拉过来。白牡丹一样的云雾,从层叠的无数个山谷升起来,翻卷着,汇聚成一种大海的模样。有些青色的山峰戳破云雾,露出尖来,仿佛在另一层天空,或者是海上的仙山。山外有山原来就是这样,山可以匍匐成山的原野,丢失掉边际。

海拔在四千米以上的黄垭壑,在青藏高原上其实并不巍峨,与那些四季白雪覆盖的山峰相比,它几乎就是一堆绿色渲染的土包子。柏油路没有铺上之前,马路没有踏平之前,这里已经是一条重要的通道。我的生活在民国时期的曾祖父从山西一路向西,然后爬上青藏高原,在大山脚下娶上美丽的姑娘,后来他把一匹青色的骡子交给祖父。祖父背着大豆,青骡子驮着这山里木材做成的木锨榔头,向东北方向翻过黄垭壑,换回甘肃永登的白粗布和烟叶。烟尘、疾病、胸口嵌着月牙的熊、暴雨、鼠疫、热汗、枪声、牛毛绳一样迁徙的蚁群……经历的事情,祖父对此沉默不语。祖父的话语在翡翠的旱烟嘴子里,藏在混同天麻味道的松木抽屉里,上着锁,已经很多年。溪流一样缠绕在黄垭壑上的路有一天被铺上柏油,阳光下变得柔软,橡皮一般,不牢靠。描着红漆的水泥桩子充当栅栏,但是挡不住,车辆不是牛羊。有一年一辆拉着钢筋的大卡车翻在黄垭壑上,钢筋像竹签那样穿透司机的身体,挑在半空里。水泥带来速度,速度带着人们乱七八糟地跑,结果跑出些悲哀的事情。黄垭壑没办法,只好年复一年地生产云雾。雾漫过来,撕一把,没有痕迹,再撕一把,还是没有痕迹。仿佛老去在这山峰上的岁月。但是云雾永远前赴后继,着白色软甲的战士一般,涌上来,将山峰围得水泄不通。雾是这个时代的雾,或者也是那个时代的雾,都没关系,见证的植物都已老去。

从车里钻出来,站在黄垭壑上眺望群山,呼吸山顶冰凉洁净的清气,仿佛换了个心脏。在山下的水泥世界里,心也是水泥的,现在突然成了土壤做成的,松软、潮湿,散着清芬,小虫子钻来钻去,痒痒的,种子埋下去就准备发芽长叶开花。经过的其他车辆也停下来,钻出孩子们,嚷着要解手,大人们慌忙将孩子拉回去,车子一跳就走了。肯定也是高原上的人。在高原人的世界里,神灵无处不在,它们居住在天域、大地深处和中界世界里,它们甚至在男子的肩头上和腋窝里。时间像雪一样大片大片地消融在春季,但是大地原封不动地保留着先祖之神,它们护佑和救度着来往在这大地上的每一个个体。在这里,人们不能像想象那样想怎样就怎样对待大地上的事物。雨浇在黄垭壑上,一会儿就能染绿一坡一坡的草,但是人不会在这里解手。人们也不会随便对着一座石头一棵树或者一截土墙露出自己的私处,以示不敬,因为神灵看着他们。

043.边墙

现在,我站在这样的风景前:一截残破的黄土墙,断断续续,环绕着同样残破的一座坟冢,生死默契的模样。墙面布满小小孔洞,想那定是许久以来风雨摸爬滚打的痕迹。仔细看去,见那孔洞四壁的光滑中,小虫袖珍的影子在跃动。一些荒草,在墙头,或者坟顶,瑟瑟抖动。也有一些苔藓,不再温润油绿,想必许久不曾落雨。风微弱,草却有着敏感神经,不停抖擞。偶尔有燕子靠近,又离开。正午的阳光铺坠,金黄色花瓣舒展在墙面,温暖,仿佛锦缎,又仿佛滚烫的话语。

静谧的存在。以前，这里一定是一川烟草，羊肥马壮。有笑语欢歌，襟飘带舞。是自然极和谐的一部分，大而同之。但在后来，时间冲刷出许多不平等。一组组反义词，比如高低、贵贱，比如是非、黑白。词组连缀，终于又铺成一马茫然平川，覆盖原先的一切。

青草黄土，概莫能外。

认为过去很久，故事繁衍，其实也只是弹指一挥间。偌大景致，若干庭榭，突然萍飘叶落，鸟散人亡。"宝鼎茶闲烟尚绿，幽窗棋罢指犹凉"。当年歌舞场，如今枯草衰杨，只剩得晨夕风露，断井残墙。

站着，贴着墙，成为墙的一部分，一同呼吸。再伸手过去，轻抚斑驳。

也许很久以后，夜晚会像遥远的未来，终将来临。黑衣飘拂。土墙鸟般遁去，轻捷，以至无处可寻。没有方向可以辨别，没有颗粒可以触摸，没有声音可以聆听，但是，你分明看见遁去的风景无处不在，它在夜的温床上酣睡，并始终存在。

044.胭脂杏

一个黄昏，在僻静寺庙的院子里，我见到一树胭脂杏。之前，我碰到一位老人，他斜倚在寺院青色台阶上，身边放着旧去的粗布包。四周无人，我想着他或者需要帮助，便走近他。然后看到他的眼睛。那是一双我在这个世间再没见过的眼睛，忧伤中带着慈祥悲悯。仿佛一个小小孩童,迷失归途,又仿佛历经风尘,将所有归结为零。我靠近他,坐下去,看着他的眼睛,涌起怜悯。我试着用普通话问:你从哪里来? 他微笑着摇头。我又用青海话问。他显然听得明白,却用藏语回答。我听不懂他的藏语,便看他脸上纵横的褶皱。他的眼睛里微笑出迷茫,显然看透一切,但是似乎什么都没有看透。我甚至觉得,他的眼神,正是我小时候,某一刻的心境。

这之前的路途上,我见到黄河。黄河像一方淡绿色的桑蚕丝手帕,被谁遗忘在河道中,两岸是丹霞地貌的山峰。黄河可以那样安宁而清澈,山峰可以那样孤绝而绚丽。跑去用手摸黄河水,冰凉,又仰头观看山顶一棵松。松在天上,鹰也在天上。

我肯定还有要说的话,对着台阶上的老人。我会说出我最愿意说的,温暖的话,但是我被同伴叫开。曾经规模宏大的寺院,多年前被破坏。僧舍破旧,门顶抖着衰草,但是门框雕刻简单的花纹依旧清晰可辨。慢慢走过,寺院静寂,空廓,香火清冷。大殿前,斜阳铺在地上,砖缝中正长出野草。偶尔开花,一两朵明黄的蒲公英。一棵大杏树衬着寥廓天宇,站在墙角。枝上结着半红半黄的胭脂杏,树下铺着大片绿帆布毯子。有些杏子早已掉下,落在帆布上。有麻雀和灰鸽飞过来,在杏子间来去踱步。偶尔风过,树叶并无声息。

当我离开,沿着寺院斑驳的土墙行走。夕阳将我的身影铺到墙壁上,倾斜,瘦长。墙角茅草,旺盛茂密,一米多高。我走过去,影子躲进草丛。那一瞬,我似乎看到童年身影:寂静的夏日黄昏,除去远处松涛和河水哗哗,整个村子失去声息,我站在阳光铺筑的墙根,将手指探进壁上小小孔洞。染成金色的蜜蜂,正在那里盘桓。

045.青杨

春天时,青杨树开出串串暗红色穗状花朵。那时青杨叶子尚未长出,枝杈吊满串串花穗,人在树下走过,不敢抬头细看,那些暗红花穗极像肥胖的大毛虫蠕动在枝杈。花穗掉到地上,被调皮的男孩子拾起,偷偷塞到小女生的文具盒中,然后若无其事,等女孩子跳起大叫。青杨叶子繁密,卵形,有风无风都发出飒飒之声。

雄青杨树在春天开花,雌青杨树在夏季飘出飞絮。

在高原,青杨树到处可见。是极易生长的树木,随手扦插,便能成活。青杨成林,若从远处高山去看,平林漠漠烟如织,气势磅礴,却暗含惆怅。

记得中学时候,暑假回家,独自走在泛着白光的土路上,道路两旁全是青杨树。高原总是干旱,许久不曾有雨水滋润,空气中飘浮草木发蔫的味道。时近中午,人与鸡犬都已不见,鸟也隐去翅膀。夏季风燥热,远处山峰在热气中飘渺不定。阳光强烈,看不清细碎尘粒在怎样游动。路两旁的青杨伟岸,直立,叶片跳动明亮阳光,仿佛迎接,又仿佛欢送。那般寂静,耳边只有脚步与土石摩擦发出的细微声响。

仿佛行走在未曾翻阅的书籍中,行走在陌生的故事中,行走在遥远的过去,又或者行走在一个风和日暖的未来。我不再是行路之人,也不是此刻的自己。我只是一个看客,站在遥远的路旁,在树荫斑驳中,在弥漫的阳光微粒中,看一个十几岁孩子背着书包,慢慢走路。

那种感觉极为强烈,时日过去许久,不曾忘记。

多年后,我依旧觉察到一种感觉似曾相识:过去似乎已与自己脱离关系。阳光之下的嬉戏,雨后指点彩虹,夜半梦醒,听得远之又远的犬吠,在泥泞路上,看不到家的方向……诸般细节,似乎都展示在一张荧幕上,自己不过是坐在幕前的看客。风过来,荧幕吹歪,或者雨起,幕布之上的景象中断,都有故事的味道,因为与己无关。而未来,像那个名叫斯特里克兰德的画家留在荒岛上的壁画,他用患着麻风病的手,凭借渐趋微弱的视力,一笔一笔,在木板上描绘树木、人体,以及它们的灵魂和秘密,等到巨制完成,又毁之一炬。

046.天上狼毒花

那一夜电闪雷鸣,天地白光。我看见天空河道纵横,枝杈遒劲。它曾经端庄的面庞,此刻失去自制,仿佛过于内敛的女子,突然爆发,并且披头散发。蓝、灼白、红,激烈之光,晃出一个惊恐世界:游走的红砖屋脊,狂舞之枝,墙头细碎草茎,金露梅原野,绛红鞭麻墙,白塔,昏黄夜灯。瞬息寂静。仿佛一口急于吐纳的浊气,暂时阻塞。燥烈的决绝与撕扯。厚重幕布,紧密心肌,落满墨迹的燥烈之纸,凤凰牡丹的锦缎,十指……它们一起碎裂,连同夏季牧场,毡房,高山上的牛羊。

我首先想到高山上的牛羊,以及它们眼里的哀伤。它们未及抬头、明白、奔跑,甚至未及下一次反刍,便在电光中死去。尖利的白色亮光,将沿着它们紧绷的腹肌划过,留下黑色胸腔。这颠倒黑白的力量,在下一刻,拧成无数声响。它终究执拗、顽强,如同旷野狼毒的根茎。狼毒,我所熟悉的花朵,它们开花总有气势。有时狼毒雪一般的花朵会淹没一整片草场。尽管单枝的狼毒花娇小,细碎的筒状花瓣背面涂抹红晕,腹面洁白,仿佛故意要绽放出一些柔弱清冷。狼毒有庞大的根系,吸水能力强,在干旱寒冷的地方,它们从不让其他植物存活。牲畜迷惑在狼毒丛中,不肯出来,又找不到其他草吃,最终饿死。

如果天空是另一层丰厚土壤,现在,这些遒劲的根,正在沃野汲取精华。它带着贪婪,努力将根探到更深处,而狼毒花正在绽放。它们铺满天空这面原野,粉白,并且散发芬芳。甚至有孩子从远处走来,带着露珠,摘下它,用它编织花环和绣球,然后戴上它,成为公主,走过山谷和原野。而举头仰望的我们,在此刻,不过是那土壤下东突西奔的虫豸。

047.玫瑰花开

安徒生讲故事总是那么信马由缰:"我必须总是开花,总是开玫瑰花。花瓣落了,被风吹走! 不过我却看见一位家庭主妇把一朵玫瑰花夹在赞美诗集里,我的另一朵玫瑰花被插在一个年轻美丽的姑娘的胸前,还有一朵被一个幸福地欢笑着的小孩子吻了一下。这些都叫我很高兴,这是真正的幸福。"王尔德不一样,王尔德的玫瑰只有在月色里用歌声才能使她诞生,只有用生命对她浸染,她的花心才能变红。王尔德的玫瑰带短刺,我有些怕。

高原上,小街人家的院子里种植的多是月季,刺玫也多。月季丛开,刺玫成树。树到底有气势,尤其一番风雨后,刺玫花飘坠,深红匝地。月季色彩多变,且艳丽,刺玫花暗旧,多少跟玫瑰相似。说玫瑰、月季、蔷薇是蔷薇科三杰,但高原人家的院子里就是不见玫瑰,也没有蔷薇,让人多少有点想不通。这是否与高原气候寒凉,氧气稀薄有关,去网上查,说蔷薇也耐寒,是大范围种植的花,既然可以大范围种植,此处独不见,于是更加想不通。相比花跟人不一样,人多浪迹,易于混同,花多少带了些喜鹊一样的墨守成规。你看喜鹊,它从来不换衣服,破屋子永远是枯枝搭几根羽毛。

但是花又跟鸟雀不一样。鸟雀是越来越少,花不断改良、研发,突变厉害,纯种的玫瑰大约也是越来越少。曾记得开在大山深处的玫瑰,那是弱小的一株。山里气温,总是十几度左右,便是夏季风沿着河谷拂来,草约的芬芳透着清冽。山体高大嵯峨,山顶积雪常年覆盖,这使得花开异常艰难,晚开不说,绽放的时日也被天气左右。譬如晨间一些虞美人和野罂粟刚刚撑破花萼,午间便是一场冰雹。冰雹砸折植物的茎干是常事,青稞因此倒伏不起也不足怪。一株玫瑰在院子里,奇怪的是它的四周再无其他植物。几近荒蛮的院子。玫瑰在一个早晨突然开放。要知道那个早晨阳光刚好洒到西墙上,黄土夯筑的院墙搭上刚好金黄的阳光,而玫瑰恰好将暗紫的小花瓣在阳光中展开来,仿佛娇小顽皮的发小。

我见得玫瑰开放,只那一次。也许后来也有纯种玫瑰偶尔开放在曾经的路旁,不过与年少时碰见玫瑰花开已不一样。少年见到的色彩,纯正单一,并且深植记忆之中。长大后总是从一种色彩中透视出另一种色彩。这其间的过程,看似波澜不惊,其实有一种艰难,也有摧毁。

山里的玫瑰凋零后,总有用处。我们将玫瑰花瓣晒干,和红糖腌制。母亲有时用它做馅饼,有时蒸糖包。馅饼总是用油煎过,糖包可以捏出几种花型来。其实馅饼或者糖包也只是一年吃一次,毕竟玫瑰一年只开一次,每次开,也只是那么稀疏的几朵。

那时山前一户人家遭遇不幸,父母双亡,留下三个男孩,老三掉进火炕烧去双脚。生计维持自然艰难,却都吹得一手笛子。老大老二劳碌田间,老三上山放羊,因此笛声总在树荫斑驳的山头响起。都是一些当时流行的歌曲:《心中的玫瑰》《知音》《妹妹找哥泪花流》……也有些地方曲艺。笛声在下雨天响起尤其好听,因为那个时候我躲在屋子里无所事事,只好拿蜡笔裹布头玩家家。有月色的晚上响起过笛子没有我都忘记了,后来看书,书上的笛子喜欢在有月色的时候响起,古旧得很。其间他也吹过一支曲子,大约是《苏武牧羊》,低沉、喑哑,吹着吹着悄然断去。那时我正看《前汉故事》,书本上的苏武穿皮袄,持使节,在风雪中和羊群一起。我看那幅图总看出点荒寒。

至于那时候的笛声是否与院里的玫瑰有关,我便不知道。那时尚不曾读得王尔德,也不曾读安徒生,不知道一朵玫瑰花里便有一个精灵。

048.白桦

站在裸露青色岩石的陡峭山坡,拨开纷披杂草,我扭头努力北望。我以为会望见遥远北方寒凉辽阔的俄罗斯,望见猎人、野禽和林中木屋,以及滚烫茶炊。但是不能。努力探看的结果使我感觉自身如同爬虫卑微。我的眼前依旧是青藏高原宽广无际的蓝天和层叠绵延的幽微群山,反射蓝光的积雪依旧挂在七月峰顶,山谷夏季风送来清凉和草药芬芳。如同羽翼伸展的俄罗斯原野,在我的目光之外绚丽:矢车菊和铃兰刚刚开放,葱茏的黑麦田泛着涟漪,湖边灌丛里到处是红草莓和蘑菇,高大橡树和榛树黑黝黝地矗立,它们宽广多结的树枝在高空有着清晰轮廓,苍鹰和红隼飞翔不止,树底下红褐色的松鼠和雪兔机警敏锐。转个背,白桦林在俄罗斯九月的阳光下发出白丝绸般的柔和光泽,午后诡秘的牛毛细雨洒下来,整个白桦林潇潇不已……弥漫紫色云雾的草原和白桦林,它们长时间沉浸在黄昏的金色光晕和清晨的寒冷中,并长久茂盛在我的想象中。朦胧向往,以至让我淡淡的思绪整日笼罩一层冬日阳光般的惆怅,仿佛曾经真的漫步那一片白桦林中,抚摸白桦树光滑细腻的树干,谛听白桦树叶的絮语,而今却远离,只留下缕缕挂念和牵绊。

翻遍家中零散的几本书,书页里无处不是俄罗斯白桦散发的清芬。春天的早晨,寒鸦在白桦林里苏醒过来;夏天,白桦树的阴凉下是潮湿馨香的空气;冬天的白桦枝在厚雪的压迫下垂到地面,形成雕花的拱门;而秋天,那是白桦蜕变成蝶的骄傲时刻,金黄的桦树叶如同浓墨重彩的油画。少年的清凉光阴在几页重复的阅读中踮着脚尖走去，它的灰色大氅扫着高原的林木和流水。夜晚，从密集排列的文字中抬起头，我看见高原黑蓝夜幕上缀着寓意隐秘的星座图案，仙女、牧马、射手……精致图案，闪烁不定的清晖，我如此逼近它们，仿佛它们并不是来自遥远宇宙，而只是来自北方那片清朗的白桦林。

没有更多可以阅读的书籍，我便穿越幽深茂密的森林，给守林的邻居老人送去他简单粗糙的饭食。林间遍布高大云杉，它们的枝叶交织出另一层天幕：墨绿、厚重、阴沉，它们是这森林的主人。但老人曾经告诉我，这森林最初的主人是那白桦。白桦生在山洼，先是猛长，成林，然后懈怠，放慢速度，耐荫的云杉乘机而入，持续生长，以至覆盖白桦，夺取阳光。现在，我看见虬曲的白桦长在云杉的阴影里，挣不到一缕金色阳光，如同一些退居下来的老人，羸弱，隐忍时光。它的周边是纠结的灌木，金露梅、山玫瑰、沙棘，低矮杂乱。蜿蜒的林间小道野草茂盛，棕色的朽叶下面，探出瘦弱山花和壮硕的褐色蘑菇。鸟声沉闷。林间寂静而又喧响。我听出来水分自叶脉、根系、土壤和爬虫纤细脚底的流动声音。

白色桦木搭建的木屋，幽暗、逼仄、潮湿，漫溢树木清香。它的内层墙壁已成烟火色，表面布满疤痕。生锈铁钉悬挂起简单生活用具：漆面斑驳的搪瓷缸，鞭蔴锅刷，丢掉色彩的破旧毛巾，粗黑牛毛绳，桦树皮缝制的小简内插着筷子和铁勺。搁起的木板上放着煤油灯盏，棉絮捻出的灯芯又粗又大，小罐菜籽油和粗盐，它们是唯一可以用来调剂生活的奢侈物，有着豁口的白色粗瓷大碗，它的釉面在杂乱阴暗的角落发出微光。从树根截成的矮凳上，我可以看见停滞的生命脉络。夜晚，老人用干燥起皱的白桦树皮引火，灶内火光将木屋映衬得昏黄温暖。毕剥声中煮茶。佐以白桦清冽的芳香、马匪、狼、旱獭和月熊的故事。山风袭来，松涛起伏，夜鸟啼叫，河水奔腾，木屋犹如悬挂树梢，摇摆。我瞅着窄窄一扇白桦木门板，仿佛看见门外蹲踞的黑色鬼怪。老人握着茶缸，在灯影里转个身，此刻他的眼神无比慈爱：到了冬天，晚上在白桦树干上开个洞，第二天白桦汁会结成棒冰，拿了舔着吃，又香又甜。

049.荆芥

荆芥应该是一位英俊男子的名字，虽然荆类或者芥类不过是些微小的植物。名字就应该是用来寓意美好的，据说周代人取名好以身体特征或者环境来定夺，譬如孔丘，郑庄公寤生，还有晋成公黑臀。我听了诧异。人非生而知之者，同样的道理，人也不是一出生就完美无缺的。不美丽的人多，取个美丽的名字，也是好事。我的名字不怎样好听，我便想，如果让我改名字，一定拿荆芥来用，多诗经。只可惜我已经过了用名字来虚弄故事的年龄。

荆芥喜欢阴凉地方。暗红嫩茎，潜藏鲜艳体液随时流出的危险，小叶子黄绿，淡紫的细碎花朵，奇异体香。荆芥骨子里带着水性。南墙根，阳光四季不到，苔藓在那里铺成碧玉，野草杂乱横成，小虫繁忙。荆芥挤进去，扭着苗条身段，带些微微显摆的姿态，鹤立鸡群一样的醒目。我于是想到荆芥的性子,如同那凤尾森森,龙吟细细之潇湘馆内抿着嘴儿的人冷冷地说:"难道我也有什么'罗汉''真人'给我些香不成……我有的是那俗香罢了。"

荆芥在我的记忆中,总是脱离掉植物的形体而存在。如果每个人都给自己出生的地方取个名字,我还是想用荆芥。这应该是件简单的事情,譬如我曾经给我家的白色猫咪取名林黛玉,给一只老跑来向林黛玉提亲的斑纹大猫咪取名鲁智深,并时常提醒我家黛玉,说鲁智深配不上你,要小心。

当然荆芥也会偶尔长到阳光下去,我想这对荆芥来说是件难堪的事。它在阳光下总有些小小寥落,个儿总是长不高,体香也遗失殆尽。我喜欢阳光,也喜欢植物在阳光下心满意足的样子。荆芥在阳光下一副委曲求全样,仿佛将我这种木讷内向的人抛到人群中,不舒服。

农历八月,连绵的祁连山便会渐渐高远,云如同花瓣散去,阳光温暖,河水汤汤,高原清凉的空气里继续弥漫山果幽香。正是青稞成熟时节,山川匍匐金黄。我们常在午后到田地里去,给大人送些茶水干粮。这是大段的闲散时光,我们原本可以肆意玩耍,但大人们却要我们采摘荆芥。荆芥散布在青稞茬地上,耷拉着叶片。摘两枝在手,想偷懒。弯下腰,从裤裆底下往后看,会看见倾斜的金黄大地无比高大、拱起,而荆芥,它们在瞬间长大,叶子抵着天际白云,再无刚才凄楚柔弱模样。那时阳光正好垂下来,罩在荆芥身上,给它们的轮廓镶上闪烁光边,如同它自身发散的光芒。

那个时候的许多疾病,母亲都用土方子来治疗。屋檐下因此挂了许多采来的草药:防风、薄荷、柴胡、党参、冬花……如果感冒,母亲用荆芥薄荷熬出热汤,掰块干燥的白墙土下来,放到火中烧红,将热墙土和红糖一起放进汤中,搅匀,给我们喝。灌一碗下去,蒙被子躺在热炕上捂汗,过一天,感冒大有好转。

如今捉些字来怀念,只显得单薄,还不如一场感冒厚重。

050.戴胜

有些鸟,我每天都会看到,譬如喜鹊。喜鹊像极了小孩子:飞行时频繁扇动花翅膀的样子,落地瞬间常常失去平衡要栽倒的样子,双脚蹦跳着仿佛钢珠弹起的样子,吵架的样子。喜鹊爱玩的花样是,有时它会直升机一样降落到地面,而不去俯冲。当然喜鹊也有老成持重的时候,比如背着翅膀迈步时。清晨,喜鹊在枝上啼叫被视为吉兆,小时候家门口有大青杨时经常听到,现在极少,大约现在的喜事没有以前多了。有时候,我看着喜鹊心无城府的样子,会想到莫扎特。

有一种鸟,我只见过一面,那是戴胜。

雨过天晴的放学路上,我用右手捂着左肩膀坐在石头上。这是一条靠近灌丛和河谷的小道,完全由我们这些孩子开辟,大人们总是走旁边的马路。两三公里的路,平常只有几个孩子行走,事情便会偶尔发生。雨后的路面满是小水坑,水坑深,水中便会倒映出一方天空:天蓝得不知所措,一些云朵带着雨滴往天边跑。我蹲在水坑边,痴迷着水里的天空:双脚一起跳,我便会伸开臂膀,鸟一般向下飞翔,一直飞,没有到达,也没有停顿,身边飘过云,还有一些风……名叫玉莲的女孩子突然举着她那把黑雨伞,笑嘻嘻的,将包着铁皮的伞尖对准我肩膀,戳过来。

孩子的嬉戏中总有点突如其来的坏,它们似乎总是偶尔爆发,而非蓄意所为。一哄而散后的寂静中,我看见那只鸟,居然旁若无人地,在我面前一步一点头地走。它染着黑白色端斑的羽冠随着脚步开开合合,像极了一把棕红色的折扇。我甚至以为,它身体中藏着一只手,在那里操纵和控制。那一时,路面依旧湿滑,泥土闪烁雨的光泽,一些车前草结着籽匍匐开来,显得倔强。没有风,空气中隐含柴胡的芬芳。这应该是清冷夏季,近处横贯山腰的云杉林中,布谷在啼叫。戴胜继续在走路,刚才蓦然发生的一幕,它显然没看到,或者看到了,它也是无动于衷。人走的一条路,对它来说,似乎有些长,而且弯弯曲曲,时常被阴影遮蔽,但这些它不需要知晓。或者它早已洞察,方显得如此镇定自若。我有些气恼,这世界看似相连,却各自包裹着自己,彼此视若不见。戴胜昂起头,羽冠合拢时,它的羽冠便和细长而向下弯的尖嘴巴呈现在一个弧度上,这使戴胜像极了一把正在举起又落下的镐头,而且装饰华丽,冷若冰霜。

很多时候,我觉得自己是一个一边走路一边扔东西的浪荡子,时间扔不掉,我扔掉的,不过是时间里的我自己。这样,当我回首,我会看见许多个自己,在来时的路面上游荡。她们不透明,但也没有深色的暗斑,有时她们也坐着,譬如那个雨后初晴的夏季。我右手抱左肩,坐在石头上,那姿势使我想起电影《去年在马里昂巴德》

的女主角，但我显然不是她。我明白我从来不会成为别人，因为不必要。我总是将自己丢失，仿佛丢玉米那样，我甚至连一个固定的自己都没有。

当然，我也牵强附会地想，多年后，我患上尖端恐惧症，是否与那一时有关。这种疾病隐藏在深处，只有当我拿起菜刀，或者缝针线的时候，我会感到恐惧，因为我觉得稍有不慎，针头便会戳进眼睛，而刀刃会翻卷起脸部皮肤。我总是小心翼翼，不敢拿它们在房间内移动。每当那种恐惧袭来时，我偶尔也会想起那只戴胜鸟的长嘴，还有那把戳向我的，闪烁着白铁光泽的伞尖。

051.野樱桃

事物大约还是有情绪存在，并且相互影响。薄暮时分，一弯暗红色月牙出现在偏西的天空，仔细去看，显得突兀，仿佛有褶皱的灰蓝棉布上，落了一枚彼岸花的瘦长花瓣。在此之前，挂在西山之上的太阳也是暗红色的，好像被几刷子红漆涂抹，并且瞬间凝结，凹凸不平。人们说，彼岸花，开彼岸（冥界），只见花，不见叶。红月牙带点阴森诡异，周边又没有云，山脉仿佛黑色巨蟒在潜伏。我不敢多看，瞄一眼，低头往家走。

晚间，门前山腰的森林中，突然有了喧嚣。惯常的夜晚，林子中偶尔鸟啼，小兽叫一两声，或者风过松枝，都是安静的声息，如同来自根茎纤维中水分的流动，土壤深处虫子睡觉的鼾声，或者，流星划过夜空。但此刻，林子里的声音扰攘纷乱，如同月光搅醒了鸟雀，或者，沉睡的枝柯做了噩梦。也没有哪一种声音成为主调，哪一种声音是乐队伴奏。我们扭了脖颈听，听不出所以然。母亲说，或许是妖狐在拜月。于是重闭了门闩。

"中秋中夜月，世说摄妖精"，多年后我才知道，据说中秋的月光下，妖狐会现形，白蛇吞了雄黄那样。于是妖狐是要拜月的，带着乞怜的侥幸心。

但那时我怎知道什么是妖狐拜月呢，母亲大约也只是听别人如此一说。

白天，我总往门前那片森林深处钻。人迹罕至的地方，常有新鲜物。一株缠在老树上的党参开出黄色小花朵，一窝雉鸡刚产了蛋，一种浆果鲜亮地吊在枝子上，或者飞来一些鸟雀，往日从未相遇。我本没有走进森林深处的念头。起初，我不过在林子边缘忙自己的事，摘草莓，揪防风，寻些异常花朵。但我总被要寻找的事物吸引，亦步亦趋。待到我停驻，我已在林子深处。我因此渐渐明白，蛀虫为什么要在房梁上打洞，蚯蚓为什么在土壤深处吃喝玩乐。魔笛的诱惑不过如此。

那该是林子中心了吧。在那里，所有的枝杈交织，如同弦乐齐奏。仰头，一小片天空被绿色网状丝织物罩住，小束的光线从空隙漏下，碎裂在枝干的苔藓和地面的杂草叶脉上，跳荡，并且明明暗暗。林子顺着山坡向上延伸，因为每一根枝条都要追逐阳光，这使它们带了些舒适的倾斜度。倒是有一株野樱桃树，与地面成了九十度，仿佛错了发展方向，显得另类。它的白色小花早已开罢，果子却没结出，或许它根本不知道结果。可怜的植物。它的枝干歪歪扭扭,然而粗壮,它细碎的卵形叶子,墨绿中带些黑色斑点,小模小样地熙攘,仿佛麻雀在歌唱。林子里再无声息,幽寂。野草和灌丛,还有藤蔓和高秆树木,似乎都在屏息以待。等待什么呢,我想不出来。我在野樱桃树下站一会儿,然后慢慢地,顺着樱桃树干往前爬,直到树枝分叉处,坐下来。

我曾经听说,或者是,我当时虚构,有人曾坐在野樱桃树下,再没有生还。

贝多芬的晚期四重奏135号不适于安静的夜晚听,因为包含的情绪太多。曾经有个雨夜,我大着胆子塞上耳机听此曲,结果将一个寂静如同隐世的夜晚,颠沛起伏成三十年河东、三十年河西的一生。我的一辈子自然尚未走完,余下部分,再无法依靠想象杜撰,想来也便是不过如此。但若有侥幸,第四乐章那般,有如歌的旋律,和一点热情,也是期待之外的惊喜。然而此一时,雨水浇注的时光,哪经得起无事生非的诸般回望与预测。世事如白日的游戏,让人心凉。一时如若盖过一世,眼下安宁,也该是祈求中的一世安详。

想必在酒醉之初来听这一曲,最为适宜:蒙眬中,所有的敏感被酒浇醒,神经的触须细长又不肯蜷曲,它们总是轻易误入歧途,让杯壁上滚动的一滴水珠,翻动出浪花击打礁石,它们也总是,忽而振奋如同金鼓齐鸣,忽而感伤如同春去燕回。它们最终让人在冰与火中拍案和曼舞,以至于长歌当哭。

135号听得上了瘾,塞上耳机时,选择的手指总会滑向它,DG公司出品,伯恩斯坦版。其实对于版本,我选择的余地并不多。前两个乐章中有狂躁,也有力量,这点我已熟悉。第三乐章由大提琴牵引,仿佛薄暮撑开深色大翅膀漫过来,让人一下跌入昏暗的回忆。有一次,当第三乐章中的小提琴响起,我突然看见,那个坐在樱桃树上的小姑娘:幽暗森林中,野樱桃树旋转着,一点一点升高,它的叶片依旧墨绿中带些黑色斑点,阳光在上面,闪烁鳞片,小姑娘如花苞,坐在枝权间,她身上同样跳跃着有声响的阳光。在那野樱桃树底下,不明色泽的乱木相互纠缠,杂草如手臂,黑色树干阴沉着脸。时间过去,樱桃树不停歇地向上升,它的枝条盖过灌丛,盖过藤蔓,盖过森林中所有树冠。野樱桃树最终突出在森林之上,伫立于茫无涯际的高天。小姑娘也一样。

我并不诧异,多年后,贝多芬的这一乐章竟然让当年情景再现,并且使它带上某种寓意。真是如此,我想着所有让人诧异的事情,平淡不过当初。

052.德令哈

多年后,我想起她,眼前出现的,几乎是一副梵高油画:浓郁的金黄色铺满整个背景,村庄,拱形门,静卧的大狗,崖后天空,青稞田,头顶金雕,都隐去不见,唯有阳光如同晒干的麦秸,摊开来,均匀在每一个地方,厚实,懒洋洋地,一丝褶皱都不存在,画面中心,那个半倚在土门前坡地上的女人,她已经苍老,行动迟缓,她被一身黑衣笼罩,显得臃肿,她正扭过头去,盯着土门的方向,她的头发和黑衣融为一个整体。画面四周的阳光过于强烈,并且反射回来,有些灼目,而女人身上的阳光,尽被黑衣吸收,这使一团黑色,越加醒目凝重。

那个夏天那样寂静,又是那样遥远,我只记得蜜蜂嗡嗡的声响,或者那其实是阳光流泻的声响。面对墙壁,我看着蜜蜂钻进一个个小洞穴,再无出来的可能。我只是等待,或者斜了一只眼,朝洞内瞅去。那个夏天,我似乎只是那样等待,没有伙伴,没有游戏,大人都去田里劳作,牛羊上山。后来,我看见那个半倚在门前土坡上的女人。

我已忘记我们是否说过什么,但我一直知道,她从遥远的德令哈出来,来寻找她的孩子。此前,或许是她将孩子留在那个土门之内去了远方,或者,她的孩子从远方被带进那个土门。她等她的孩子出来,但是,那个阳光燃烧的夏日,她并没有见到她的天使,她于是倚在门外的土坡上,一直等待。

整个夏天,除去轰轰作响的阳光,我似乎只见过那个黑衣女人,土坡上,她的一条腿蜷曲,一条腿直直地伸展,她的肩部和头,用一只胳臂支撑,她的脸朝着土门的方向。那姿势,随时都可以惊喜地翻身坐起,也可以随时都失望地平躺下去。那个夏天,我也只记住一个地方名词:德令哈。

遥远,充满各种想象,因而神秘,但也不是没有依傍的神秘。任何细节都可以发生,并且存有根基。而任何根基,都会生发出无限的可能。那不仅仅是故事和传奇,因为它们会附带某些不堪重负,也不仅仅是荒诞和缥缈,因为它们无法让花朵真实地绽放。它让人无限向往,同时,它也让人永远无法到达。它似乎只在山那边,但是路途过于漫长,因而它只是令人惘然,令人暗自忧伤。

2014年中秋,去往德令哈的路上,乌兰县内,细雨迷蒙。车窗外的景色,不算熟悉,但也不再陌生。灰色的天空四角,仿佛被人牵引,正向远方逃跑,并且永无止境。那甚至是一面波涛汹涌的灰色大海,翻转在上,它努力承载所有重量,来自时间和空间。它也潜藏随时垮塌,轰然倒下的危险,那时,说不定灰色的海水将淹没大地上的空阔,以及青山逶迤。没有更多话语,在如此寥廓的地方。我只是回想,我身后那些堆积在城市中的人群,像一捧笼罩灰尘的幼小虫豸,蠕动,寻找出路。然而每一条路都彼此缠绕,交叉,拧成死结。我甚至希望有一个人,仿佛精灵那样,拿起魔棒,将他们引领,疏散到这秋风鼓荡的地方,让他们恍然大悟:为什么没人告诉我们,这里才是最好的修行地方。

然后,我看见那个牧羊人。秋草渐黄的平缓山坡,雨水给予它们亮度。没有任何杂质,山坡仿佛刚刚隆起,依旧带着海水的咸度和贝壳的光泽。羊群散开,这些脊背尾巴脑门和耳尖被不同色彩漂染的羊,此刻,依旧专注于茂盛草棵和一些野果,秋气凛冽,却也只是自己的事情。那个牧羊人,裹着白色塑料布,斜倚在羊群旁边。那几乎是一个白塑料做成的睡袋,他在里面,他的一条腿弯曲,一条腿直直伸展,他的头和肩部,用一只胳臂支撑。

在瞬间,我想起多年前那个黑衣女人,他们的姿势如此相似:随时起身,行走,又将随时静卧,慢慢等待。不过,他们所等,早已不同,一个等待孩子,一个等待羊群。都是赖以生存的,不可或缺。

车子继续向前,草原渐次向荒漠过渡,路旁开蓝花的窄叶千里光,也开始被红色和白色的猪毛菜代替。再没有更多的事物出现,如此寥廓,任何可以放大的事情,在这里,都将成为一点。而即将到达的德令哈,它的神秘,也早已消失。我已经承认,那里的草木依旧循着四季,那里的天空,依旧部列星辰,金雕震羽起飞,流水伏地而行,那里的笑语和鸣咽交叉缠结,那里的梦境和困顿承前启后……我们不断长大,得到的知识与丢失的想象,总是相等。

是,原本存在的,它本该存在,原本没有的,它本该消失。恍惚和迷离不过是一阵雾气,等到金色光线散射,天空澄澈,最终出现在我们眼前的,应该还是它的当初。德令哈在当年那个夏日午后,已趋于完美,现在,它不过是在做一些细节方面的补充。

053.韭薹与蒜

四月份的时候,一辫红蒜三块钱。五月份降成一块五,八月时,红蒜的价钱哐当一声掉下来,贱成六毛五。大蒜不能当饭吃,这是显而易见的事情。大蒜又不能不当饭吃,这也是显而易见的事情。如果有足够的饭食来养鸡喂狗,大蒜可以赖在地里不出来。

蒜埋得浅,土壤又松散,铁锹轻轻一挑,蒜就栽出跟头来。这使得菜园子里的劳作带了些消闲和游戏味道。挖出来的蒜躺在地里,编织成绿色粗壮的大辫子。抽了蒜薹的蒜苗硬邦邦没有韧性,不好编。六根蒜分成三股,顶上打个结,编两股加两头蒜,一直累加成十双,一辫蒜就有二十个蒜头。

说是鸡睡觉喜欢待到高架上去,人喜欢藤蔓一般往高处攀爬,猫子喜欢上墙爬瓦,蒜和他们一样,要架到高处才会继续饱满,有精神。装在麻袋的蒜头远不如编起来架在屋檐下的蒜新鲜。

但是蒜辫子在舞台和镜头里只显示出一种乡野情趣的假象。没有文字能够注明说,编蒜的手指头因为受刺激而红肿发烫。

韭薹只有长在地里才是嫩的,打下来的韭薹一过夜就老了。城市里的人永远吃不到嫩韭薹,这是事实。

抽了韭薹的韭菜最好少吃,因为它们已经老去。主人找韭薹时手拿剪刀,弓下腰,骑着韭菜畦,一根一根地翻寻。韭薹娇嫩,发散辛辣气味。有些韭薹已经开出细碎白花,这样的韭薹要留下来,做明年的种子。长久弯腰,直起身时,头晕目眩,但手中的韭薹只有细瘦一把。劳作使人和作物进一步靠拢,亲密接触,并使人心吸收一些水分和养料,慢慢滋长出些细嫩芽苞。

人若不做正事,瞎鼓捣些琐碎事情,别人便会偷笑:他在抓花椒呢。可见摘花椒向来不是件严肃认真的事情,算不上是一种劳动活。花椒结在枝上,果瓣一点点红透,绽开,露出黑色的籽。年久的枝杈高大,伸手够不着,需要攀着梯子采摘。花椒树多刺,尖利的刺大而遍布花椒树全身。手脚不够灵活,躲闪不及,往往会被刺得生疼。说,花椒是脸红心黑叶子麻的植物。叶子麻是双关,青海方言中,叶子麻是干脆利落的意思。

054.骆驼

2013年10月,嘉峪关柔远门外的戈壁滩上,我看到两匹骆驼,衣衫褴褛。那时夕阳半衔远山,幽暗山脊似一条墨线将戈壁和天空分割开来:天空一片锦绣,然而大地上,遍布粗粝沙石和低矮干枯的草棵。渐次暗淡的光晕里,两匹骆驼不停地跪下,起身,起身,又跪下。游人在他们背上,裹着纱巾,傻笑。我走过去,看见骆驼前腿的膝盖上,裹着厚厚的破布片,布片已被砂石磨出大洞,露出骆驼的膝盖来,毛皮也已磨掉,一些血珠似乎正要从肌肤上渗出来。有人过来招呼我去骑骆驼,我摇头。我一直往骆驼身边走,我想看它的眼睛。我已经习惯于看眼睛,在人群,眼睛比任何语言和行为更接近本人。而在动物身上,眼睛是它们的哀伤,是一种我们无法拥有的安宁和平静。但是,戈壁上的光越来越暗,风拖着硬线条,人们开始将冲锋衣裹紧,骆驼还在那里忙着起起落落。看不清它眼睛里藏着什么,我举起相机,只看到人和骆驼的幽深剪影。

之前的另一个夏天,在青海祁连县一座名叫卓尔的小山上,我看见另一匹骆驼,无比慵懒地卧着,反刍食物。那依旧是八月,青稞已经成熟,割成捆子排在地里,几只牛羊也在那里,低头啃着茬地上新生的野草。空气暖烘烘的,干燥中带着植物茎干的芬芳,天蓝得如同亘古,云在山头堆成白色城堡,更高处的山尖上,积雪泛着蓝光。骆驼卧在青稞地里,仿佛一堆土黄色的积木,它身上的毛连成硬片挂下来,垂到地面。骆驼的嘴巴嚼动着,白沫溢出,往下滴。我看见几只蝇子旋在骆驼的眼睛上方,但是骆驼懒得连眼皮都不眨。一切那么散漫,光线不动,风没有声息,褐色蚂蚱偶尔蹦一下,远处三四个人影,坐在地里休息,土路旁几户庄廓,云杉木或者青杨木的大门半开着,有时闪出一两枝蜀葵的影子。

骆驼让我想起的,是丝绸古道,沙漠浑黄,是西风,是胡杨千年不倒,当然,也有驼铃叮当。这些画面,我虽未亲身经历,但已熟悉,以至于熟悉到它们似乎是我曾经的生活。然而现在,似乎再难看到。我想这自然不是因为沙漠消失,戈壁长满青草的缘故。大地变好,或者变坏,但始终存在。机器让一些役畜闲下来,这对它们来说,似乎并不值得骄傲。

我固执地想念它们的从前,没有任何办法改变,一如我想念我的童年时期。当然,这与尼采在《查拉图斯特拉如是说》中精神的三种变形完全无关,骆驼只是骆驼。

055.柳兰

2005 年 8 月的一天,在喀纳斯湖西边的山坡上,我与一些花不期而遇。我原本是来看湖怪的,我用很长时间在山下排队等待,然后蜿蜒上山,但湖怪并没有因为我的辛苦而跳出来。山脚下,蓝绿色的喀纳斯湖在浓郁的松影中向山峦深处拐去,三道湾,四道湾,六道湾。人们熙攘着,指指点点,喀纳斯湖却仿佛静谧在另一个世纪。没见到神秘生物,不奇怪。这时代,神秘的事物原本无处可藏。人流不停地涌上来,站一会儿,又往山下挤。陌生的语言和气息,间或是淡漠的眼神相视而过。那一时,我宁愿身边山高林密,光线幽深,稀奇古怪的鸟叫似精灵隐在树后。避开人群,找一条小道向山下行走时,我看到那些花扑面而来。

桃红色花瓣，互生的披针形长叶子，红与绿的交相呼应，直立茎。虽然是一米多高的植物，它依旧带着草本的纤弱，在山风中轻微摆动。娇小单薄的花绽放开来，细长的白色花蕊翻卷着，花香清雅。花朵摇曳在茎上，成为红色花柱。而红色花柱，又连接成一片。我在一棵花柱前蹲下来，摸摸花瓣，府绸一样的质地。熟悉的花。

是。不仅是这花，连花茎部的土壤，裸露出来的灰色岩石，匍匐的野草和其他一些白色黄色的小野花，草药芬芳，爬过叶子的昆虫，以及飞来的蝴蝶，甚至整座山坡的气息，都为我熟悉。当我起身，环顾山坡，以及天空，那一时，我似乎就站在千里外家门前的山坡上，掠过我身体的，已不是这来自欧亚大陆深处的山谷风，也不是额尔齐斯河上的风，而是青藏高原的夏季风。

普里什文曾经说，许多人对故乡的情感，是与他出生地的景观密切相关。这几乎是一种概括，对我来说。虽然我从未远离我的故乡到天涯海角。我一直在故乡生活，然而我时时回忆起来的，那些无法散开的事物，总来自我曾经生活的那个小而又小的地方。我无数次在文档里写下它们，云杉、白桦、燕麦、龙胆花、青色岩石、头花杜鹃、小云雀、寒凉夏季风、柴胡花香……我又在梦中见到它们，尽管它们带着梦的属性，与往日已有不同，它们变异，或者过分夸张，然而我在梦中总能认出它。我想写，而又没来得及写下的，依旧是它们：推开门扇时，突然涌现的青山，午后静寂的流水树荫，暮色里的芳草长川，牛羊下来，或者夜晚的松涛，银河喧响，一只撞到墙壁而啪嗒落地的小虫。

那时候，我站在山坡，那是八月的青藏高原。阳光流水一般喧响，蜂蝶嗡嗡，云杉在山坳里黝黑，灌丛横过山腰，野兔不知去向，云雀只在云端和青稞地之间弹射。矮树林边全是盛开的柳兰，那么明艳，几乎全是天然之桃。它们的花瓣将色彩晕染开来，给树林镶上宽大的红边，然而它们并不曾凝固，它们的一部分，继续逃逸出来，向更广阔的草地和山坡涂抹出去。

我似乎一直在山坡行走，走到柳兰花前，坐下，眺望山下村庄。那一时，我不曾刻意观赏柳兰花朵，在山上，花那么多。或者我并没有行走，而是一直坐着，身旁的柳兰自然地绽放出花朵，像一缕风自然地吹拂着。

"高高山头树，风吹叶落去，一去数千里，何当还故处"，我自然不是那一曲北朝民歌里的叶子，没有那样可以吟咏的游子情。我飘潇与否，与地方无关。我只是一次又一次，回忆起一些旧时风物。这几乎成为一种习惯。

056.黄花铁线莲

名叫毛丫的女孩弯下腰，正在地上用粉笔画和尚：大而圆的脑袋，一对垂肩巨耳，四四方方的身子被线条平行分割。我从未亲眼见过的和尚，现在躺在地上，憨厚而又目无表情。

我总和毛丫瘸着一条腿，在门口大青杨的树荫下，玩走和尚的游戏。

毛丫瞅准小和尚的前额，将沙包丢过去。仿佛一颗黑痣，沙包贴在小和尚的额上，显得另类。毛丫单脚跳过小和尚的身体，像手法娴熟的五官科大夫，切下那颗象征丑陋的痣。毛丫回身时，我看见她眼睛里有些小女孩的骄横。我过级只能过到小和尚的肩部，而毛丫，总能顺利升级到小和尚的双耳和头颅。

气馁时，我蹲在小和尚身边不出声。地上的小和尚被我俩踩得伤痕累累，体无完肤，然而没人同情它。大青杨的叶子只管在高处飒飒地响，仿佛风雨即将来临。抬头，我看见天空高蓝，而云朵快要垂到树梢，粗糙的喜鹊窝仿佛一粒大粪球依旧挂在枝上。

八月，河谷墨绿的沙棘铺开，从远处看，仿佛黑色的洪水正在席卷，带刺的沙棘枝上结满油菜籽大小的绿色小果子，密集，没有缝隙。蜘蛛总将灰白的网挂在果子上，看上去，果子仿佛刚从蛛网里结出来，懵懂着，尚未分清山南与水北。沙棘丛里，偶尔有黄花铁线莲攀附着长起来，开出明黄的漏斗状花朵。似乎是些娇羞的花朵，总是垂下头，这使每一根纤细的花茎顶部形成一个大于九十度的弯钩。我们将黄花铁线莲叫狗娃汪汪，因为它的花朵，其实有点像黄色的狗脑袋。

我和毛丫可以花大把时间坐在河谷，摘了黄花铁线莲来玩斗狗娃汪汪的游戏。将两枝黄花铁线莲的花朵互相勾起来，然后往回拉，谁手中的花朵从茎上"啪嗒"一声掉下，谁输。

我总是赢，毛丫不服气，越气急，越输。我就是忍着没将自己的经验告诉她：花茎有一定的弹性，慢慢用力，花茎会伸长，如果一用猛力，花茎非断不可。

毛丫喜欢死缠烂打。我玩游戏，如果输的次数多，就不再碰它，我不愿较劲。我似乎从小时候起就知道放弃。得到原本是一个丢弃的过程，我得到一枚成熟的果子，自然是树枝丢失了它，我放弃一种决心，自然有另外的人正在获得信心，如果有人劳累，丢了梦境，而我刚好可以一枕黄粱。如此懦弱，不懂坚持。

白露一过，原野开始斑斓。青杨的叶子由下而上泛黄，它的黄带着极高的亮度，那是纯粹的金色，白桦的叶子细碎，黄透的时候，叶片上依旧带些斑点。这是两种不同的黄色，显而易见，青杨的黄仿佛并没经过风雨吹打，而白桦的黄，却仿佛是一种回光返照。小蘗的叶子和茎干都是深红，它的米粒大的果子，也是串串深红。大片云杉却依旧墨绿。黄花铁线莲的花瓣早已掉落，取代花朵的，是一朵朵银白的雄蕊花丝。稀疏花丝带着柔毛，一寸长，生在脑袋一样的花梗上，像极了一头白发。

我们依旧可以在河谷玩，给黄花铁线莲的花丝梳辫子，马尾、麻花辫、发髻、齐耳短发，不同的发型出来，握在手里的，是不同的女子。我总是从后脑勺去看这些女子，因为它们的面容，充满想象。然而，在布满松涛和哗哗流水声的地方，我见到过的面容无非来来去去的那几个，这使想象出来的女子，也逐渐熟悉。一次，我甚至想给她烫一头卷发，我将花丝缠在烧热的铁丝上，它们悄无声息地变黄，并且散发出一种焦味。花丝烧焦的味道，那样微弱隐秘，像一种幽幽的，带着失落的叹息，而深秋点燃落叶的味道，则是弥漫的，逃离和萧瑟。

057.姑姑

她从地里回来,摘回青蚕豆和豌豆,以及刚吸满籽的青稞穗和土豆。

青蚕豆和豌豆煮熟,不放任何作料,直接用手剥着吃。是它们原本的味道,自然鲜美。土豆煮熟,用手拿起,蘸油炝青蒜末吃。青稞穗煮熟,她在簸箕上搓出籽粒,簸掉麦芒和外皮,放在大瓷碗中,拿给我们吃。自己又用小石磨将青稞籽磨成小碎条,拌了盐、蒜末、芫荽和葱花,盛放到我们面前。

她领我们去猪圈,看她养的猪。大猪和小猪分栏喂养,她说是因为大猪总欺负小猪。猪看见她,摇着尾巴走过来,仰着脸哼哼唧唧。她说猪在跟她打招呼。她又说,其他人来猪圈,猪连哼哼唧唧都没有。

她说她今年买的几只鸡娃长得最快,邻居家的鸡仿佛在长铁。

她说她家的羊都进山了。现在有专门的牧羊人。在夏季,他们将羊赶到深山去。一个夏季,一户出二十五块钱就行。太贵。她说。

她说今年夏天她跟踪过一只布谷鸟。布谷鸟仿佛小贼,不肯见人,喜欢躲在枝叶茂密处鸣叫。一次,她看见布谷鸟将自己的蛋下到红雀窝里。红雀蛋小,布谷的蛋大得吓人,笨雀硬是没认出来。还专心致志孵出小鸟来。红雀一直找食喂养它们。后来布谷的雏将红雀的雏推出窝去,红雀还傻兮兮的继续喂布谷的雏。半个月后,布谷从红雀的窝里领走了自己的孩子。

她说她今年挖的沙子是白沙,邻居一直在笑话她。她捧一把白沙来到我跟前。又捧一把青沙给我看。白沙和水泥其实比青沙结实。她抚摩着砖墙缝里的白沙说。

她说她的一只鸡在前些时候不正常,好像总在预兆什么。它连着下了一星期软蛋,又下了两天双黄蛋。后来居然下了只拇指大的蛋。她从篮里找出那只袖珍鸡蛋给我看。实在是小,也就是麻雀头大小。

她说明年她不种荷兰豆了。荷兰豆只是长豆荚,不长味道。明年她要在菜畦的边角都点上小青豆。

她用陶罐给我们熬茶。

多年前的陶罐,通体黝黑,辨别不出原先的色彩。造型简单,罐口有些破损,罐身椭圆,有笨拙的把手,刚能塞进一只手去。她说,1960年的时候,她曾用它煮过土豆。在火炕的炕灰里,是偷来的土豆,只能半夜三更时煮。人都饿极了,土豆煮在罐里,比肉香。

茶是黑毛茶,一种供高原人喝的砖茶。茶叶的包装纸上写着"湖南湘益"。茶叶粗糙,混同了黑色茶秆、碎渣子。舀一壶生水,煮开,放进茶叶、花椒、老姜皮、草果、盐,再将陶罐半埋在刚烧过的灶灰里。这样的茶叫熬茶。

通常要将茶熬成血红色。咸、麻、辣,熬茶的味道厚重,喝一碗不过瘾,许得两三碗。喝一碗,瞄一眼院墙外的青山,再喝一碗,再瞄一眼青山。囫外青山全用来佐茶,还有墙头蹲的大花猫。

以前,她会将茶罐随时埋进灶灰里去。但现在不会了,因为现在过于简便。

058.金色的终将归于金色

这个夏天,有一条路越加明晰起来。这就是说,在以往,譬如过去的春季、冬季、秋季和另一些夏季,这条路其实也是存在的。只是它以往的存在犹如一条扭捏在葳蕤草丛的长虫,一阵子凸现,一阵子隐没。如果往优雅处比喻,它以往的存在犹如摇曳在墙内的一树繁花,你一会儿看得见,一会儿看不见。但是这个夏天不同。其实也不是夏天不同。这个夏天和前一个夏天仍旧有着孪生的可能:青杨沙沙,却也扯不出多少雨雾,啄木鸟横斜在窗前的枝杈上,从不掉下来。早晨六点多的时候,太阳像去年那样蹲在远处的山尖上,然后云飞起旧时的模样,黄昏时分,风撑着大翅膀停下来,布谷搅和着近处道观里的晚钟……季节的容颜有时过于相似,如果要找些异处,那也就是有一条路在这个夏季像猫咪那样躬起脊背,无声地叫,你要时时扭了脖颈,反复将它打量。

仿佛打量一片深秋的麦田,金色的麦穗闪烁太阳的光芒,抑或打量盛开在原野上的葵花,一片花瓣就是一声金色的吟唱,又仿佛在打量一个金色的黄昏,归鸦的翅膀镀着天空的辉煌,落叶纷纷。你伸出手,你只握得住伸手时的那一束记忆,你却握不住它的边际,甚至握不住它的一个局部,它在远处,微茫如高楼上的一声叹息,但掷地有声。是。它或者欠缺秩序,然而它浑身携带金色的力量。它在山谷,在铺满芬芳的平地,在天空,也在你额上的皱褶。它的蜿蜒不是它所具备的形象,它的敦厚也不是它所历经的沧桑。

犹如三十多年前的一个夏季，阳光花瓣一样打开，没有缝隙，雪峰在远处寂静，流水的声音如同远古，云雀蹿上高空，油菜铺满田地，它的花朵发散出的芬芳，如同火焰熊熊燃烧。青杨在路旁沉默，再没有人影，从夏天的浓荫里斜出来。你一直走，并不逗留，石子偶尔硌疼你的脚。你盯着路的方向，因为村庄和花猫就在那里，还有虫吟，念想也在那里。那些夏天的念想并不像现在这样单薄。其实不仅是那个夏天的念想，那个夏天的任何一个细节或者光线，都比现在丰盈。

现在，油菜花又一次轰响，像蜜蜂那样，阳光也在热烈的鼓掌，天空依旧布满网线，繁忙，像我们那样。大地上的道路都匆忙的跑去跟机械比赛速度。你跟不上它们，于是你放弃奔跑，因为你逐渐知晓，你用世间所有的路倒退，只有时光不会仓促和惊慌，也不会背弃。"世间事旧的不能再旧了，却依旧落花流水"（仓央嘉措）。当年的诗人坐在雄鹰飞剩的天空之下，天高地阔地看着、想着，却不能转过身去。你翻开他被误伤的一页，即刻努力地回身，向着源头。你想象着金色的终将归于金色，如同天空终将归于天空。

059.动如浮地牦牛跳

我拿着相机，趴在地上用微距拍野花。直径只有五厘米的蓝色龙胆、防风伞形的小白花、金色柴胡花、粉红报春……说杜鹃、龙胆、报春是世界三大高原之花。说法或许有根据。我所在的青海高原,只要随便坐到一面山坡,或者一处矮丛林,就能见到这些闲散自如的花在绽放。这是山谷中河水流过的一块草地,高山植物和青色鹅卵石杂糅而生,河水清越响亮,溅起的水花带着朵朵银色清寒。对面山峰高大陡峭,堆叠的岩石间是高寒草甸,努力抬头,才能看见插到晴空中去的山尖。身后也是山,覆盖低矮灌木丛。起初我跪在地上,后来又趴下照花朵。大地那般宽广,花为什么开得那样小。这样瞎想着,就听见对面山上牛的咆哮声。

牛叫惯常称哞,这一象声词稳重厚实,不激越也不哗众取宠。现在我听见的牛叫声,如同雨后山石从高空坠落,沿途不停与其他山石碰撞,并砸毁草木,似乎又是马克西姆的一曲《野蜂飞舞》。抬头寻觅,看见一只头白躯体黑色的牦牛,正在山坡上狂奔。它跳跃,左冲右撞,甩着低垂的头,仿佛在斗牛场上。

这形象突破我对牦牛旧有的认识。我平时所见的牦牛,黑色,白色,或者黑白花色,总是安静地在山坡吃草,有帝王相。有时在路上,看见一群牦牛走过来,它的长毛飘垂过膝,围成筒裙,仿佛回到欧洲的中世纪。有时看见它在草原上站定,扭头朝远方凝视,令人想起一袭黑衣的安娜·卡列尼娜。

小时候,隔壁养一头灰白色牦牛,只用来吃奶。牦牛不下地劳作,农户养牦牛,是件奢侈的事情。牦牛也不像黄牛那样,被鼻环牵着,拴在木桩。隔壁人家白天拣些水草丰美的地方,将牦牛放出去,晚上赶回家。也没听说牦牛跑去谁家青稞田里啃食。很长时间过去,牦牛就那样早出晚归,不出声,不撒欢,老沉持重。几乎不是牛了,是隔壁的一位老人。隔壁有时送牦牛奶过来,我们煮奶茶喝。如果喝不完,还可以做酸奶吃。牦牛酸奶比一般酸奶更酸,脂肪含量高,酸奶表面蒙一层黄油。

书上说,牦牛性野,易惊。怕那头在山上奔腾的牦牛蹿下河谷来,一角将我顶出山谷去,忙爬起来后撤。一阵慌乱,却又没了声息。再回头去找,那牦牛已在河边吃水了。它俯首于水花之中,颈下黑褐色的长毛浮在水面上,仿佛袅娜的水草。盯着它,莫名地想,老子出关时,如若骑牦牛,会怎样。又想,牦牛到底是黏液质还是胆汁质。

晚上做梦,梦中情节一概模糊,倒是两句打油诗,记得清楚。梦中怕忘记,念经文一样反复背,结果将自己折腾醒来。一醒,后半句便弄丢了。"动如浮地山脉跳",与韵律无关,不过有意思。后来又想,将"山脉"一词改成牦牛:动如浮地牦牛跳,这不就是白天见到的情景吗?

060.雪莲

困在家里,不宜读玉溪生,尤其午后。玉溪生的诗读久了,原本倦意浓重的人,会更加没了筋骨,也不能读温庭筠。读岑参就不一样。岑参写胡地悲歌,写大漠风雪,对于我这个长久居住高原的人来说,这些景物并不陌生。新鲜的是,他狂风卷石的诗歌中,怎样写柔媚的花。岑参写蜀葵,还是免不了叹人生苦短。写雪莲,则多了民谣味:

白山南，赤山北。其间有花人不识，绿茎碧叶好颜色。

叶六瓣，花九房。夜掩朝开多异香，

何不生彼中国兮生西方。移根在庭，媚我公堂。

耻与众草之为伍，何亭亭而独芳。何不为人之所赏兮，

深山穷谷委严霜。吾窃悲阳关道路长，曾不得献于君王。

当年诗人在新疆写这首《优钵罗花歌》之前，其实并不了解这种花。诗人仅从佛经中得知有种优钵罗花就是汉语中的雪莲花，至于到底是什么样的花，并未亲见。有一天，一个小吏献给诗人一束花，说这就是采自天山之南的雪莲花，于是诗人有感而歌。

显然有些草率了。

我见到的雪莲花到底和岑参笔下的雪莲花不一样，也许，岑参写的果真是天山上的大雪莲花，而我见到的，不过是青藏高原上雪莲花的一个变种。

记得有一年去登山，那是祁连山中的一座高峰，海拔在四千两百多米以上，山顶终年积雪。古代神话中一提昆仑山，就说昆仑山分三级，下叫樊桐，中为玄圃，上曰层城，极繁复的地方，《汉书·地理志》明确指出昆仑山乃今日之祁连山。我自小就在祁连山脚下玩，对这种说法自然赞同。且不管祁连山是否是通天堂接地狱连人间的宇宙枢纽，是否是生命与死亡的分界线，我单看着祁连山七月飞雪便过瘾。祁连山通常一山显四季，那一天当我们走过青稞田，荆棘灌丛，高山草甸，到达雪线以上时，雪莲花突然在眼

前出现。说突然，是那些滚石流沙与冰雪间，除去雪莲，再无其他植物生存。我们倒是见到一种黑色小毛虫，像一截高士丢失的眉毛，盘在岩石上，一动不动。雪莲从冰雪之间的大石头缝中钻出来，小到三四寸高，褐色短茎，绿色叶子之上是淡黄色苞片，花并没有开放。

我小时候见过风干的雪莲花，它的花瓣为紫色，苞片薄如蝉翼，蒙一层淡黄。雪莲拿在手中，乍一看，不小心就会将花瓣当成花蕊，将苞片当成花瓣。很多人看不到绽放的雪莲，单看图片，或者药铺里的干雪莲，认为那淡黄色苞片就是开放的大花瓣，而将它紫色花瓣当成花蕊。谁叫雪莲的花瓣成为丝状呢，而苞片像极了花瓣。赵学敏在《本草纲目拾遗》中将雪莲比作荷花，想来也情有可原。雪莲开花，常以四五年为期，这使美好的误解来得更容易。而且雪莲生活的地方都在海拔四千多米以上的流沙和冰雪间，能见到雪莲开花，不仅有时间的难度，还有海拔的难度。

我那次见到雪莲并没多少诧异，只是在冷风中蹲下身子，摸摸它稍带革质的叶子，摸摸苞片，然后起身，继续攀岩石。在高大陡峭的山崖和冰雪间，雪莲花实在太弱小了，怪不得纪昀说观此花不能相告，只能默然探之，如惊动，花必缩入土地。想来自然是夸张了，但也有夸张的道理。

很多时候，我明知道我所见过的雪莲，它的苞片无一例外的淡黄色，花瓣碎成深紫。然而在梦中，见到匝地而开的大朵雪莲花，都是白色。

061.枸杞

翻《梦溪笔谈》，无意中碰到几行字，只一眼，人便来了精神："枸杞，陕西极边生者，高丈余，大可柱，叶长数寸……"一直觉得枸杞是种小灌木，挑着几根刺，生在沟畔崖旁。夏天小红果子生出来，挂在枝上，倒也耳坠子一样，在轻轻浅浅的风里摇曳生姿。没想到异地有如此庞然的枸杞，仿佛被搁置在放大镜下，纤毫毕露，硬生生的骇人。

《梦溪笔谈》中描写的，也许是另一种枸杞，我未曾见过。汪曾祺写家乡的枸杞，说枸杞在夏天开出白色的小花。开白花的枸杞，我也没见过。这自然是我的局限。

生活中常见的枸杞总是长在断崖上。那是陡峭的黄土崖，崖土被雨水反复冲蚀，崖面上沟壑纵横，崖体多处断裂，潜藏危险。这样的地方，太阳光总是直射过来，饱含燥烈气息，而崖畔高低参差的庄廓总是泛着白光。在这样的浑黄里，那偶尔一丛枸杞的植株显出些俏丽，一朵一朵翠绿绣上去，倒也显出难得的生气。

大约我惯常见到的，便是正宗的野枸杞了，植株矮小，俯垂的灰色细枝，无法与粗粝的黄土般配，披针形的叶子也是瘦瘦的，仿佛日暮时分高楼上含恨的泪眼。暮春，枸杞开出些紫色的筒状小花朵，细碎地散落在枝叶间，发髻里的簪儿一样，盛些古旧的情怀，又似乎是些幽怨的叹息——我总是无缘故地给予色彩另一种情感：紫色它怎能属于神秘呢，它就是幽怨啊，是雨夜里竹窗下的水滴，一声声,一更更,空阶到明。

这样的花结出些红玛瑙似的小巧果子来,几乎是件天经地义的事情——自然总是有道理的,也有自己的精巧技艺。而我们,反而在模仿,胡搅蛮缠。

有一年去宁夏,沿着贺兰山走,看见昊王渠一侧遍布大片枸杞园。枸杞生长在田里,果真有了些气势。车子疾驰过去,农药刺鼻的气味扑面而来。当地司机说,枸杞易生虫,农人不得不用农药来杀虫。我原是想着买些枸杞回来泡茶喝,但在那一刻,这念头纷纷散去。我们是争不过自然的,在我们和虫豸争食的时候,我们多么有勇有谋,我们拥有多么强大的力量,我们的力量甚至所向披靡,还有着回马一枪的能事。但在枸杞田边,我看见我们被自己的力量击溃——我们再吃不到一粒天然的枸杞。

然而枸杞委实是冤屈的。

一天里,逢着个旧时的老友,她正沏了枸杞叶的茶来喝,说是有人特从外地带来。碧绿的叶子舒展在水中,反而比生长时多了几分飘逸和清秀。"有人不喜欢这种茶",她一边说,一边抿一小口茶,极惬意的样子。这是我第一次知道枸杞叶原来可以泡茶喝的。汪曾祺写家乡野菜时,说将春天的嫩枸杞叶掐下来,叫"枸杞头",吃时凉拌,清香似荠菜。"枸杞头"我也是第一次知道。

青藏高原上的植物,说种类多,不多,说少,也不少。倒是好多植物长在野外,与人不大有关系。譬如牛蒡,高原上的牛蒡沿着大路长,就是没人跑去挖来炒牛肉吃或者泡茶喝,我不知这是否是所谓的落后。枸杞也如此,在原野,前一年的果子可以吊到冬天,风干,直到来春,被绿叶再次覆盖。多年来,似乎一直如此。

062.燕麦

小时候的燕麦,和小麦长得一个样,它又喜欢混在麦地里,以至于人们站在麦地边上看时,眼前全是小麦这种好孩子,不吵不闹,显得无辜。在高原,人们从不拿燕麦当庄稼,这使燕麦沦落成为一种野草。五月麦苗一寸高,需要将燕麦拔掉,然而年轻人总是少经验,常将燕麦留下,小麦除去。但燕麦终究无法长成小麦。夏季一到,小麦要开花抽穗,燕麦也要开花抽穗,这时候燕麦不得不露出本来面目:色彩绿中带黄,茎如一线垂,花又开得匆匆,来不及看清模样,至于那穗子,瘦长,吊着,竖起来的蚱蜢舟一样。而小麦,墨绿叶子充盈水分,小白花,朝天穗,折下麦秸秆,还可以吹哨子。人们于是进行彻底的"分高草",将燕麦从麦田里拔出来,码在垯坎上,扎成捆,晒成牛羊的冬草。

暑假总是闲得发慌,没有作业,农活又轮不到小孩子做,早晨在清凉中喝茯茶,去露水浓重的花园折几只虞美人或野罂粟花,将它们插在盛清水的玻璃瓶中,摆放到堂屋中央的木柜上,然后和黑猫玩,或者坐在青石台阶上看墙外的山。气温在午后升起来,太阳光明净得如同想象中的远古。在宽敞的院子中央,或者房顶,摊开燕麦草晒。刚摊开的燕麦带着湿气,挟裹泥土味,晒得久了,水分丢失,颜色发黄,燕麦草的味道反而浓起来。捧一本不知从哪里借来的故事书,或者拿着半导体收音机,躺在燕麦上晒太阳。有时丢了书,大睁着眼看天空。云在那里飘,天蓝得仿佛能将人陷进去,小蝇子偶尔朝鼻尖飞下来,耳边是燕麦草发出的细碎声响。

时间那样长,以至于像老人手捻的毛线,总抽不完。我也不着急,年龄那么小,一切都没有概念,而过程才开始,完结遥遥无期。

有时候,浓云从西北山头聚起,并且向中天快速压过来,风过处,将有大雨来袭。摊开的燕麦需要在雨点到来之前拢到房檐下,这个和雨点抢时间的过程匆促慌张,然而雨点来得再怎样快,燕麦都能避免被大雨浇透。

秋天,山野的草迅速枯去,冬天接着来到。常说四季嬗递,彼此轮回,但我实在看不出冬天怎样将前一个季节承接。冬天几乎就是个魔法师,一场雪仿佛抖动的手帕,甩一甩,世界大变。但是晒干的燕麦草挂在房檐下,青葱着,这依旧是冬季之前的色彩。夭折的生命肯定令人惋惜,我只好将青葱的燕麦想象成夭折了的一种思想。

檐下还挂着风干的绿色菠菜和芫荽。

晚饭总是简单的一两种面食,青稞面面条,或者一种类似疙瘩汤的"拌汤",冬天除了腌在大缸里的酸菜、土豆和萝卜,几乎再无其他蔬菜。挂起来的菠菜和芫荽要省着吃,那毕竟是整个冬季再难见到的绿叶蔬菜。

那时候,燕麦是不上饭桌的,燕麦只是草。

063.玉兰

　　遇见一种花,在匆促中确认名字,嗅闻芬芳,摩挲花瓣,感受它的质地,接下去的事情似乎就是上网查阅资料。没有专业的植物知识,手边又没有随时可以查阅的书本资料,学生时代《植物》课程中那点浅显的知识,也已忘记。我这样浮光掠影地去了解一种植物,想一想,百度也就够了,尽管我希望有一日能像一只猫,或者一只蜜蜂那样靠近一些植物。

　　玉兰树绕着鲁迅文学院的小楼,靠墙一圈,和一些杉树、一丛青竹,以及二十一棵杨树间隔开来,树下是黄色黑扶手的小椅子。这些玉兰树并不高,显然栽植不久,树龄不长。那是 3 月 11 日吧,雾霾后难得的蓝天,光线明净,我看见楼门前的玉兰绽放出第一朵花。初开的玉兰花翘立在高处的枝子上,举起的酒杯一般,微微倾斜。待到花瓣翩然,又如一些翻飞的大凤蝶。我发现自己只能这样比喻了,人见到的事物越是慢慢增多,想象力越趋于枯竭。也许就是这样吧,我们的这一生,一边得到,一边失去,最终归结为零。

　　刷有涂白剂的玉兰树干上,挂着蓝色小木牌,上面有简单介绍:玉兰,木兰科落叶乔木,别名白玉兰、望春花、玉兰花,园林观赏植物,原产我国中部各省,现北京及黄河流域以南均有栽培。但我看到并不是所有的花瓣都为白色,有一些,含苞的花瓣底部漾出一缕浅紫,这让人无端想起清少纳言所说的高雅东西:穿着淡紫色的衬衣,外面又套了白袭的罩衫的人。有几棵,花瓣底部的浅紫换成淡绿,这又是典型的粉白长衫配葱绿裤子,实在清秀。

然而玉兰的花期并不长,3月18日,我便看到一些花瓣开始飘落。夜晚在有风的树下走过,于暗淡光影中捡起一些落花,肉嘟嘟的肥厚花瓣,揉一揉,有风信子一样的幽香散出。花开多长为宜呢?如果是江河,长流自然是好,如果是水龙头,自然是当流则流,当止则止,昆虫与鸟的鸣叫呢,布谷在雨林中清啼,三两声足够戚戚,盛夏之蝉,终日聒噪,不胜其烦。命定显得玄幻,有意为之不如退守自然。

从11号到18号,我都做了些什么呢。想一想,事情似乎并不多,听几趟课,认识几个人,在初来乍到的混乱中,寻找能够入定的因子。然后读一本发黄了的《薛涛诗笺》。

一些玉兰花虽已落去,但还有更多的芽苞在树枝上,没有绽裂的迹象,仿佛要永久停伫。总有一些事情需要在树下走过,抬头探看枝上消息,已成习惯,将这些已开和未开的花看得久了,免不了想起《哈扎尔辞典》里的那两面镜子。

那是两面用大块盐晶磨成的镜子,一面快镜,一面慢镜。快镜在事情发生之前将其照出,慢镜则相反,而慢镜落后的时间与快镜提前的时间相等。哈扎尔是个与盐结下了深厚友情的民族:他们的数字源于不同种类的盐,因为他们能分出七种不同的盐,哭泣是他们祈祷的方式,因为眼泪中含有盐,而眼泪归上帝所有。还有,他们有自己的睡眠须知:丢了盐,休想入梦。

公主原本是不会死的,每一个夜晚,公主的左右眼睑上由盲人写上一些字母,早晨婢女侍候公主梳洗时都要闭着眼睛,因为那些字母选自哈扎尔毒咒字母表，谁看到谁就死去。因为如此，公主熟睡时，也就是哈扎尔人认为人最脆弱的时候，公主得以安然无恙。但是某一年春天，公主用两面镜子解闷时，不小心看到自己闭着的眼睛，立刻死去，因为这两面镜子一前一后照出了她眨动的眼皮，使她生平第一次看到写在自己眼睑上的致命字母。

传说阿赫捷公主每天早晨都拿着镜子坐下来给自己画一张脸，并且每天都换个男仆或者婢女作她画脸时的模特，还有一种传说，说她每天早晨都换一副新的容貌，从不重复。公主的容貌也就代表了整个哈扎尔人的能耐和特性，他们每天起来，都换上一副完全陌生的脸，连最亲的人都难以辨识。

也有人说，公主长得一点都不漂亮，但她善于化妆打扮，又深谙一颦一笑的妩媚之道，因此给人以姿色出众之感。阿赫捷公主这种人工的美色耗费她大量气力和心血，以至于她一个人时，会浑身疲软，她的美色也如盐一般纷纷掉落。

快镜映照出未来，慢镜则照出过去，有些难以辨识，以及稍带迷乱和矫饰的现在，只存在于这两个瞬息之间，但这是两面镜子无法照出的瞬间，死亡也在这里。阿赫捷公主当初肯定没有想到这些，因为阿赫捷公主始终都在忙碌：成为另一个人。

所幸我们只有一面镜子，它要么照出一朵花开，要么照出另一朵花落，这之间，光线以弯曲的形式散播，风淡荡。

064.影子与飞翔

有没有这样的可能,白昼蓝天、星辰、闪电,它们同时出现。仿佛一棵树枝上,芽孢、花朵、果实同时挂满。又仿佛一个人的生命中,幼童、青年和苍老混同一时。空间如果层层重叠,时间如果分出枝杈,而你和我,如果面容模糊,记忆互换,会怎样。

在灰白的马路之上,我轻盈地飞翔。我划动的双脚变成蹼,我的前方,青山巍峨白云缭绕。我头顶淡蓝的天空,白日正散射亮光,但是星辰,它们正闪烁在天空之上。它们并不格外璀璨,也分不出它们惯常的色彩:橙黄、橘红,或者淡粉。它们不密布,没有图案,但它们存在。闪电在天边一道道划出,沿着山脊线,它们将那些山峰映出瞬间亮白,也远射到我身上,而我一直在飞翔。

我不知道自己将飞向何方,但飞翔是如此快意的事情。在梦中,我不知那是梦的荒诞。我低头看见自己袅娜的影子,像一尾鱼,贴着青山滑过,柔软无骨。我似乎有片刻沉思,醒来时却遗忘得干干净净。也许在想:天空如果失去它惯有的秩序,然后重建秩序,而这后来的秩序,是否早已存在,如同爱默生所说的那样,一个中午必定是另一个早晨的开始,大海的深处,必藏着更深的大海。

然而这不可能。

年幼时候,我发觉身边无数事物都不存在固定的一面。月亮的样子始终变化,星辰移动位置,白昼和黑夜,不厌其烦地交替,山前流水,时而充沛时而枯竭。我曾经相信,我此刻所见,便是事实,但一转身，又觉得那是错觉。成长的过程粗枝大叶，没有谁对这些日常所见给予解释，哪怕谬误。我先天的谨小慎微，又使我不能因为那是错觉而胡搅蛮缠，也不能，因为相信它是事实，而吹嘘炫耀。

我因此时而糊涂，时而清楚，如同《庄子》里那个影外微影的故事。影外微影问影子：你刚才俯身而现在后仰，刚才束发而现在披散头发，刚才坐着而现在站起，刚才行走而现在停驻，为什么？影子回答：我也不知道为什么。

065.把向风前旋旋开

一些事情注定是要被忽略的，这自然是另一些事情正当发生的时候。几乎是这样了。鲁院院子里的玉兰花刚开时，每一次来去，我都要仰头看着玉兰。树干的吊牌上虽然写着白玉兰，但花还是各不一样：有些白花瓣上染点浅紫，宫崎骏动漫中的水粉一样，如若在薄暮，是一树树的落寞暗旧；有些白花瓣底部漾些淡绿，这使花朵看上去异常清秀；一些花朵大到翩然纷乱；有一些，则小巧孤立仿若孩童。花开得多了，一条路都浸着芬芳，有时走上去，就想用手将花香拨开，但这明显是徒劳的事情。如此走过十几天，梅花突然开了。

梅花是怎样开的呢，全没注意。双休日，一些着春衫的人提着相机走进院子来，隐身在梅树枝条中时，白的粉的梅花已经将院子蒸腾得烟霞一般了。这之前，我曾经去过梅树下面两次，看到细瘦的枝杈上，一些花苞才吐出来，懵懵懂懂的，似乎不知道下一步要做什么，就想梅花也许要过很久才能开呢，说不定要到落雪时分。

从图书室借来的《薛涛诗笺》页面已经泛黄，打开时，几乎有干燥的灰尘飘出。看看出版日期，并不早，人民出版社1983年6月第一版第一次印刷。1983年，我才上小学二年级，整天只知道玩，几乎将所有的时间都放逐到山野中。这样一想，又觉得这薄薄一册所经历的东西，也不少了。然而，一个懂乐律善词辩的灵慧女子，她原本不是一本书所能涵盖了的，但除了书，关于她的想象又能从哪里出发？

诗自然有败露的时刻，哪怕善意的模仿天衣无缝，也不能依凭。明人李昌祺的想象算是极致了吧，但也不够胆大，他不敢用文字塑造一个真实的薛涛，只好拿鬼魂说事。然而他的想象也不免落入窠臼，风流才子，必定遭遇美人多情，赏花玩月，举白弄琴，诗词唱和，曲尽人间之乐，但是欢愉易逝，后会难期，沉寂再度沉寂。我们自然不相信笔记小说中的薛涛是曾经的薛涛，也不相信，今天我们所声口相传的薛涛井、薛涛酒，当年曾经清香散播。

我应该只相信薛涛的话，哪怕只言片语，但后人替她说了太多，烟笼雾罩，让人窒息。张篷舟在追溯薛涛诗笺的版本源流时说，当初有蜀刻本《锦江集》五卷，历代《艺文志》均未著录，北宋四川运使井度得于成都，后归晁公武，南宋之后，《锦江集》散佚。一部诗仿佛一些鸟，飞着飞着，不知道会在哪里跌落，从此羽毛飘零，残体难觅，然后又会有无数伪装的鸟飞起来，它们甚至能在没有幽光的夜晚飞越山岭，直到将自己飞成当初的那只鸟。这样，在夜晚的幽暗丝丝滑动时,我觉察我所知道的薛涛已经很少很少了,她甚至小成一只暗影里的虫子,发不出任何声音。她早不是那个立于菖蒲花前,在深红小笺上,用行书献酬供吟的女子了。

然而,她真的是一个立于花前,在小笺上献酬供吟的女子吗?

我有些糊涂。

历代薛涛的画像自然不少,张篷舟说皆过于粗率,要么衣着款式有误,要么人物姿势直接出现低级错误。我唯一见到的薛涛像,便是张大千的那幅《薛涛制笺图》了。但是我看得越多,越不相信薛涛会是那番模样。其实细究起来,长眉朱颜,浣花笺桃花色,衣作窄袖,履尖不藏,倒也说不出哪里不对,只是我每一次看图,都觉得她不过是画纸上的某一个贵妇,她可以取任何名字,安排任何故事,生死皆可大胆,但无法对应任何诗词,与薛涛,更无关联。

一个人,她明明在凄清夜晚听过林梢风响,曾伫立池边看双凫朝去暮还,也曾与友人在高亭上吟唱,年老时,曾守着斗室看地上阴影轮转,然而,你试图怎样接近或突破,都无法从诗歌的碎片中去还原一个完整的她。这或许便是时光不可靠的地方吧,想一想,时光它果真有些赖皮,它几乎就是一条草木掩映、光线不明的路,它利用你以为是存在的东西,一些细节,或者隔着你而活色生香的事物,来引导你,哄骗你踏上,如果走的时间稍微有点拉长,你甚至以为那是一支箭在弦上来来去去,你是其中的一个音符。你如此沉浸,以为时光是你摘到手心的一枚苹果。然而,之后不久,时光它突然一顿,消失不见,徒留你在原地打转。

还好,总有一些诗是存在的,不管它是不是出自薛涛之手:青鸟东飞正落梅,衔花满口下瑶台;一枝为授殷勤意,把向风前旋旋开。《薛涛诗笺》翻到这一页,停一下,看《古今女史》评此诗:玲珑玄妙。我原本是不大懂诗的,读到这里,又对梅花绽放的过程有了兴致,于是再次跑去看院子里的梅花。

原来梅花的品种可以这样多,这是我不知道的:丰后梅花、白蝴蝶梅花、中山梅花、江南台阁梅花、旱红霞梅花、人面桃花梅花……淡丰后梅花自然是开了的,那几乎是一树深红小笺,腹瓣跳枝梅花也开了,枝子上,全是春雪的细碎爪子。没开的,只剩下玫瑰粉梅花和白蝴蝶梅花了。玫瑰粉梅花的花苞过于稀疏,一个枝子上挑着两三枚花苞,未绽开的深红花瓣凸起,盖住淡褐的圆形苞片,一根花蕊探出来,一个花苞像一顶瓜皮小帽。白蝴蝶的花苞挤在枝子上,紧绷着,仿佛麻姑拜寿的仙桃。

我惦记着梅花旋旋开的事情,便将时间丢豆子一样掷去。第二天清晨跑去看,瓜皮小帽还戴着,并没有因为长大了一些而换另一顶新的来戴,仙桃却已经大了不少,对着它,仿佛小时候站在厨房中,于热腾腾的雾气中,看母亲将蒸笼端下锅,揭开来,用毛笔蘸了红曲水,一点一点涂到用小麦面蒸出的寿桃上去。

第三天再去,仙桃不见了,满枝白花瓣抹点淡粉,几乎不是昨天的那棵梅花树了,瓜皮小帽还那样。也许是大了些,但看上去,依旧是昨天的花苞。

我便不着急了。然而正是这不着急,说不定当我想起,再去看时,它已消失不见,那时,海棠和梨花又该白了院子。一定是这样的,那时,我又该为错过海棠和梨花旋旋开而懊恼不已。

066.阴影不到的地方

光芒有没有形状,如果光芒过于弥漫,失去边际。如若寻找,在我家乡的田野,或者荒漠。一枚麦穗的形状,是不是光芒的形状。如果那是小麦,你是否认为,光芒过于紧密,没有缝隙;如果那是一株青稞,你是否会说,光芒是那样松散,像一口气吹出的碎屑。光芒是不是像水面上的涟漪,呈现圆形,并且层层繁复;光芒是不是又像玻璃的碎片,贴在青砖的墙壁上,不规则。

我无法想象。因为万物繁复,想象抵达的层面过于驳杂。而我记下一束清晰的光芒,并非那就是光芒它原本的模样。那一个旧时早晨,我沿着梯子爬到屋顶,看见院墙外的天空,那天空如同来自《指环王》一样的魔幻电影。灰色云层反复叠加,扭结,以至于那里仿佛一座古堡,阴气森然,并且缓慢移动。后来在这云层之间,白色光线劈开一圈裂缝,并从那里洒下,像长达千米的根根白茅。它们在触到高起的山尖时,白茅从中心散开,并且像帽子一样罩在山尖之上。

光芒是用来笼罩的吧,因为我从未见过什么事物将光芒压在下面。花瓣覆盖的地面上,地面肯定幽暗。但光芒再怎样见缝插针,也总是在表面上。所以一个小孔足够你见到光芒的模样,如果这个小孔通透。

谁能有幸见到一束天光,并将它传播给更多的人。两年前,一位美国摄影家来我家乡的山中采风,他偶尔看到一束雨后天光,正罩在河畔的一群羊身上,那景象奇妙,仿佛神的旨意,又无以言说。只是当时没做准备,光束移动迅速,羊群也很快散去,照片成空。摄影家于是花一个月时间,租一群羊,每天那个时候将羊群赶到河畔,等候,然而再没等到那束光。

母亲在去世前做梦,见到黑暗巷道里的一束微光,像蛇爬行在地面上。微光在前面,母亲不由自主地跟着它走,却总是追不上,后来母亲气馁,停止迈步,微光便原地不动。母亲告诉我这个梦,仅限于描述。我也一直不想将梦的寓意解读,不予深究。年岁中,母亲像一支蜡烛,在自己的院子突然熄灭,我不知道她终究去了哪里。母亲是否被一束光指引,从而进入到云层之上的天堂。如果在云层上,天光是否更明亮,而如果在其他地方,幽暗是否更深浓。达·芬奇说:阴影最重的地方是黑暗,最轻的地方是光明。那么,敬爱的达·芬奇,阴影不到的地方,是什么。

067.它们像蜡烛一样,熄灭了

我记得前夜,雨水在窗帘外扑打,带些萧瑟声响。我并不怎么专心于声响。我想着的,依旧是故去的声响,譬如三十多年前的风或者阳光。这已经成为习惯。习惯是我愿意并且承认的自己。我于习惯中老去。不慌张。我听得雨声中有人放下坐禅的双腿,从暗旧的蚊帐中探出头来,七十二岁的白发,白而碎,然后他依着木桌微笑。我在雨声中凝视,并与他的目光融会。我看见土豆、松针、黑槐和胡桃，我还看见雾霭和栈道，月熊正举起它肥厚的手掌。但是他说："我做错了一件事，它们就像蜡烛一样熄灭了"。于是我明白我碰到的并不是他的目光。他的眼睛早已熄灭，他把它搁置在面颊上，如同把风搁置在耳旁。但是，但是……寻访结束了，而我并不愿意从幽深僻静的终南山走出来。我于是合上书，把自己拽到雨声中去。

如果把日子拎起来，头朝下，向地面砸去，如果这其中的力量有些过猛。我这么一想，便要无声地笑，因为我想到水泥地坪。人们见不得路面坑坑洼洼，那日子砸出的痕迹，便要硬对硬。前一日，我在深山中转悠，撞见些悠闲的青牛，它们咀嚼的模样，没有生搬硬套。我还在那深山中撞见些花朵、树精、云雾生在檐角。我并且撞见自己的意愿，不出山。如果我踩着芬芳的泥土，我便不会把日子拎起来。如果我不把日子拎起来，我拎起的肯定是烟霞。而且我拎着清简[我更希望那是清贫："整个冬天光吃土豆。夏天，我每天都在菜园子里劳动。通常都有东西可吃。如果没有，我也不着急。"（《空谷幽兰》）]，与文字微笑。当然我不会打坐，我宁可天天修葺我的茅棚，并给我的灯盏找些菜籽油。

然而，终究，我像合上这本书一样离开我的想法。今日早晨，我在广场上闲坐，我先是和我的孩子闲坐，然后妞妞去教室画画，我便和阳光闲坐。我记得这是处暑后的阳光，已经格外慈祥。我依旧像往日一样怀念三十多年前的时光。但它们，早已像蜡烛一样，熄灭了。

068.想象之外

夜晚,窗外吹起大风。我总是喜欢风带来的声响,倒不追究这风来自楼群,还是树木深处。我于风,也不单是听声响。风声总带些苍茫,也有一点清寂,仿佛一个无处可去的人站在旷野里哭。有时候,我又从风声中听出渺小的自己。当然,在之前的青藏高原,我听到最多的,是风掀过山腰云杉林时涌起的黑色波涛,也有一些季节,我听见风裹着雨,与杨树一起潇潇。现在,在这里,我听到是风挟裹着北四环上的车声,呼啸而过。

呼啸而过的,还有什么呢。时间吗?肯定不是。

我不能苛求一座城市像一片原野那样。那怎么能够。城市的无奈足够明显,那已经不是每一个人的无奈,尽管在无奈之外,也有斑斓和涟漪。我不能苛求的事情已经很多,于是便不再苛求,我甚至觉得眼前存在,也有温柔妥当的一面。城市或许是寂静山野的一处高地,孤绝耸立,是一片灌丛,荆棘遍布,也可能是一间斗室,其间的每一个居民,是释梦者也是捕梦师。在那里,白天他们各自忙碌,夜晚,他们相互入梦。他们在梦境中将彼此的时光拉长,压实,直到出现幽光沉静的包浆。

推开窗,冷风扑面。三两颗星,在低矮的高处,隐约泛出淡黄、莹白和浅蓝。低矮的高处,是楼层成为城市甩向高空的一截绳子,它将天空拽得越来越低。天空之下,灯火如昼,这使楼宇格外分明,几乎不是夜晚的模样。夜晚的模样应该怎样才算恰当?我其实有些困惑。

我依稀能看清楼下院子里的池塘，梅枝，锥形的柏树，大棵垂柳，还有墙角的丁香和迎春。路灯探照不到的地方，丛丛黑影，风使它们集体摇摆，使没有长出叶子的枝条发出清脆声响，仿佛一群抖动长毛的兽。小时候的帕慕克，那个居住在里斯本道拉多雷斯大街一间小屋子里的佩索阿，还有住在浣花溪畔的杜甫，多年前，当他们在与此相似的风声中转身，或者在风声中辨别出花瓣落地的那一刻，时光是否也清寂如同此刻。我这样无缘故地想着，又记起白天我在院子里看到的，那一丛明艳的迎春，现在，它们在这个光影斑驳的夜晚，是否还鲜洁如同白昼。

麻雀是否钻进了柏树枝，斑鸠在怎样栖息，水底的锦鲤，是游动，还是如一面旗帜静止不动，梅树上的花苞，在怎样一点一点长大……我白天看见的这座院子，此刻如此让我充满想象，仿佛我从未与它谋面。

其实，在白天，当我借助阳光，俯瞰鲁迅文学院的这座院子时，依然看不到更多。树枝和绿叶正在以逐渐膨大的方式遮蔽院子，大师雕像，从关中运来的拴马桩，篮球架，黄色小椅子，观赏石，还有冰心坟茔前的花束，它们只能露出一角。弯曲路径游走在枝杈之间，阳光在叶面跳动，然而有更多阳光，被叶子反射到玻璃窗。我喜欢阳光这种回马一击的方式，也喜欢阳光像一些液体，缓缓流淌。我对阳光的流泻甚至有了迷恋，总幻想自己可以成为一只在花园晒太阳的懒猫。然而，我知道阳光只是一面镜子，它映出的事物，只是事物本身。阳光穿不透所有叶子，目光也同样。有时我想看得更多,但总有一些阻挡,那其实只是一些柔软的力量,譬如一只觅食的斑鸠,青色梅子,一枝玫瑰红锦带花,或者白玉兰展开的大叶子。

我原本记得树底下的路径,在哪里拐弯,哪一处有蒲公英在兜售种子,又是哪一处,鸢尾刚刚绽放出蓝紫的花瓣。我甚至在翻一本诗集的间隙,想起它们,像想起一幅寥寥数笔的速写画。因为在此之前,当我一次次置身其间时,我曾数过杨树有二十一棵,桑葚两棵,梅树七十多棵,我也一一记下梅花的品种,一日三次跑去看它们怎样把向风前旋旋开,我知道玫瑰粉梅花的花苞仿佛一顶顶瓜皮小帽,而白蝴蝶梅花的花苞,仿佛麻姑捧出的寿桃。我曾站在那两棵品种稀有的海棠树下,反击微博上的海棠无香派,也站在池塘旁, 看锦鲤追逐两个浮在水面的大面包。我以为我观察这座院子,已经像贝拉·塔尔对待他的电影那样,捕捉了足够多的细节,并为此一次次重复,缓慢而琐碎的将时间花掉。我甚至以为,自己已经足够明确,这院子在此刻乃至彼时的存在。

那是哪一天呢,大约是梅花落尽的一个薄暮吧,我推窗俯瞰院子时,看见有同学正从院子穿过。她因为正在打电话,注意力并不放在眼前,她的脚步被小路牵引。小路肯定有自己的方向,远去,或者走近,如果拐弯,也不过是向左或者向右。我依着窗格,想,时间不长,我们又将各自归去,在自己生活的地方,那时,说不定,在上班的路途,或者休息日,会突然想念起彼此。也许真会如此,那时,路边树木,早不是此刻的这一丛。我这样从高处看着她的身影,并且替她规划她的下一步要迈向哪个方向, 因为她实在并没有将心思放在走路上。小路在几株梅树下分叉。她也许会拐向右面的小路,我想,因为她和我,都是右撇子,也有可能,会拐向左面,但那几率不会太高,因为向左的转弯接近九十度。我期待她如此转身,以证明我们所思略同。然而她并没有朝这两个方向迈步,因为她缓缓回身,向来路走几步,然后一闪身将身影埋到锥形的扁柏后面去,直到我再看不见。这个过程,几乎像一只在柏树中栖息的麻雀归巢那样自然而然,然而又是那样出乎意料:有一些,你总是想象不到。

我所认为的,最终归我所有,我所猜测的,最终与结果相背道。想象是弹弓上的一枚石子,瞄准一个方向弹出,就有另一些地方遗漏。未知的幽暗中,总有波光潋滟,然而我无法秉一支蜡烛靠近。

069.萱草花

我和母亲坐在院子里,不怎样说话,这已经成为一种习惯。早茶时分,以及风和日暖的午后,当然,更多时候,是夜色尚未浓郁之前。母亲通常坐在青石台阶上,我有时坐在桦木树桩的凳子上,有时盘腿于晒干的青草中。母亲想些什么,我从未知晓,我想过什么,念头一转就忘。寂静从院落的幽暗角落散出来,游走自如,一些声响,如同薄暮烟雨,在四围墙头漫过,缓慢持续。我听出它们依次来自门前河水、山际松林、滩地灌丛、繁茂树冠和大片青稞田。也来自一些微小细节,清冷之风中颤动的白色经幡,猫咪跳上屋檐的轻捷脚步,柏树枝中争吵的麻雀,房屋中,木头家具偶尔的开裂之声。这些声响绵密交织,却又遵从某种秩序,仿佛时间的一个部分,向前波动,消失,又重新涌起。

院里的花也在寂静绽放,风有时从门缝挤进来,像一些飘拂的裙角,它扫起花的芬芳,让它们流动。我习惯将这些花朵想象成一些安静小兽,具备喜怒哀乐,以及对时间的顺从和恪守:夜晚,它们钻进暗色中休息,白天,它们拽着阳光嬉戏。有时候,我又为自己的想象困惑:它们是否果真在夜晚将花瓣合拢,然后酣睡。我因此时常守着暮色,等待夜晚来临。四月,碧桃花坠成粉云,荷包牡丹一事玲珑;五月,五台莲垒起金色烛盏,芍药将白色花瓣层层翻卷;六月,虞美人妖媚,波斯菊纤纤清丽,它们都不曾在夜晚闭上花瓣。到了七月,萱草花探出葳蕤叶丛,我看到那些橙黄的简单花朵,白天,它们努力绽放,尽享阳光,入夜,它们将修长的花瓣静静合拢。那种过程,仿佛一缕烟尘归于山峦,又仿佛一首夜曲慢慢奏完。

我并不愿意在每个夜晚都早早睡去。风还在旷野游弋,它从不在哪一棵草茎上停驻,做短暂休憩。蝴蝶一样的猎户星座,它还在天幕上展着翅膀,朝西飞翔。银河喧响着,长耳鸮在断崖上飞过。有些夜晚,月光雪一样覆盖前山和院落,墨色树丛中传出鸟的怪异啼鸣。我想打开门,站到空阔的原野,还想穿过河流,骑着马,登到山尖上去,在那里,沿着黑色山脉线,永无静止地行走。但是母亲小声催促,在黑暗中,说:你看萱草花都知道睡觉。

我总是幼小,不曾长大,在母亲看来,我因此需要童话一样的语言来宠爱,尽管我的身体已经比母亲高大挺拔。如同那个秋日黄昏,在山中,我们被河水阻隔。我脱下鞋袜,想和母亲蹚水而过,但是母亲抢着挽起裤管,说,我背你过河。

萱草花睡去的幽暗中,我看不到它纷披的叶子是否依旧翠绿,我也看不到将来,花怎样凋谢,母亲的双鬓怎样斑白,我怎样在山外将时间的信条逐一承诺,又一一荒废。如果过去不是拂袖走掉,未来又不至于变成过去。如果时光学会抵抗,夜晚变成另一种模样。再来的夜晚,我是否依旧像白天那样,和母亲长久静坐在纷纷飘落的暗色尘光中,我们看不见彼此的身影,但我们知道,我们的眼睛盯着哪个方向。

这样,我总是梦见院子里的花朵,李子花飞升,在高空成云,罂粟绽放成京剧脸谱,大理菊花瓣打开的过程,是一只狮子在慢慢开口。自然,我也梦见萱草花,那是太阳落山之后,我和一些玩伴朝萱草花钟形的花瓣里行进,有人告诉我们,说我们的夜晚需要在萱草花中度过,我抱着猫咪,黄狗跟在身后,母亲穿着她那件藏蓝色衣衫,我们挂在屋檐下的虞美人花壳,在我们脚边,闪动它淡绿的光泽。萱草的花瓣里面,分叉的路那样多,仿佛树木的根须。我怕走错方向,频频回首。当我们终于到达花朵基部的时候,我看见萱草花巨大的柠檬色花蕊,在我们身后,一盏,一盏,像夜晚的路灯,慢慢点亮。

070.牛蒡

午后,牛蒡将花开在路旁,显得三心二意,似乎开花是件无关紧要的事情。夏日的阳光携带金色粉尘,落在细碎花瓣上。这些浅紫色的筒状花瓣，起先聚在一起，后又散开，仿佛决意要成就一件大事，又意见不合，各自东西南北。疏淡的花瓣底下是针形苞片，末端带钩。这些小钩总在不经意的时刻，勾住行人衣裤，有时会一点点窜到肌肤上去，顽皮撒赖的小猴子一般。有一次，我去看秦腔，见老戏里的穆桂英握一杆梨花枪，插着翎子，怎么看都像牛蒡开出的花朵。牛蒡将花开成刀马旦，不奇怪。令我想象的是花基部那个绿色大总苞，鼓囊囊，圆滚滚，像悬壶济世中那个老头的葫芦，总要惹人揣摩那里面装了怎样的天地。

那些夏日，随手翻看的书，都在描写一个名叫俄罗斯的大原野。如果丢下书，走出门去，眼前出现的事物，矢车菊、燕麦田、白桦、土豆、大麻，以及废弃不用的磨房和山冈上的寒凉辽阔，曾反复在书中出现。这使得翻看的几本书，以及遥远广阔的俄罗斯原野，感觉亲切。书里的牛蒡总是高大，墨绿的笨拙叶子常在雨水中刷刷作响，如果是阳光肆意的日子，俄罗斯的孩子们拿它当伞，在黑麦翻滚的田野嬉戏。书本中的描写，即便草草一笔，也让人想象。因为存有距离，想象丰满得如同肥大的俄罗斯老太太。

如果不翻书，我不知道夏日午后的时光该怎样安排。如此寂静，而该做的事情，我都已经完成：晒在屋顶的燕麦青草，我已翻过三遍，萎谢的红花，我已将花瓣摘下，蔓菁已经挖出洗净，大黄已经穿在绳子上。我坐在青石台阶上，或者走进花园抚摸一朵单瓣罂粟，看一只蝴蝶绕着它久久翩跹，不肯停驻。一段时光这样寂静，没有任何显而易见的发生和损落，也没有断裂。是不是说，这样的时光就有些多余，可以删除。譬如一扇窗户和另一扇窗户重叠，譬如，一条路和另一条路，平行，并且方向一致。如果时光果真有了多余，需要丢弃，我们该要有怎样的作为。是沉入深度睡眠，还是，无所事事。

我没有午睡的习惯，又不能长久闷坐：尽管这是夏日，高原上的屋子之内，阴凉之气还是从墙壁渗出。只能到外面闲逛。这样，我看到午后的牛蒡，站在道旁的杂草丛中，它总是高出其他杂草，带着运动员的体魄，但是精神不振。地头一排高秆大麻，或者半截土墙将阴影搭在它罩着浮尘的叶子上，使它的叶片绿中带灰，灰中一抹黑。也有些大叶片，已经残破，大黄蜂在附近叫着，不肯落到它的花瓣上来。没人知晓它可以炒牛肉吃，没人会沏一杯牛蒡茶，也没有哪个孩子走过去，将它的叶子摘下当作阳伞，甚至没有一只虫子，跑到它的阴影下纳凉。

可以这样没有关系。像白天的一声鸟叫与夜晚，像童年的梦和如今的生活。我看着站在一旁的它，心思迟钝，激不起任何兴致。在那时，我甚至懒得想：这一棵牛蒡，它是否也和我一样，在寂静中等待漫长午后过去，因而显得有些惘然。

多年后，我看到路旁牛蒡，总是想，它多么像巴赫的六首无伴奏大提琴曲。

071.蝴蝶

蝴蝶越大越稀奇吗，有一次，在峨眉山上，我看到一些蝴蝶标本时,突然想。我原本是去看猴子的,并且为此做了些心理准备。因为记惦着猴子,当眼前突然出现一整面墙壁的蝴蝶标本时,反而吓了一跳。有些蝴蝶大得出奇,翅膀展开来,两只手掌大,花纹也诡异,色彩搭配完全没有规则,随心所欲,几乎就不是蝴蝶了。

文学作品和梦境里的蝴蝶总是太多,到处飞,陈词滥调一样。我做梦从没梦见过蝴蝶,我做梦经常见到的,就是猫。大多是白猫,眼神柔媚地坐着,走起路来,极优雅。老人说,猫在梦里,是鬼。我在梦中抱着猫,喂食,抚摸它的脊背与颈项,和它说话,无限喜爱,仿佛它是我的同类。醒来时记起老人的话,就想,又和鬼在一起了。然而这些鬼一点都不可怕。我也梦见各种花,它们在旷野,山尖,冰雪间,水泽地,或者女子的鬓角。没有一朵花是现实中的样子。

梦到底是不是我们的另一种生活,或者说,我们的梦中所见,都在另一个地方真实存在?我每次在梦中看见母亲,醒来后就觉得母亲从没去世过。我甚至想,那一日,母亲穿上藏蓝的长衫子,穿上绸布鞋,安静地闭上眼睛时,不过是换了个生活的地方。那以后,她在新的地方居住,轻颦浅笑,发髻上插萱草花,穿着盘有黑丝绸纽扣的对襟衣服,而她身边,芳草长川,风微烟淡。

这样的梦做多了,我就分不清梦中的母亲和记忆中的母亲了,也许是时间走路总是慢悠悠的缘故,这使过去的一瞬,成为久远。

那时和母亲去高山上采石葱花,正是八月,夏季风带着草药芬芳。高山草甸覆盖不住耸立的青色岩石,野鸟和小兽在那里栖息,山谷开满大丛银露梅和头花杜鹃, 河谷流水淙淙。灰绿的祁连圆柏,枝条遒劲,树冠散漫,它们顺着山坡向后斜去,这是风的方向。

我和母亲翻越一面山坡,再一面。有时坐下来歇息。天空总是蓝得出奇,阳光明净。小而又小的蓝色龙胆,粉红报春,白色防风铺在山坡上。红景天的花朵上有时蜷一只黑毛虫,半寸长,毛茸茸的,仿佛一截黑毛线头。我也不怕,拿指头戳它一下,它慢腾腾地伸个懒腰,接着又恢复原先模样。

整个寂静山野,只有我和母亲在行走。我东瞅西瞧,总落在母亲身后。母亲有时停下来,弯腰,揪下一朵石葱花,塞进包里,或者蹲在圆柏的树下,将散落的柏树枝收集起来,用细绳子扎成捆。石葱花只有拇指大,明黄,头状花序,小花瓣簇拥成球形。如果咀嚼,辛辣呛鼻。我于石葱花兴致不大,思谋着的,倒是一只只飞过眼前的半个指甲盖大小的蓝蝴蝶。

那么小的蝴蝶。如果不是这寒凉的青藏高原,不是这寥无人迹的山野深处,谁会相信有一种蜜蜂一样大的小蝴蝶,淡蓝色翅膀,没有任何花纹,它们在花丛中,在草甸上,在岩石旁停驻,翘起翅膀,或者低低地翩跹。它们从不飞到高处。

072.狮子与虎

我看见狮子张开嘴。这个过程极为缓慢,需要耐心。梦中的狮子以嘴部为特写镜头出现,身体只是一个轮廓,鼻头隐去不见,也不见锋利牙齿,然而狮子的舌头格外清晰,我甚至看见那上面的纵纹,有稍微的弯曲,仿佛传统的水藻图案。梦以平面方式出现,没有空间。狮子橘色的嘴巴慢慢张开，直到将整个画面布满。这个慢镜头甚至有点单调，没有任何旁枝斜出。在梦中，我才觉得狮子的嘴其实温和，带着夕阳的色彩，便又看见花朵形成的一瞬：狮子的上下唇褶皱成厚实有质感的圆形花瓣，舌头卷成粉色花蕊，慢慢凸出，翘立。然后一朵硕大的花绽放在眼前，花瓣由橘色变成金黄，并且裹着灰色细边。

　　另一个梦中，我们在广场集会，庆祝什么。人群的底色以灰黑为主，于是整个广场便也成为灰黑，尽管广场四周，有许多茂盛树木。那是些什么树木呢，我引颈细瞅，并不认识。北方常见的树木，我已见过不少，这说明广场并不存在于北方的某个地域。除去北方，我又不熟悉了，然而陌生也会让人感觉随意。我似乎置身于集体中，是那之间微茫的一个，似乎又脱离开来，站在一旁。我似乎在等某种命令，或者召唤，因为人群都在等待。这样，一边站着，一边向左扭头时，我看见人群外的一头狮子，长一身火红色短毛。狮子正绕着人群行走，步履缓慢，那种慢并不是因为衰老，而是威严。我注视着狮子，研究它身上那种如同火焰燃烧的红，它忽然回过头来，望着我，开口说话。我有点惊喜，因为那一时，我已认狮子是谁，曾经那样熟悉的一个人，来自现实生活和记忆。虽然没有声音，但它说出的话确切无疑：我有时候只是换换躯体。

　　我对一棵草，或者一只小兽，还是怀着一份小而又小的敬意，因为不知道那到底是谁，或者那里居住着谁。这种想法几乎荒谬，但遏止不住。我有许多时间，一个人行走，想一想，谁又不如此。我走路总喜欢东张西望，有一次，我看见路旁一丛窄叶千里光，突然想，谁居住在那里，舞剑，长啸，才配得起这霸气四溢的名号。如此，总有许多身影闪过，熟悉或者陌生，而陌生，无非就是不知道称呼，祁连圆柏、青杨、开黄花的菊芋、结果的沙棘，或者一只喜鹊，从高处飞向低矮的树梢，我走过，扭头，或者回首，我们彼此都在沉默。

沉默也是一种交流吧，如同那个黄昏。我在鲁院的院子里散步，合欢树下是一丛鸢尾，花已尽，然而叶子葱绿一如当初。当我走过花园，走过拴马桩时，保安养的一只虎斑花猫跟过来，我以为它会像任何一只猫那样，只是跟我走几步，然后在我轻声唤它时惊慌的逃离。我慢下脚步，扭头，说：来，猫咪。猫便走到我身旁，与我并行。这样走几步，我低下头看猫时，发现猫也一边走，一边抬起头来，看我。猫小小的身躯，要跟上我，步伐必得迈大，头也要尽可能仰起。这样，与我并行的猫，就有了昂首阔步的雄伟姿态，几乎像一只老虎，但是，又那样让人感觉安宁，仿佛和一个无话不谈的人走在一起。

073.山野

与时间无关，与风无关，与流动的六月之气息无关。山野只是个自在之物，淡定，甚至，淡漠。

没有花香，没有草药特殊的清芬，不绵密，也不疏朗，夏季风仿佛就不是夏季风，而是来自另外一些枯燥季节的简单事物，带着记忆，没有鲜明的主题。平板，又杂乱无章。

阳光在空气中，或者，空气在阳光中，不分彼此。温暖，干燥，有一种质感，伸手可触。说金黄，说明亮，感觉都已经陈旧。阳光与词语不同，词语会陈旧，或者霉变，会让人捉出来反复晾晒，阳光的保质期却能延续许久。

山花盛开。叫不上名字，感觉熟悉，仿佛隔着烟雾的旧时相识，旱地上的花朵，只有指甲大小，白、淡粉、浅蓝、明黄、色彩纯正，骨子里是天生的坚韧，以及不屑。花形优雅，箍成圆筒，吹成喇叭，飞成蝴蝶……精巧。不招摇，独自静立，不喧嚣。

是后来才知道的一种灌木，柠条，肆意生长，开出黄色的蝶形花朵，荚果暗红。说是根系发达，耐寒、耐旱、耐高温，沙土上，旱地里，随便一插，就是一片。放眼过去，黄色的花朵繁复成波涛，风过处，飒飒成声。

这是极干旱的山地。土壤已被晒得褪了颜色，不见任何流水，也听不见流水的声音。诧异于这许多花的绽放，总以为花是水养的。在崖边，躬下腰来，反复查看。蚂蚁往来，忙忙碌碌，小小洞穴的入口处堆满土壤的碎屑。花瓣上，蓝色蝴蝶的翅膀半开半合，是另一种盛开的花朵。怎么看，都与干旱无关。

而干旱其实已经成了一条河，无止境的流动，并漫溢到四野。站在一段裂谷的顶上，不敢朝下望去。仿佛踩着一块搁空的木板，稍一用力，便会跌下去，再无翻身上来的可能。只在急促回身的瞬间，拿眼沿着裂谷瞄去。看到一条狰狞的龙，带着一身残破的鳞片，奔腾在山野间。

夜晚，等待烂漫山花在梦里的再次出现。似乎都已经成为习惯,赏心悦目的事物会在夜晚如期来临。到来的甚至不是表象,是事物本身的一次又一次重现。纤毫毕现,无以描述。然而在闭上眼睛的那一蒙眬间,突兀而至的,竟是没敢细看的裂谷。清晰,胜过在山野横呈的那一具体模样。谷底的气象,崖体上蒸腾的热气,河流曾经的走向,某一幽暗处隐藏的秘密,草丛里的爪子,没有来处的鸟和小野兽的呼吸……舞动,没有眼睛,浑身的森然,裂谷搅动,地覆天翻。

　　大抵如是。所忽略了的,全在不期然的后来出现。如此凝重。

辑三 从立秋到霜降

074.白露

偶一抬头,天已远去。

天一定不是打马离去。上一个季节,草木弥漫紧张气息,全是只争朝夕的忙碌景象,仿佛会有突然的终结,来不及仔细而缓慢的生长。它们的脚步声刷刷齐整,但你未曾听见马蹄的声音,也没有马儿喷出响鼻。天是踮着脚走远的,它的脚丫子藏在云里。肯定是这样,你看云,它已经歇在山旁。

匆匆,你以为云还在中天盛开。牡丹或者芍药的模样,繁复,层叠,无法一片一片打开来晾晒。可是,疏忽间,云已成了小兽。惊怯的小兽,躲到天边。天空的九月,草木也已摇落了吧。瘦的小兽,露着嶙峋的骨架。面容也蒙了水色和寒气。招一招手,小兽并不向这边来。小兽是没了气力。

都凉了。

山外的水凉了,水上的风凉了;瓦楞间的草凉了,草上的声音凉了;槛里的花凉了,花上的翅膀凉了。你所知道的面容也一定凉了吧。你听见宋玉在《九辩》里的感叹声进了一扇扇门窗,你想着他惹起的草木萧瑟又该摇落成一篇篇文章。

阳光,这一天之前的阳光,你看见它披了黄衫,在飕飕的风里,踯躅。

而此时,你坐在黑色的夜晚。你知道阳光其实是温暖的,凉了的只是日子的片段。

九月的山坡,你不一定在此时去过。黄绿的村庄在你眼前,但它的目光朝着你的前方,你看见水色食味的背影,朴素的脊梁。群山在远处绵延。扭了头,再扭头,青色岩石如同河流。而河流,炊烟一般缭绕。阳光在你的身旁踱步,慵懒。你坐在蚂蚱身旁。蚂蚱褐色的身影闪闪烁烁,你竟然逮不住它蹦跶过的一个完整弧线。

寂静的声响。你从不曾遗忘。你在那里诞生,你又在那里寻找。寂静是个念想, 是双手臂, 又仿佛是个冷街头里冰糖葫芦上的竹签。撑着,挑着,其实你并不是被了冰晶的那一串葫芦。

你是萎去的草药。

柴胡的黄花开罢,党参的茎丢了柔韧,防风的种子已随鸟儿远走。还有什么呢,掠一把黄叶,你嗅出药香。不是薄荷,不是蕲艾,也不是开碎花的荆芥,而只是你手心里渗出的点滴时光。

山坡盖着黄被,你是它褶皱里的一粒灰影。

凝了目光,你看见你的旧日身形,乘了秋凉姗姗来到。但是你知道,一如你知道蒹葭苍苍白露为霜的诗歌一样,你回不到过去。你看见昔日,但它在水中央。

你只能坐在午夜的匆促中,抬眼,看另一些人和他的故乡。"的确,在这个地方,二十年前,我常常整个一上午时间都在废墟间徜徉,闻苦艾的味道,靠着石头取暖,寻找小小的玫瑰花,这些玫瑰花谢得很快,只能活到春天。"这是一个人的蒂巴萨。"我不能在时间之流中逆行,不能把我爱过的、已在很久之前骤然消失的面貌重新给予世界。"

你只能坐在记忆里的那一面山坡,听节气撵着时光。

075.秋分

才是九月,海拔两千四百多米的青藏高原,白天气温已降至十六度。青杨叶从低处的枝子开始变黄。这有色泽的明黄,蕴含精力,拒绝颓废。这是高原最早黄去的树木。白桦、榆树、云杉以及诸多灌木,还撑着绿的伞盖。只是那绿,有了脱水后的褶皱,伞便也是皱纹纸做的伞,一触就破。

落叶在地上堆积,尚未朽去,彼此留有空隙,踩上去声声脆响,仿佛一只只落地的鸟。曾经顺风翻滚的青稞小麦,还有油菜,现在静止。有些成为捆子,在田野排队等候,有些则开始分离,子实和秸秆。一些茬地上残留植物枯去的细茎,一些茬地已被一把火烧成黑色肥料,还有一些茬地里,散落的种子正发出些鲜嫩的柔弱叶子。

枯萎、分离、消失,种种必然,开始出现。秋天的大地是个物证,它能推倒一些善意的盟誓。譬如长久,譬如不离不弃。

牛羊开始在田野出没。脱离缰绳,绕开固定的半径,安闲悠然,仿佛人的老年。它们本是悠然的,这跟人不同,人的悠然得来不易。

天空在高处悬挂。阳光温暖,风清冽。阳光和风在一起,仿佛白天和黑夜在一起,又仿佛生和死在一起。

村子静谧、安详,庄廓的围墙有着阳光的色彩。波斯菊盛开在公路旁。屋檐上,偶尔一两簇翠菊,淡紫或者莹白,它们的叶子因为早霜而渐渐枯萎。菜园里的蔬菜,已经停止茁壮,阳光在它们宽大肥厚的叶子上跳跃,露水不再闪烁,偶尔出现褐色的斑点,清晰深入,仿佛老年斑。

我国古籍《春秋繁露·阴阳出入上下篇》中说:"秋分者,阴阳相半也,故昼夜均而寒暑平。"从此刻开始,太阳开始渐渐远离我们所在的北半球,寒冷一天天来到。仿佛背着阳光走去,仿佛朝着下坡走去,仿佛向一个人的后半生走去。又仿佛朝着成熟走去,朝着秩序走去,朝着一生里最宁静的段落走去。

076.寒露

说是寒露,被女伴叫去登山。重阳那天该做的事情,生搬硬套到寒露时节,有些不对卯。但一放到秋天的底子上,风急天高,落木萧萧,有人立于高山顶上,乱发飘飞,也有味道。人在秋天的路上走,脑际晃过的全是旧布片一样的往事,眼前的事反而模糊。起先觉得这一日天气清明异常,早晨出门时碰见坪里的草,一枝枝被白霜拧成明晃晃的剑,地上昨夜的积水,也成为透明的薄冰,看上去是一种易碎的危险。至于往日的鸦群,它们总是低低地徘徊,再徘徊,它们似乎不喜欢移往远处的灌丛,或者青杨林,不喜欢成为遥远的黑点。

比阳光耀眼的还有什么,一首诗,一句名言,还是冬天夜晚的一堆篝火?都不是。农田里油菜遗留的种子正在生出新的叶子,那般娇嫩油绿。然而它们只有一寸高,而且也只能一寸高,霜冻即将来临。霜冻是荷着银枪银剑的军团。在它们到来之前,这一时,那叶片上的露珠,是盛开的晶莹花。

狭窄的山路,红砖上跃动斑驳树影。踩下去,它跳到脚面,再踩下去,又跳到脚面上,仿佛一种游戏。山顶上的冷风,有着看不见的速度。身体在速度中穿行,一切瞬间消失,具象的记忆和绵密的无形之思。望眼开去,寒烟抹过,在翻飞的黄叶外,在远山和杂乱的路之间。空茫茫的弥漫,又密匝匝的实在。知道那寒烟一定笼罩了很多,却又找不到丝毫线索,无法摩挲苍茫下的一点一滴,仿佛老去了的一颗颗陌生的心。

女伴低语,她的琐碎,大家的琐碎,相似,又有区别。没有茱萸,路边只是渐渐失去水分的狗尾巴草。

只是,那摇曳着茱萸的诗,终究在此刻走回来,曲曲折折,牵惹出另一个故事,新美南吉的《去年的树》:

一只鸟儿和一棵树成为朋友,鸟儿每一天都要唱歌给树听。秋天来了,鸟儿将南飞。临别,鸟儿答应树,明年再来唱歌给它听。可是,来年春天,鸟儿飞回时,树已不在。鸟儿四处找寻,历经千辛万苦,终于找到由树做成的火柴点燃的灯火。对着灯火,鸟儿唱起了去年的歌。

童话多么荒诞,以至到了美好纯净的程度。

077.霜降

走着走着,霜降就在眼前。仿佛到达一个意欲遮掩的地方,看到所有物事纷纷下落。

昨日早间一场雪,游戏中的白手帕一般,突然丢下,又突然被一双手捏走。休息时立在窗口看雪,短促的十分钟根本算不出雪花从天到地的行程有多久。只见雪花匆匆坠地的那一瞬:奔赴,而后消融。隔着玻璃,仿佛看一个个忙碌人一生的缩影。

那一场雪果断带走青杨的叶,榆树的叶子暂且在枝梢拍打。只是,在更早些的日子里,一场大雪将榆树的枝杈压折许多,过了这些天,那些伤口依旧新鲜,竟都是碗口般的粗。

今日早间出门时,见到鸦群,低垂,如同一片浓云,朝西北方向移去。仰头看着,心中已在谋划它们的行程:过酒泉,出玉门,穿古尔班通古特大沙漠,一直向着阿勒泰飞去……这原是几年前我走过的路程,鸦怎会去呢,它们是不迁徙的,那么,它们只能挪到近些的林子去啼。

现在,站在午间的窗口看去,一切都是十分的寥落:清寒天幕,白雪山脊,疏枝间露出灰沉楼影。

"气肃而凝,露结为霜"。其气,早已冽,且已砭人肌骨了,霜也是早降了,园里的花木也已枯去。

想起未枯时的花木,年少记忆里的大丽菊,浓艳。傍晚时分,母亲会扯出些破旧布匹来,搭在大丽菊顶的木架上。待到早晨日出,母亲将布揭下来，竟会抖落些许碎珠般的霜花。那大丽菊于是继续浓艳，竟将一个寒秋热闹度过。

于今，花不在，人亦不在。

078.泽林峡

我一直以为泽林峡里面很逼仄，前山一片叶落，无风也会坠在山后，尽管泽林峡就在我家不远处的另一个山谷。后来看到，其实不然。所谓豁然开朗，如若不身临其境，仅凭想象，也难以体会其妙。《桃花源记》中的那一段文字，借来形容一下，也可，只怕气息难融，芬芳有异。自然之物，如从纸上得来，终究是浅。最佳的情形，依旧是行到水穷处，坐看云起时。

这是祁连山在青海省境内最东端的山麓地带，我甚至想象我所在的这些南北叉开的山脉和河谷，就是一些巨型的佛手，它的果瓣之间，气象虽不万千，但朝晖夕阴，水木清华，气息幽旷，容态自是层出百遑。说，祁连山，原是匈奴语，意为天之山。

穿过瓶颈一般的峡口，眼前顿时开阔起来。放眼，远山依着蓝色天际，淡烟隐隐。近处的山坡灌丛中，白色山羊和黑牦牛走走停停，正在觅食，红嘴鸦呱呱叫着飞过山脊线。山脚下农田大片匍匐，油菜、青稞、土豆和一些开花的豌豆。河谷铺展开来，青色鹅卵石缀在草花之中。林木间，屋舍俨然，一些大板夯筑的院墙已经老去，爬满绿苔，翠菊长到屋檐和门顶，成为一丛，深红蓝紫。看得见时间来去在这里留下的痕迹,消隐,或者过渡,都缓慢从容,没有山外的断然变幻。

有石块横亘在流水中央,偶尔几个孩子光着脚丫嬉戏。也有女人在一旁清洗衣物,将花色艳丽的腈纶毛毯晒在水边石块上。山涧过于清冽,水底除去碎石,再无他物。风沿着山谷行走,在草木之上,也在水之上。要说风过无痕,到底不对。我站在路边,明明看见风将草木吹歪,割草的老人在田塍上背着背篓走过时,青稞穗子拂过来,麦芒打在他的脸上。我看到这风中情景,无端想起《摩特枫丹的回忆》:风的痕迹在回忆之中,那样倔强地向着过去伸展。

山花烂漫,我喜欢这句话,因为这里的事实果真如此。鞭麻、紫菀、柴胡、柳兰……节气正当时候。鞭麻开出的花朵明黄,紫菀像极了放大倍数的红色千里光,柴胡一开就是一坡花黄,药香浓郁,柳兰,我们叫它映山红,但在别处,人们将满山杜鹃称作映山红。花朵的名字有时过于混乱,然而这与它的绽放毫无关系。我看到一种名叫茅香的白色花朵,还有一种名叫牛筋条的紫色花朵,我一直不知道它们的学名。想想也没关系,我只要再见我曾经熟悉的花朵,它们的模样,清丽或者柔媚,即可。

遇见罂粟,在人家的院子。多少年未曾见到的花朵,这次见到,差点惊呼。征得主人同意,拍下这些花朵。浓墨重彩的京剧脸子,或者重瓣淡紫,单瓣深红。这是我曾经熟悉的花朵,因为熟悉,在后来的日子读李渔,就读得糊涂。李渔数落罂粟,说"花之善变者,莫如罂粟,次则数葵,余皆守故不迁者也"。又说艺此花如蓄豹,观其变也。我看李渔将花花草草分出个三六九等,贵、贱、尊、卑,心中便有不平,而且他还一边数落罂粟,一边玩赏,因此糊涂。

蘑菇在幽暗的林子里由着想象生长,也许一场雨刚过去一两天。一个人的想象力再丰富,如果在遍布朽枝野果的山间,依然会显现出贫乏。这里的蘑菇可以告诫你,闭门造车的事情值得警惕。向林中老者问路,他详陈细枝末节。老人守着一匹马,独自静坐,马在旁边低头吃草。路旁也有女人拿着针线,肆意地盯着我看,大声说笑。常年面对山林,她们习惯接纳和服从,这或者也是一种尊严。我们各自生活,处境自然不同。如要尝试着说出其中意味,试图别人理解,想来也难。

在所有的植被之上,阳光是另一种植被。它们的生长极度静谧,甚至感觉不到。在这里,如果长久留住,像小时候那样,早起烧茶,然后背负清风阳光,在山坡一转就是一天,晚间听松涛或者看天上星座,饭食简单,心思也简单,想来极好。然而这样的想法,也只能在此一刻旋生旋灭。

079.静默有时

见到雨中的植物。青杨,开花的蜀葵和扁刺蔷薇、唐松草、成丛的蓝色野菊,车前草一串一串的籽。这些在雨中静默的植物,优雅的植物,神定气闲的植物,有些高大,有些低矮,有些葱郁,有些正在渐渐老去。绵密的雨洒下来,落在它们的叶子上、茎上、花蕊和暗藏的果子上,敲出些细碎的声音,然后汇成隐秘的小河,沿着植株流去,仿佛不是雨水,而是柔软的植物在流动。

隔了一层薄而透明的雨雾,站在远处看它们,那些树梢上明明暗暗的黄,那些枝杈间浓浓淡淡的绿,那些颔首低眉的存在,那些静气敛声的摆动,仿佛悬挂了许多的悲悯情怀。忍不住一而再地看,看过去,再看过来,椭圆叶片上的脉络,小而微粉的花瓣,纤细却又柔韧的茎,都仿佛带了微阖的双目,聆听雨雾里的万千声息。

是秋天到来,植物老去之后才有的这种悲悯情怀,还是,它本来就存在,却一直被隐藏,仿佛薄暮隐藏在晨曦之中。无法向任何一株雨中的植物询问,它们有的高踞树梢,有的匍匐在地,有时显现,有时潜藏,却一律保持了静默。无法对着这样的植物张口,它们的眼睛洞穿雨雾,如同佛指,触摸人心最细柔的地方,一丝触痛,一丝宽慰。至于它们的语言,全在休止处,没有谁能比植物更谦虚。

雨中偶尔有风吹过,一些树叶飘落下来,另一些油绿的蔬菜又在重新生长。此一刻,如若闭了眼,定能听得见黄与绿擦肩而过的声息,那一定是有着流水一般恒定的速度。仿佛这秋天的大地上,一切已经逝去,一切又将到来。秩序或者欠缺了秩序,演绎或者被演绎。许多开始,许多结束。仿佛年少的游戏,嬉戏,再嬉戏,却都玩不够。

匆匆走近,又离开。这些雨中的植物。靠近时,它们静默,远离时,它们依然静默。宠辱不惊,悲喜无惧,仿佛不存在。

080.大黄

大黄别名将军。陶弘景说,将军之号,当取其骏快。大黄叶大如扇,宽厚的心形。粗壮肉质茎,叶柄中空。长得有声势,常常覆盖了身边的其他弱小植物,在小园子里有一种飞扬跋扈的劲道。在小孩子看去,大黄的叶子仿佛大象的笨耳朵,一只一只扇动在那里,传播些私密。也许是大黄叶子的大大咧咧,不求细节,不求柔美,于是成了植物里的下品,招人侧目。

倒是孩子们不懂得嫌弃与世故。炎热夏季,阳光肆意照射,光线里全是亮晃晃的白。高原上偶尔也有无可躲避的暑热。孩子们摘了大黄的叶子,顶在头上嬉戏。一片叶子成为他们想象中的大伞,有着华丽的伞盖和流苏。流苏垂下来,显得高贵又骄矜,孩子因此成为山野的王。我想着孩子们的愉悦,因着丰富想象,超越清贫寂静。大人们丢失热烈幻想,看透边缘,计较意义,反而不如孩童愉悦。

大黄的叶子在高原植物中是属于叶形较大者。高原固有的寒冷、缺氧、强紫外线,使得一切植物的生长有别于同纬度的其他地区,生命在这里显示出柔弱无力的一面,又显示出倔强剽悍的一面。稀缺,抗衡。这使我格外尊敬那些生长在高原的植物。

我一直觉得大黄是没人专门去种植的。有几年它在菜园子的角落里撑出大的叶片来,过几年就没了,再过一两年,它又在那里出现。仿佛具有流浪的性格,不肯将一个院子当故乡。我在年轻的时候向往流浪的生活,现在却时刻想着要缩回到一个小村子里,再不出来。因此我觉得大黄终究是年轻的植物,不会老去。

那是爷爷病逝前的一个秋天。高原的风走在水上,也走在云上,山前的松林传出些涛声,大雁越过祁连山,飞向东南。我坐在青石的台阶上,与一院落的阳光相顾无言。然而阳光要比我活泼,它走走停停,摸摸捏捏,带着些悠闲的味道。我看着它最先在屋檐一朵盛开的翠菊上明媚。那朵紫色的翠菊去年就在那里摇曳,仿佛不曾有过萎谢。然后挪到檐下的柱子上。"春雨丝丝润万物""红梅点点绣千山",旧年的对联,红色斑驳,父亲的柳体。我并没有见过红梅的模样,它只在电影里出现,一树悦然。我因此对红梅充满幻想。后来阳光便照到爷爷的身上。这个沉默寡言的老人,此刻,正在用镰刀将大黄削成薄片。粗糙僵硬的手指,闪烁亮光的刀刃,刚刚挖出洗净的大黄块茎,专注神情,静谧。我担心下一刻那刀刃便会偏了锋割在爷爷的手上。削出的大黄薄片最后被爷爷串在铁丝上,挂起来。仿佛给柱子带上了金黄的项圈。我于是扭了脖子,看这个院落。马车外带、筛子、旧书包、罂粟种子、塞着油的猪尿脬……它们挂在那里,如同挂在一个古老人物的身体上,成为他的饰物。仰头,我看见树杈间的喜鹊窝、太阳、云朵……它们又成为天空的饰物。我看着爷爷瘦而高的身躯,看着他紫红的脸颊,看着他青筋暴起的手背,想,爷爷也是个饰物,我也同样,我们如同眼前串起的大黄薄片。

但是,我还是有些迷糊,我不知道我和爷爷是时间的饰物,还是,是大地的饰物。

081.九月菊

天走远的时候,风已经冰凉。

凉了的风在水上,在奔跑的物体上。人在阳光里停驻,感觉到手背上的风也生了飕飕响的翅膀。风有了劲道,也有了目标。风是学着朝人最柔软的心里刮来,带了阴沉的脸。可是阳光依旧温暖。阳光的黄衫显然薄了一些,但是阳光的脊梁笔直。阳光的步伐也齐整,并不显示出凌乱。阳光总归是温煦的,便是在它逐步落入苍黄的时刻。

人又去阳光里移动, 碰碎一团菊花的清香。这已经是晚秋天气。

老人们一直叫它九月菊,想必它就是九月菊了。花朵的开放显然很努力,可是花盘只有铜钱大小。细细的管状花瓣簇拥一起,潜藏有条不紊的秩序。浅黄的花苞却开出淡紫的花瓣,仿佛一个小小的魔术。叶子在低处不声不响,细看了,绿叶竟都不再是绿色,染上的,却都是一脉脉淡红。

在九月菊之前,翠菊开始绽放。翠菊的花瓣还没伸展,霜已经浓重。翠菊其实只把小小的遗容绽放在九月的天空下。大丽菊也已开过,可是大丽菊低垂着丰腴的面庞,不堪重负的模样。日渐凛冽的高原,远处山顶早已有了雪的痕迹。牛羊已经下山。经幡在风里发出啪啪声响。田野金黄,青稞、小麦、油菜、燕麦,还有青杨,它们一如春天盛开的迎春散发金黄。风霜肃杀下的高原,此时九月菊是唯一精神抖擞的花朵。它的花香其实有着浓郁的草药味道，一遍遍凑了鼻子去嗅，会嗅出花瓣上太阳的芬芳。

爷爷即将离世，这是一件无可奈何的事情，这也是发生在秋天的事情，顺应四季不变的规律。阳光一直洒到庭院深处的青石台阶上，石板温热，花香四溢，它们来自花园里大丛大丛的九月菊。霜在很早的时候已经降下，霜气杀枯了院里杂花乱树，只有九月菊绽放在寒冷的风中。午后时分，山山水水缄默不语，寂静和清风填满空阔。爷爷盖着棉被，大声喘息，因为心肺功能的衰竭，爷爷的脸成为酱紫色。爷爷身旁的木格窗户糊着白纸，阳光斜洒过来，纸上树影摇曳。人们围着爷爷，抬起爷爷的身子给他穿上黑色老衣，奶奶在幽暗中无声哭泣。有人大声命令我去隔壁家拿些柏香过来。我哽咽着跑出屋子，拐过庭院准备出门时，一脚踩在散落的草茎上一个趔趄栽倒下去，在我扶着花园墙站起的时候，瞥见园里的九月菊是那般镇定静默，甚至表露出一种淡漠。我想着爷爷再不能将九月菊的花瓣揉进烟叶中吧嗒吧嗒地吸食，也不能蹲身大雪降临前的花园，挥着镰刀割去九月菊零乱的植株，于是大哭。

082.蜀葵

初秋蜀葵开花，大片叶子招展在风中，叶脉浮动起耀眼光线，似乎有许多念头纷纷跃出，需要即刻实现。倒是蜀葵淡粉的花藏在叶子之间，不动声色。仿佛它们懂得，一些事情过去，也就是一些花瓣萎谢,需要忘记。摘几片蜀葵叶子下来,用草茎扎成毽子。为使毽子贴脚,我们会故意将蜀葵叶子揉搓一番,让水分浸涸出来。有时剥下蜀葵肾形的种子来吃。

那时觉得蜀葵便是蜀葵,与其他花朵并无异处。它们抽芽、生叶、开花、结籽,如同隔壁女子即将走完的一生。后来见《随园诗话》中袁枚讥讽梁溪少年,说:子独不见唐人《咏蜀葵》诗乎。于是搜那《咏蜀葵》来看,觉得作者那样说蜀葵,笔下不留情分,太刻薄。

一朵花开,如同一个人展开想象。想象越是绚丽多姿,这人似乎对未知的认识越有兴趣。想象没有是非对错,花多,又怎能是错。日本使者不认识蜀葵花,情有可原:"花如木槿花相似,叶比芙蓉叶一般;五尺栏杆遮不尽,尚留一半与人看",倒是这拙朴的写法和蜀葵花相似。看蜀葵那高秆外形,不摇曳,不婀娜,倚着砖瓦土墙,老了随便一倒,花瓣零落到泥水之中,褥烂,横成尸骨,偶有牛羊踩过,花瓣随蹄子四处散落,香气全无。如此朴实的花朵,欣然开在民间,成为大地的一部分,也成为时间的一部分。

南方的朋友曾经说起,小时候,在她故乡,端午节,人们会采摘大把蜀葵花插到瓶里,用来驱鬼、避邪。我便在高原想象那锦簇花团搁置在幽暗堂屋中的模样,它的慢慢凋落,以及一个小姑娘在屋外阳光中跳跃的身影。想象总要蒙一层清霜。当然在清冷的高原,蜀葵要到八九月份才能开花。端午节,只有青杨枝条和墙角新生的蕲艾。在高原,很多花并不会开放,而许多生长在高原的花,等到花开,已成深秋。高原夏季没有姹紫嫣红,有的只是长天无垠,秋天反而妖娆一些。

说,取蜀葵的叶片研磨成汁,用布揩抹在竹纸上,稍干后用石压平,便成葵笺。葵笺绿而光滑,适于做诗唱和。传说唐代许远曾制此笺分赠白居易、元稹。学生时代有一段时间分外漫长,我过得无聊,便模仿书上的方法制作葵笺。去园里摘些蜀葵叶子,揉搓成汁,没有竹纸,搜半片生宣,胡乱涂抹,又去河滩找块平整的大青石压上。三五天过去,我揭起青石,宣纸已经枯烂,只留下石头上一块块斑驳的绿夹杂一块块斑驳的灰,仿佛没洗净的戏剧脸子,又有些细腿的虫子和白色的虫卵蠕动,我于是跳起来逃离。

083.青蛙

夜晚,我看着巴掌大的青蛙在炕沿前面的泥土地面上迈步。你不要说青蛙不会走路,它只是蹦跳着前行。青蛙迈着它的八字步,昂着头,仿佛戏台上的老生。这只青蛙起先在门外的阴影里闲逛,后来它追逐光明,爬过门槛,进到屋里来。灯火通明的屋子,比起它光影斑驳的水面,是不是更像官殿。我不出声,等待青蛙一惊一乍。但是青蛙走过来,在我面前,它将自己蹲成一只神兽,并且鼓起大眼睛,打探我:什么样的秘密在掩藏,什么样的话语需要顿挫抑扬?我在一岁前四肢并行,很多时候青蛙一样爬过积满雨水的院落,但我不是青蛙。当初为什么不将人叫青蛙?有些名字沿用的时间一旦过长,新意便逐渐消去,不好玩。而现在,青蛙鼓胀的眼睛里,我是什么模样,是否怪异到恐怖的程度,是否让它沮丧。我扮个鬼脸,青蛙不以为然。

小时候，我和哥哥因为一本新买的《汉语词典》大打出手，原因过于简单，来玩的邻居孩子偷偷撕掉词典扉页，哥哥怪罪于我。没能占到便宜，而且冤枉，我去山上割草时，一镰刀将一只青蛙卷到背篓里。晚上我死活不肯去给牛添草，哥哥只好自己动手。哥哥是见青蛙就要吓得尖叫的人，《动物》课本上有关青蛙的那几页总是用回形针夹着。我趴在窗户上等待，果真见到哥哥抓几把草之后就和青蛙一起跳起来。

今年秋天到来才几天，青杨的叶子就忙着跳下来。这些赶早的叶子没来得及换上金色衣裳，真是心急。但它们体内的水分已经失去，斑点纵横，经脉凸显。风过来，它们从树枝上跳下，又从水泥地面的这头蹦跶到另一头去，仿佛被风牵着头。有时没有风，它们也跳下来，主动大方。太阳并不知道围起自己的院墙，只将耀眼的亮光胡乱泼下，水泥地处处像波纹闪烁的水面。眯着眼睛，怎么看，叶子在地面上，都是跳成一团的小青蛙。

秋天会有小青蛙吗。我一时陷入混乱。

在小镇，在进行下一件事情的间隙，我习惯于将脖子扭转九十度，这样我就会暂时从一个由现代元素构筑的空间，返回另一个古老牧歌式的空间。我的窗外是一个废弃院落，破败院墙，有着暗红瓦块的屋顶，瓦缝中荒草疏离，微风通常在草茎细柔的部位做些运动，并无确切寓意。偶尔有寻找草籽的鸟雀，女王般闲逛的猫咪，也有零散犬吠。每日下午五点，有钟声从附近道观传出，如果半夜，我偶尔会被长耳鸮的啼叫吵醒。有很多时候，我这样坐着，由此我经常见到四季排着队,不停地在窗外走过。有时我存些担忧,有时欣喜。在这些一闪而过的影子中,秋天最为漫长。因为我不是只在秋天才觉察到它的存在。秋季一直都在, 正如所有的衰败起始于繁盛,而所有的茁壮,源于枯萎。

我于是觉得秋季也有蛙卵。

084.小镇

在小镇蹲踞青稞酒爵的广场四周, 挺立许多株未曾老去的青杨,它们茂盛,叶子时常笼着烟雾。它的旁边,我看见一些人,他们并不显得多么忙碌,甚至,多么重要。我听见他们的交谈,有时候杂乱无章,有时候,又紧密扣在一起。然而他们紧扣的方式又过于散漫,一如孩童用马莲编织的骏马和磨盘。我听见铿锵的锅庄舞曲,听见青海贤孝,听见板胡和二胡的悠扬,还听见花儿。老者的花儿掌在手心,那种姿势总是那么忧伤。我经过他们,清晨、正午或者薄暮,他们未曾感知。我于是想象自己是一根马尾做成的琴弦,紧绷或者松弛,都与季节无关。我不能把他们的交谈想象成萧条尾声,当然它也不是某一种序曲。它更加接近于起承转合,如同光影里流转的绝句律诗,或者古老歌谣。

九月,我在空阔的小镇步行。那是丰饶又静谧的某一时刻,人影莫名其妙地消失,连同雨滴以及尘埃落定的声音。我的手臂拂到形如芫荽的叶子,我因此看见小镇的另一群居民:波斯菊。它们身条单薄，面容清秀，它们的笑靥明净纯朴，仿佛一些深居山坳的姑娘。它们在行道旁微笑，并随晴空的一缕淡烟轻舞。但它们总的身姿是弯下腰来（如同米勒画下的农民）。我想这是一种宁静的姿势，无关乎态度以及精神。后来我停下脚步，面对它们伫立。我发现自己居然正在变换身形。过滤、丢弃、删减，那么多的纷乱累赘。将庞杂的思绪拧成一枝有着白色汁液的草茎，我于是能够与它们自在交流，知晓它们不曾袒露的内心秘藏。而我在那时偶尔分神，然后想象，那依然是某一时刻小镇的模样，想它们如同花形清绝流畅。

是，自然的吟唱又怎能代表小镇的全部声息？九月的小镇广场上，我看见高飞的风筝，拖着色彩绚丽的尾巴，在新疆杨的绿叶之上。但是它们很快远去，我看不见牵着它们的线。它们在高远的地方摇曳，姿态轻松，仿佛它们拥有了真正的自由。然后我看见放风筝的中年人有着少年的快乐，尽管他的胡须透着些微沧桑。我也听见闲人儿正在将秦腔吼："咱家住池州贺塘寨，不得时于刘把马排，汾河湾铜锤换玉带。咱杨家撇刘投宋来，投宋来父子九人在……"我还看见孩子在摇板上如同轻盈的翅膀，笑声明朗。我想着它们也是小镇的翅膀，这些翅膀带着一座小镇在高空飞翔的模样，一如一块悬起的彩色魔方，在风中变换图样。而翅膀拍打的声音，来自高空之下，匍匐、游走的细微生涯。

雨水总是很少，白天的阳光照耀着慢慢成熟的庄稼，使它们饱满。在偶尔降临的夜雨中行走，我看见小镇中心的鼓楼，它的色彩被描摹一新，景观灯照耀出它异于平常的绚烂，这是这个时代的通病。我想起幼年来到这里，第一次见到它沉着的面容覆盖车马溅起的微尘,油漆斑驳,那时我并不是明白木柱油漆里的岁月,有着怎样丰富于我们短暂生命的质地,我甚至不明白来去在它周围的许多过往都不成为过往。多年后的现在,在它的身边,我竟然回答不出孩子的一个小小问题:为什么现在它还站在这里?读里尔克的笔记,我独自在家的时候,他说若想洞悉生命,必须思考两件事情:一是由物与芬芳、情感与过往、暮色与渴望共同完成的伟大旋律;一是补充和完善这大合唱的单个的声音。我想用这句话给孩子做答,但孩子未曾粗粝的年龄,显然不能理解这话中任何一个词与另一个词的内在交往。

085.变故

我异常清楚地明白,不管我怎样努力,结局已经不能改变。眼前并未发生变化的院落,我知道,早已潜藏危险。某一时终将来临,某些变故无法避免。如此肯定,仿佛事情早已发生。但是,我怎能放弃。我抱住母亲:我要改变这一天的所有程序,我要让直线弯曲,让细节膨大,我要让墙头的风落到路口,要让下一句话,成为上句。

母亲安静如同熟睡的婴孩,她隐隐传递过来的体温,我那般熟悉,那不仅仅是一种体温,那是独有的我熟悉的母亲气息,落雨的夜晚那样,让人感觉安全和安宁。母亲并没穿她一成不变的蓝色衣衫,她的短发因为过短,遮不住耳垂。她的笑容并不清晰,或者也不是笑容,只是后来时间给予她的哀痛。气氛里布满紧张,因为一些变故即将发生。这使得整个庭院,连同天空,笼罩一层黑褐的雾气。

我抱住母亲,因为母亲将要在即将到来的变故中消失。我瞅见一只黑猫从院外跃上墙头,轻捷如同魅影,我厉声要它出去,它跳下时的身影如同扔下一截焦枯的木柴棍。大狗扭身,似乎要回窝睡觉,我说,你去看好门户。花园里,一些低矮的褐色草木,正在摇曳,我怕它们发出声响,于是我屏住自己的呼吸。我不知哪一丝风吹草动将成为导火索,我得时刻警惕。以至于,当我看见父亲阴沉的脸时,我低声安慰:过几天,我会领到一笔奖金,我将它全部给你,你不再发愁。

我竭尽全力,小心谨慎,我试图让每一分钟都按部就班,没有旁逸斜出。但我一直清楚,一过此时,那场变故就要发生,也就是,从那一时起,我将与母亲天涯隔绝,以至永无止境。我不知那将是一场怎样的变故,它或许平淡如同雨打花落,或许激烈如同地动山摇。它隐伏,并且蠕动,它的身形如同爬虫。它和时间相向而行,吞噬距离,我却无法筑土为墙。我一边徒然地努力,一边因为无可奈何而感心痛。

一个深秋的梦,类似于电影《时间机器》。

梦并没有惨烈到我亲眼看见变故发生,因为过早醒来。这个深秋的早晨,一场雨或许刚刚飘过,因为我听得几声鸦叫,那是萧条和凄冷的声音。扭头看纱帘外的天空,昏暗一片。尽管醒来,人依旧在梦里迁延:如果梦境和现实可以置换,如果所有的好梦都成为现实,而所有不如意的现实不过是一场色调暗淡的梦,如若如此,我们的时日是不是会成为一杯白糖水,但是,如果所有的噩梦都成为现实,而所有愉悦的日子,不过一场梦境,我们又该怎样应对。

然而,尽管梦和现实存有距离,一些事情,还是来来去去,在它们之间游弋。在那里,它们似乎总是意犹未尽,需要此起彼落,辗转承接。结果是,一些能够避免的事,反复发生,一些已经发生的变故,变本加厉。

086.鹅

在这种秋日的大街上行走,仿佛回到兵荒马乱的年代,看到许多事物正在仓皇逃窜。一些阳光撞在楼宇间的玻璃上,仿佛撞碎的旧铜片。行道树下,风居然可以那样冷硬,像高仓健。惯常的秋天也许就是这样。说秋天山山黄叶飞,看着是高风晚来急的缘故,想透了,其实是大撤退的开始。大雁南飞也是撤退吧。不过大雁在天空排着队,跟着头雁,有秩序。其实大雁不排队,也说得过去。我们挤公交车都不排队,自然不好意思管大雁。盲鸦向晚各投林,管它东流江水声。秋天乱纷纷,像这群晚归的盲鸦。但大雁总归不像是人间的鸟,我抬头寻找,它们一阵鸣叫,优雅着,排起队,带着人的惘然就过去了。

父亲在堂屋的板壁上做一幅画,古色古香的王羲之倚着窗格朝外探望,一抹山水几笔树荫下,两只白鹅曲项向天在未平的谷纹上。水墨的写意又带点工笔,正和了父亲的闲散又拘谨。父亲解释说这便是王羲之爱鹅。鹅有什么好爱的,又不是大雁。冬天父亲外

171

出，我拿毛笔给白鹅描上棕色条纹，使它看起来更像大雁。那时候我对大雁和鹅的认识，无非是大雁在天上，鹅在地上。

有一次我看寓言故事，那是《庄子·山木》里的一篇。山区的鹅因为不会叫，被僮仆杀来款待庄子。当然，整个故事并非如此潦草，在此之前，山中没有材质的树被伐木人丢弃，得以颐养天年。弟子好事，问庄子，要处于哪种情景才妥当。要知道，庄子是哪个边都不沾的人。我那时不懂寓意，单觉得杀鹅的人不可理喻。一只不会叫的鹅，与一只会叫的鹅，怎可用才能去衡量。这如同一枚通电的灯泡，和一枚没通电的灯泡，你能说，哪一枚更好。汪曾祺先生说，读诗不可抬杠。我读书无可救药地喜欢抬杠。

想来，这样的抬杠也自有抬杠的理由，哪怕胡搅蛮缠。小时候，我们的村供销社在一个高坡上，上坡的路却只有一条，路旁有户人家，养几只大白鹅。养便养了，还养出看门狗牧羊犬的架势，成天里恶霸一样嘎嘎着，在路上逡巡。我偷几枚鸡蛋去供销社换豆豆糖，大白鹅总是将我拦在路上，梗着脖子又叫又跳，像群疯婆子，仿佛我兜里揣着它们的蛋，真是好管闲事。有时我明明看见鹅在路边树荫下懵懂，捏了手脚想过去，还没得逞，鹅便扑过来。那时候，我相信世界上的鹅，比长发鬼可怕。

087.空山

秋天既然来到，菊花便要成墙。在山谷之间的村落行走，一路上,看见波斯菊盛开在人家门前墙后,莹白和淡粉,也有深紫,仿佛蝴蝶翅上的斑点。波斯菊开花其实清秀,山里人家,叫它芫荽梅。翠菊、大丽菊、金盏菊,这些都是我早已熟悉的花朵。小时候见到的翠菊,总任性,动不动就开到屋檐上去。而在那些白露前后的日子,母亲会在夜晚来临前,给成丛的大理菊支上木架,蒙些旧布,以防寒霜杀伤花朵。早晨揭去,大颗霜花自旧布上纷纷落下,窸窸窣窣的声音真是清脆好听。

蜀葵在路旁,东倒西歪,叶子和花朵蒙一层白色粉尘。当年的日本使者不认识蜀葵花,写诗描述:"花如木槿花相似,叶比芙蓉叶一般;五尺栏杆遮不尽,尚留一半与人看",花开成这样也不必难过,这样的景况,谁没遇过。

虞美人一丛,偶尔闪现。我小时候常在罂粟花丛中穿行,看见虞美人在一旁,总表现出些自怨自艾,罂粟花却霸道,有着武生的味道。由虞美人联想到那"骓不逝兮可奈何,虞兮虞兮奈若何",抑或我们熟透的南唐后主,都自然。虞美人是罂粟科的花朵,现在似乎越来越少见到。以往去深山,见到岩缝里的柏树,它们老去的叶子不会轻易掉下。它们变黄,失去水分,依旧是柏树的一部分,最终成为霜柏,让人吟咏。虞美人却没有这样的福气。

村里有人养纯种土鸡。一些鸡在村道上溜达,或在路旁草地上觅食。这些土鸡长得矮小瘦硬,身上的毛被荆棘挂掉,裸露出黑褐色或者红色肌肤。它们的腿部肌肉紧绷,纵向的肌肉线条分明,走起路来不会摇摆,总是精力充沛地跳跃着前行。我看见它们有着超越一般家鸡的飞行能力,咕咕咕咕叫着跑着,一展翅,就飞到三米多高的房檐上。养鸡人将大部分鸡赶进村子前边的深山老林中不管不顾，过几天去山中走一圈，找些鸡蛋回来。说母鸡在深山中自己孵蛋，孵出小鸡，有时会带领它们走出山林。

村子小卖铺里的老人说，山中有藏狐，有黄鼠狼，有臭鼬。臭鼬有时跑到山下人家房屋旁做窝，生出小臭鼬，会带着它们在村道上招摇而过。

养土鸡的男子说话不慌不忙，问什么他都微笑着耐心解释。他居住的院子中央，门口，摊晒着柏树的种子。他将柏树种子收集来，用水泡湿，再晒干，搓掉外层的黑皮，捡除瘪掉的种子，装在口袋中，准备去山外卖。柏树籽散发出不同于柏树枝的浓郁香味，我曾在森林小屋中住过一段时间，对这两种香味喜爱有加。捏两粒柏树籽，说拿回家种在花盆中试试。他便走过来，很仔细地挑一把给我，说，多种点，发芽的几率会高一些。又叮嘱说，柏树种子埋进土壤中，过一年才能发芽。

他也养鸭子。鸭子在后院晒太阳，他赶鸭子出后门。后门一条小路通林边小溪。鸭子摇摆着，走到溪边，不下水，聚到树荫下梳理羽毛。

他将门前那座养鸡的大山叫空山。

088.霜柏

如果花花草草的世界只有黑白二色，李渔也会拈它们来当棋子琢磨。但是李渔又给花草分出个三六九等，让它们成为后宫佳丽，这又让我不舒服。我在植物稀缺的高原见到一丛猪耳朵草都要发一阵呆，哪里还有挑三拣四的毛病。如果李渔写大漠写风雪写寒山瘦水也那般挑挑拣拣，我便相信他挑剔因为他是处女座，然而不是。李渔写松柏，又有点倚老卖老的可爱，说松柏与梅贵老而贱幼，而自己恰也到了与松柏同入画的年龄。

杜甫写《古柏行》便与李渔不同。李渔闲人说闲事，杜甫却是心有不平，说"志士幽人莫怨嗟，古来材大难为用。"又说"苦心岂免容蝼蚁，香叶终经宿鸾凤"。我搁了书，看一眼屋头外的远山，茫无涯际地想：如果要我做一株柏树，我还是不要入画，也不要大才有大用，常年栖鸾凤，我只要在深山中寂静就行。

去年七月的小镇街头，有人运来三棵侧柏，揭去水泥地坪，掘三个大坑将树栽下去。侧柏树身高挺，看着也是长了几十年的老树，只是那姿态恭顺，少些肆意，一看便是圃里的树木。柏树要长在深山岩间经些风雨挣扎才会有遒劲的苍老，所谓霜柏。以前我生活在山里，云杉黑青，黑桦木质纠结，红桦衣衫褴褛的事情常见到，柏树也见得多，知道柏树的叶子不会轻易变黄，也不会轻易凋落。柏树是最能保持青春的树木，也是最能体现老态的树木。那三棵移来的柏树被三脚架支撑着，树身吊着笨拙的输液袋。我自然不知道那输液袋中的液体是营养液是药还是植物调控液，因为第一次见到，便好奇。早出晚归的经过，扭着脖子看。有时看着那些输液袋就多情地想，这世上心思柔软的人还是居多。只是那柏树渐渐显出些萎黄来，这不同于苍老，我便知道它们要死了。但是树木死在街头多少是件不光彩的事,后来那三棵柏树就失去踪迹。

我见过死在山林中的柏树。那也只是采药人或者牧人到达的深山老林,青色岩石裸露嵯峨,悬崖深渊,云横在远处山腰,即便是七月,雪莲也只将革质的叶子探出冰缝,秃鹫常在半山坡滑翔,野猫壮如藏狐。那是通体枯黄的柏树,叶、枝干、球果,枝上的纵裂深如刀割。它将根探进岩缝间,身体贴着岩石向上傲立。它死去多少年无人知晓,但它的死去如同它依旧活着:枝叶密集,水分似乎依旧在枝叶间流淌,尽管身体焦枯。

柏树原是性子极高的树,受不得人的浊气。那时候山下院子里一棵柏树长了几十年,我们从不曾将洗脸洗菜的水泼到树底下去,也不曾折取枝叶,尽管初一十五的早晨常常要熏香。在山里,熏香已经成为一种仪式,用柏枝燃烧出的烟来洁净自身,也用来洁净神灵。神灵似乎总是存在,哪怕门前一个土坡,房后一处水洼,人们因此不会轻易在大地上挖掘。那一棵柏树里住着麻雀,叽叽喳喳的不知道有多少。青白的麻雀屎一层层盖在树下,有几次我拣公雀屎和蜂蜜擦脸,因为听说那样可以让肌肤变白,但公雀屎糊在脸上,黏糊糊的,不好受。

柏枝煎水喝是要上瘾。山居时隔壁的女子性格乖戾,守着大片山野还说要去云游,常年穿一件深蓝的褂子。我有时逢着她,总是不敢面对,觉得她身上那股冰冷的气息来自冥界。那时她似乎总在林中游荡,曾多次见她站在柏树下摘球果吃,我们好奇,跑到远处也摘球果来尝。除了柏香,那是无法再苦涩的果子。女子熏香熏上瘾,家里柏香缭绕不断,后来拿柏枝煎水喝,每天晨起第一件事便是将柏枝熬出水来喝，晚间睡前也要喝，家人试图阻止，又阻止不了。我离开山林后，听说女子的情形越加严重，开始拒绝食物，只喝柏枝水。再后来就失去消息。

失去消息是件简单的事情，犹如一片叶落，或是一季草黄。我们一路的时光，寂静抑或鼓噪，最终只成为一个失去传承的过程。这个过程漫长或者一瞬，不重要，重要的，是它总是要失去。

089.藏獒

看到藏獒是在霜降这一天。这时早晚的气温已经降到零下，白天虽然有阳光照耀，但阳光似乎刚从冰水中捞出，滴着清冷。在大街上行走，道旁蜷曲的青杨叶子掉下来，胡乱蹦跳，有了仓皇逃窜的味道。也许秋天还早，这些叶子并不怎样金黄，叶脉突起，仿佛青筋暴涨。抬头，半空中两三只乌鸦匆匆飞过，却只能看清黑中带蓝的翅膀。

这样的秋天里，我看到藏獒。起先我看见的是铁丝框子里的小藏獒，四五只蜷在一起，将小嘴巴塞在彼此的肚腹下，眨巴着眼。如果看得粗糙，框子里也就是一堆黑中带金的劣质毛绒玩具，并且已经被人玩旧。细看，却见得那些眼睛滴溜溜，玻璃弹珠一样，光滑圆润。这样的眼睛适合对视，所谓看千遍也不厌倦。小孩子的眼睛也可以长久对视，因为里面没什么。但是人一长大就糟糕，眼睛里全是东西。小藏獒挤在一起，看上去是在彼此取暖，小爪子却踩着冷风。后来,我看到三只大藏獒仿佛一座小山,卧在铁框子旁边的槐树下,脖颈里拴着绳索。绳索的另一头捏在看不见表情的男人手中。如果没有绳索,藏獒在那里,像米高梅电影公司标志里那头叫Leo的狮子。说起狮子,它们中间那一只,棕黄色的毛,铁锈红的脸孔,真正像落难的狮王,眼神深邃又忧伤。旁边一只是黑色的,典型的地包金,曾经的桀骜犹存。另一只,却是雪獒。浑身雪白,不着一点杂色。它的个头似乎有小牛犊那样大。也是沉静面容,带些威仪。

走过去,我想象在这汽车隆隆、脚步纷沓的街头,三只大藏獒突然挣脱绳索,夺路,披着它们王者一样的鬃毛,向着想要去的地方奔跑。而它们身后,高草从水泥的大街上长出来,楼层变成树木,路灯成为浆果,行人蹦跶着,是小小的蝈蝈。

如此天高风急,落木萧萧。

扭头,它们还在那里,没有声息。它们为什么不跑?

老无所依。

前几天看电影《老无所依》,看得稀里糊涂,仿佛钻进了灌木丛,找不到头绪。等到从灌丛走出来,眼前又是一片大漠苍黄。对片子而言,老无所依显然有点文不对题,但对调。不是对电影的调,是对我看完电影后的调:茫然,无所适从。

我想着街头的藏獒,如若它们怀有心绪,该是和我看完电影后的心情相似吧。要说藏獒真正老无所依,也未必。那铁框子里的小藏獒,说不定就是它们的孩子。

但铁框子不会在大街上奔跑,大藏獒因此只能蹲在一旁,沉默寡言。

090.山高月小

重阳那一日凌晨,在祁连山东端的高峰上,我看到月亮。那一时,我知道我在高峰上,而且眼前铺开的,依旧是连绵重叠没有边际的山峦,但是看不到。夜如此浓烈,黝黑满溢。以致让人想着这夜晚的黑暗里,必定有更深的黑暗,如同那海洋的深处,藏着更深的海洋。然而这黑暗不可怕,有人说,黑暗不过是光明的减弱。在黑夜的山峰之上,仿佛在大海的阴影上。知道洪波涌起,却静无声息。后来,我看到月亮。月亮不在天上,它在我眼前,是用黑丝线系着的一粒亮白色肾形种子。吹一口气,仿佛能轻轻摆动,显得那般无辜。

山月不知心里事,原本如此,说月如无恨月长圆,这关月何事。恼月怨月,不过是恼自己怨别人,月倒成了替代品。人真是多情,好在此一时这些了无影迹。

唯有山高月小。

黑暗中,来登高的人发出些声音,都极谨慎。便是这细碎的声音,也要撞出些大的动静来,仿佛夜是能击碎的。想一想,夜果真如同一具容器。我们在某个时刻爬进去,松散任性,又在某个时刻,爬出来,谨言慎行。我们因此将自己磨损得越来越瘦小。即便如此,我们依旧期望再来的日子一切安康。有人因此在山顶抛鹿马,手电筒晃过的光晕里,我看见纸片飘洒着,向重叠的山影飞过去,轻而无声。

说,上世纪四十年代,有老人用大青马驮了粗布,向东北,越过这些山峰,到甘肃永登去换烟草,也换一些农具。有一日,老人急着回家,想在夜晚来临前翻过这些山,但是大青马受惊,挣脱背上的东西朝另一面山坡逃窜,等一切安定,夜已深浓。山路上,前后不着村店,大青马不肯迈步。四周的山脊,仿佛鬼影,远处山坳里,又有不明动物的怪叫。无奈中,老人点燃木头农具,举着前行。老人说,月亮在脚底下,像一盏清油灯盏,什么都照不见。

091.榆树的高度

秋天了,日子总是朝着同一个方向翻过去。如果翻过的这些日子可以垒起来,像一叠揉皱的旧布,我们是端坐在旧布之上,还是压在布底下。如果我们高踞在亮处,我们自身是否会有光线散射,如果在幽暗的低处,我们自身,是否是幽暗的载体。

晚饭吃得早,洗涮完毕,见太阳还在,西边强光下的山头,正罩着些灰蓝的雾气,梦境烟尘般。于是牵着女儿走下楼去。秋天的小街上,波斯菊大丛大丛绽放,行人却少。时间这样早,路两旁的小商铺都已关了门。高原便是这样,习惯将夜晚早早迎请。偶尔有灰色的猫咪蹲在花丛中,我和女儿走过去,猫咪看见,便跑到远处。女儿爱猫,也爱黑色衣服,和我一样。我俩一走到街上,女儿就说:看,两个修女。但女儿到底还是九零后。女儿曾对我说:我小时候觉得你说的话都是真理。我就骄傲,女儿又说:我长大后发现我俩之间的隔代问题山重水复。我对山重水复有异议,心想:你终究还是我身上的小疙瘩,有几个疤我都清楚,还用得着山重水复。于是继续拉着女儿的手在小街上瞎走。

小街两旁的榆树长得并不一样高, 路南的大约被楼层挡了阳光,枝叶稀疏,有几棵已经枯去。路北靠阳的一排,便茂盛,枝叶穿过低矮的电线,继续向空阔处延伸。上下班途中,我是要经常看这些榆树的,时间久了,就没了新意,仿佛见惯了的人。偶尔驻足细瞧,也只是榆钱成串的那段时日。风有没有,浅绿色的榆钱都在小街上静静地飘落,路面也铺上一层蝶翅。有一年中秋,一场大雪突然来袭,将一街榆树压折十之八九,雪后走过枝叶狼藉的街头,看见许多裸露的枝干,细滑的白色中泛出点嫩黄,小羊羔的骨骼一般。达芬奇在他的笔记中记录榆树,说榆树一年里最后抽出的枝条常常长得比低处的长,大自然这样做自有其奥秘,因为最高处的枝条才能增加树的高度。想一想,我们的时日,以及往来更迭的人,何尝不如此。

女儿学画,学得潦草,我也不大要求,觉得还是随性好。我所时刻在乎的, 倒是女儿一天天长大, 有一天她终究要有自己更长的路,而我还在原地。我将是一棵老榆树,女儿是树冠顶端的那一枝。那时候,我只能佝偻着身躯,在旧枝条上泛出些浅淡的灰色,而女儿,正在葱郁。在这般将来的想象中,我的时光过于急促,这使得我现在拥有的每一分钟,都珍贵而安宁,我必得要抓牢和女儿共有的分分秒秒。一次和女儿吹大话,我说我能用手摸到自己身体的任何部分,女儿便跳到远处,指着自己的脚,说:来,摸摸你的另一双脚。尽管摸不到,女儿的话还是让人倍感欣慰。

092.淡紫色的烟雾

我原先以为那是雾,正带着水飞。我以为它们能够沿着院子里安静的目光,越过长有苔藓的院墙,掠过树冠和枝柯,然后向着远处——村庄、平林、山冈以及大雁的阵形,飞翔。但是它们沉坠,仿佛在炼狱行进的的魂灵(如果有),它们还要翻卷、挟裹,挨着地面,仿佛要将地面的草芥和泥土一起带走。我看出它们的心思,并不拿捏许多幽怨,也没有怼恨。它们似乎只是说,说它们原本不是这般模样。我站在远处的走廊里猜度,它们有着怎样的前尘影事,以及怎样的过程,它们是否因此要停滞,以便提醒人们,它们曾经卓然不群。然而它们依旧涌动。在它们之外,或许是霜,正染了这深秋的天光。嗯,我甚至有些肯定。这正是霜色如月的时节。你看,什么物事不在月色中徜徉。我甚至记得昨夜的窗棂,它们在帘幕上的阴影,仿佛那深山里挂在墙壁上的扒犁。然而这淡紫色的烟雾,它们又逃离月色的清明,在此时,在自己的阴影中,孤光自照。

守院老人佝偻着腰,他那么专注,挥着闲置过久的镰刀。他在花园里,将那些绽放过花朵的九月菊枝条,以及那些还在霜色中倔强挺立的,细碎、淡紫,吐着芬芳的九月菊花朵,拢起来,挥一下镰刀,然后放倒。我听到老人自言自语:种你们还不如种草。我看出老人的心思,他试图将这深秋的花园整理干净,使之显得清洁虚静。这些九月菊的茎干,虽经霜冻褪去色泽,但柔韧的劲道并没减少,它们甚至有一种倔强的力量。老人挥几把镰刀,坐下,掏出烟袋。后来,老人打火,将割倒的九月菊花丛点燃。

这样,一丛花在我眼前成为虚无,像一句话说过,转身,却没有听众。

我想起很久前它们的样子。那时,我还在童年的时光中行进,身边那般宁静,阳光布满芬芳:柴胡、党参、白芨,松涛和着流水,小云雀忽高忽低,白山羊在青色岩石间跳跃,我成为山野的王。我将手脚舒展开来,搭着秋天温热的石块,搭着草色,搭着昆虫蜂蝶,而且搭着九月菊淡紫的脸颊。有那么一瞬,王低下她的身躯。她在九月菊的花瓣上触摸到泥土的质地,嗅到馨香,再不肯遗忘。

小小的,骨朵儿一样的九月菊。

093.大雁

十月,这个风声渐起的时节,如此快捷地到来。先前棉絮花瓣似的云,尽管还在天空蹀躞,却已苍老,它的衣衫破旧,丝丝缕缕。河谷青杨,山坡上的白桦,还有红桦和黑桦,它们摇身一变,树冠拥上金黄。落叶松唰唰丢下松针。风从高处大步跨下,使得山脊上的草棵,向着地面贴近。河谷的水,开始追着秋风奔跑。风是另一种流动的水。风不仅在水的脊背上,也在其他一切物体的背上。

人们正在山下收割青稞。未割的青稞穗子垂下,同时垂下匝地的金黄。他们身后,成排的青稞捆子站在地里,茬地上是红茎的荆芥和薄荷,也有棘豆,它淡紫的花朵已经萎败,成串的黑色豆荚开始饱满。偶尔有田鼠新筑的巢穴,它们如此笨拙,将松软的黑土堆积到地面,仿佛告示。荆芥和薄荷有着辛辣芳香,我弯腰采摘它们,并在抬头的瞬间,看见大雁跟着风向南飞。

天空似乎是一面流淌的静谧河水,水光闪烁清冷,大雁就是那淡荡下的一缕水草,顺着波纹漂浮起伏。我这样想着,又觉得不像。如果天空是未来,大雁是否是我可以用来栖息的一些枝杈。还不对。这样,我握着一束荆芥,站在田地中央,歪着头,听大雁鸣叫。它们只是天空中的一点淡漠写意,一阵雨,便会消去痕迹。后来,我觉察到大雁无法比拟,因为我觉得我就是它们。

大雁停驻的地方,会有怎样的屋顶,阳光怎样照耀。那里的树木,枝叶怎样朝天空伸出,那里的虫豸,怎样在夜晚躲进睡眠。那里有怎样的时光浮现,又有怎样的记忆沉淀。大雁或许正在回复,然而我不曾懂得意思,我只见得秋光散漫,却又无际。如此,我不得不将远方的想象捎在大雁身上,在一个,又一个深秋,目送它们南去。

只是远方始终模糊,因为大雁从不曾在高原停留。我因此怅惘,大雁并不是这人间的鸟。

094.土豆

青藏高原上,挖土豆的时间一般在中秋之后。这时天气开始寒凉,风和水也已冷去。青色山峦在远处,一些耸起的山尖,早已蒙上白雪。山下青稞已经收割,蚕豆秆扎成捆,大地在青稞茬地里露出一些黝黑，又有薄荷荆芥在那里点出一丝淡红。云杉的针形叶子还是墨绿，白桦和青杨的黄叶早已山山飞。这样的原野，看上去显得颓废，阳光却异常温暖祥和。土豆的茎秆歪斜在地里，霜打的黑色叶子斑驳又破碎。三三两两的农人在那里弯腰，麻袋，铁锹，手套，他们身旁，刚挖出的土豆沾着泥。

如果不曾参与这些劳动，单从远处看，人和土豆静止在秋天的背景上，阳光从云层洒下，给予他们分明，又给予一些光线晕染的朦胧，全是印象派的画作。如果想象成音乐，也是德彪西，《牧神午后前奏曲》里长笛圆号和竖琴演奏出的那一派阳光色彩，时间片断。此刻与过程断裂，成为起始，又成为一段在天国享有的终结。

孩童时候，曾经跟随大人去挖土豆。那时天气阴沉，大地罩着白雾，湿漉漉的空气中飘满雨星，道路泥泞。土豆挖出来，裹着湿泥，有时缠着小蚯蚓。这样的土豆不能立即装入麻袋，要用手一点一点将湿泥剥掉。气温太低，沾满湿泥的指头早已麻木。蹲在地里，搓掉指头泥土，呵几口气，继续剥泥。这样蹲得太久，有时就直不起腰来，又不能坐在冰冷的地面上。土豆茎需要堆放整齐，晒干做柴，或者磨成饲料。时间绵密，没有缝隙，又没有边际。偶尔抬头，看见雾气正压着土豆叶子，涌过来，像灰色的罗马军团。大人沉默不语。我甚至看见，来我家帮忙的隔壁老人，他稀疏散乱的花白胡子上，正掉下水珠来。

如果天气晴好，土豆裹着的泥来不及剥掉。太阳一晒，泥块板结在土豆上，需要用指甲一点点抠掉。时间一长，指甲缝里塞满黑泥，肿胀。剥掉泥的土豆还要分类。一些饱满健硕的土豆将是来年的种子，需要储存，进入地窖；一些已经坏去，要及早挑出；一些小如鸡卵，要趁早吃掉。虽然天气晴好，山根的云动不动翻卷成黑色城堡，雨也变得随心所欲，而且霜冻越来越重，早晚气温倏忽就跳到零下，如此，过不了多久，土地便要冻结。这样的天气，人在大块土豆地里，不能不焦急。

参加一些劳动，经历其中微小细节，懂得过程艰辛，如此，隔了一段时间，去看，见到的，再不是浮动其上的光影，不是描着花边的斑斓，不是诗句，也不是飘过空中的音符。而在未曾经历者那里，见秋天的人在地面上，被新鲜亮白的土豆簇拥，像一个春天被离别簇拥，禁不住引发一些虚无缥缈的遐思，如同《风波》里酒船上文豪的诗兴："无思无虑，这真是田家乐！"

真是意料之中的败笔。

095.鸦群

傍晚，我看到乌鸦，它们嗖嗖着，仿佛冷箭射进我家门前树梢上的大鸟巢。我扒着门缝探看，以为它们会飞错鸟巢，会回转，或者撞到院墙，以及我的脸颊，然而没有。哪一双眼睛在远处瞄准，哪一只手，正将弯弓拉满。我瞄一眼天空，这秋天的惨淡容颜，太阳的线条已经老去，仿佛草茎在暗色中弯下腰际，但是乌鸦，它们背上蓝紫色的光泽还在流转。它们瞬间而过的身影，精神如此集中，它们为此敛着声息。

有人说,盲鸦向晚各投林,谁管东流江水深。何况这一群归心似箭。

在这之前的某一天,早晨刚到来的时候,我走出院子,看见鸦群在低矮的云层下盘旋,仿佛磨盘里撒出的黑芝麻,搅着旋涡。我有时想象它们无非是些黑色标点,啊啊着在天空乱断句,有时又想象它们是撒到天空的饱满籽粒。一粒种子撒进天空,为什么会失去踪迹,而一粒种子撒到大地上,为什么会烂漫芬芳。我小时候守着大山看天空,见到天空里的事物不是流失就在消散,而大地上的事物不一样:叶子落掉了,树干在;花瓣凋零了,泥土在;人去世了,坟墓在……于是当我看见鸦群在天上, 就知道天空并不是它们最终要去的地方。

是,肯定有一个方向,是它们的向往。短暂盘旋,然后起飞。旋涡暂时失去秩序,成为一股水流,顺着风的方向。那果真是风的方向吗?鸦群不做回答,鸦群只是裹起黑衣服,遥远地叫着,仿佛不是来自这个世间。而在下一个林子上空,它们停驻并再次旋转。我扭着脖颈,关注它们的方向:左一圈,右一圈,然后散乱。

散乱也许是另一种方向吧。像记忆,像零落的草木,像抽象派笔下一幅载满情绪的画。一个点被无限放大,一条细线连起一串呼吸,人物在前台,看见的又不是亲眼所见。又像年少时期的一个午后。你推开门走出去,看见一切事物都在遵循秩序:人们低着头行走,阳光一片一片将自己摊晒在地面上,白杨树的叶子正在闪烁银光,浮尘掠过波斯菊淡紫的花瓣,一只猫跃上墙头,云雀一声高叫……它们都在来来去去,时间像一只马尔济斯犬,在它们身后。

只有你不知道要怎样才能将这个午后不动声色地处理掉，像胸有成竹那样，使它们呼之即来，挥之即去。

现在，一些秩序正在失去条理，一些散乱正在成为秩序。成长和失去，这样大行其道的问题，茁壮葳蕤。而这些黑色的云，将不断飘移，带着没有赞美的昔日时光，以及无法揣测的未来。仿佛一则老掉牙的寓言故事。寓意浅显，明白如话，以至无人再去讲述。

096.麻雀

麻雀飞来的时候，为什么没有叽叽喳喳。那一时，我正坐在院子里，看黄昏的大翅膀落在墙头。说黄昏是乘风而来吧，青杨的枝子却一动未动，那么黄昏只能是鸟一样，不请自来。黄昏又没有声息，不像麻雀。我私下以为，麻雀除了在地面觅食，无时不在争论，仿佛一群手持笏板又没有主见的朝臣。麻雀越过院墙飞进来时，像有人从院外扔进一粒褐色的石子，不优雅，也不轻盈，好在方向准。可是麻雀裹得太厚，我看它们钻进柏树枝里时，摇摆着身子，仿佛一个个负雪晚归的人，站在房门口，跺跺脚，摇摇身子，窸窸窣窣抖掉肩上的雪片，撩开门帘走进去。

麻雀在清晨的枝子上聚会，规模总是越来越大。但是麻雀们不知道推举首领，不懂组织，场面无法收拾，最终一哄而散，看上去瞎胡闹。傍晚，麻雀回家后，也有个短时间的例会。麻雀们纷纷挤进柏树，看上去是言论自由的一大家子，抢着说话。圆锥形的灰绿色柏树站在墙根下,夜幕又给它搭上蓬松的黑外衣。我偶尔走出房门,看见一个黑衣人站在前面,一动不动。然而无数只舌头却在那里搅动,仿佛有无数只手要伸出来。

白天,我将头塞进柏树里去,探看麻雀留下的雏。柏树的枝条并不繁茂,但幽深,我听见小麻雀娇嫩地叽喳着,就是看不到身影。柏树下铺满麻雀屎。公雀的屎灰白色,弯曲着,仿佛肾形的种子。邻居大姑娘来我家串门,蹲在那里捡些公雀屎回家去,和蜂蜜,做擦脸油,说防皱,还滋养皮肤。我一直想试一试,这天然的美肤宝,但一直没有实现。

那些年,我看见的麻雀总是圆滚滚的,如同苇岸所说,像一些裹着羊皮袄的马车夫。然而有一段时间,麻雀开始失去踪迹。与麻雀同时消失的是黄绿色巴拿马喇叭裤、白塑料掌高跟鞋、黑白电视机、小人书、挑水的木桶、青稞面烙饼。这个过程像一枚叶子落到秋天那样自然而静无声息。那时候,母亲蒸一种金包砖的花卷,里层卷着粗糙黝黑的青稞面,外面包一层细软嫩白的小麦面。我总是将小麦面的那部分吃掉,剥下青稞面搁置一旁。那种花卷似乎就是那段过程的象征,它的寓意不言自明。后来的某天,当我又开始怀念青稞面烙饼时,发现突然飞来的麻雀早已变得十分俊俏,仿佛胖姑娘减肥成功,三围都小去几号。这之间麻雀发生了什么?这些新出现的麻雀,是否还是以前钻柏树蹲屋檐的它们,我一直没弄清楚。

097.斑鸠

鸽子走起路来,迈一步,点一下头,迈一步,点一下头,步子碎,点头的频率就高,看上去像个帕金森病患者。鸽子的叫声和我们唤鸽子的声音一样,有时候我唤鸽子来吃谷,鸽子咕咕咕跳过来,我就想笑:是鸽子在唤我,还是我在唤鸽子?

鸽子是善于飞翔的鸟,人们将它作为天神的宠物。但有人形容一座早已不存在的寺院金顶时,说:太耀眼了,鸽子都飞不过去。鸽子飞不过去的,一定是我们无法逾越的。

小时候很少见斑鸠,常见云雀、红嘴山鸦,还有秃鹫。偶尔见大雁,在天上,不像是人间的鸟,一阵鸣叫,排着队带着人的惘然就过去了。大约那时候居住的地方海拔过高。

现在还是在青藏高原上,鸟似乎多起来,好些都未曾见过,却感觉熟悉,仿佛上帝捏了些陈词滥调出来。

说上帝捏了陈词滥调,实在是,一种鸟里有另一种鸟的样子。上帝肯定已经老去,连捏几只稀奇古怪的鸟的想象力都丧失殆尽。

斑鸠便是一例。

斑鸠和鸽子实在相似,我分不清,老人就指导:鸽子不落树,落也要落在百年大树上,斑鸠在前世是个可怜的姑娘,常被狠心的嫂嫂折磨,用火钳烫伤脖颈和脚踝,后来被嫂嫂吊死,变成鸟,不停地向世人诉说:哥哥好,嫂嫂歹,黑毛绳儿吊死我。于是我见着从树上扑棱棱起飞,脖颈和脚踝戴着黑圈的假鸽子,想着它便是斑鸠。

老人们关于一些鸟的传说，总是过于守旧，又合乎规矩。要说传说的突兀与直截了当，还是《萨哈林旅行记》中一位名叫希什马廖夫的军官：从前，在那远古时候，根本没有什么萨哈林岛，但是，突然，火山爆发，海底的一座山岩上长，高出海平面，上面坐着两个生物，一个是海驴，一个是穿着佩戴肩章大礼服的希什马廖夫。

鸽子喜欢做什么呢，我不大清楚。斑鸠喜欢轧马路，去山里闲逛，常见到斑鸠三三两两，穿着那灰中夹点红褐的羽绒服，站在公路中央，咕咕咕咕，车到跟前时都不惊不惧。司机只好停下车来等，一边等一边数落：笨得都不知道飞。有一次在公路上，车子疾驰，我看见几只斑鸠站在路中央不肯让路，着急，一急，就用嘴吹口气出去。我的用意是好的，将斑鸠吹起来，只是方法欠妥。好在斑鸠最终还是飞了起来。

098.即使是在她凋谢的时候

我以为寒露过后，雷便消失了声息，并且我以为雷声会彻底离去，头也不回。我想着它并没有与谁期约，它不在乎衰杨古柳，风物前朝。它所遵从的秩序，井然，不同于我们。然而它终究在这一天的下午闹起来，极有声势的模样，仿佛在前两个季节，或者前几年，它并没有闹够，它需要打马回来，抽起长鞭，将天空和大地再次弄出些热烈声响。它果真有些劲道、霸气，带着秋天的凛冽。它从西北的山头上萌生，左冲右撞，后来找到方向。或许方向原本存在，倒是它自己混淆了路口。它于是灌过来，洪水那样，朝着东南。东南是终点吗，我在它停歇的间刻思谋一下。它并没有老去，尽管岁华瞬息，东南也肯定不是它要终老的方向。我顿了顿。终于发现自己的偏颇。终点和方向算什么，要我们时刻记着它，像记着一个期诺。

在此之前的一个下午，我走路时撞见些白杨树，军人模样。如果我年幼，我肯定会给它喊稍息，但现在不会。我们长大的过程就是成为一只寒蝉的过程，逐渐噤去自然的声息。白杨将黄叶大把摘下来，胡乱抛洒，挥霍，仿佛不是它自己的叶子。我扫视到一枚，是，确乎是一枚，而不是全部。我想着如果我有耐心，如果能容许，我将长久盯着它，看它怎么零落成泥。它肯定不会在原地露出自己的嶙峋褴褛，它也不会在那里空等待，续旧约。那么我需要跟踪，仿佛跟踪一缕风，或者一片浮云。如果它向西北，越过河西走廊，越过罩着积雪的祁连山，越过草原和冰川，越过阿拉善，逆着去年一粒沙子行进的方向，然后我看着它渐渐融到土里去。它原本是土里的东西，它不过暂借得一袭筋脉，看这世间的暮云飞度，秋光老尽。它回到土里去不是它的错，错的是我们的叹息：叶落了。仿佛它应该永久地蹲踞在枝条上，不疲惫，不悲悯，不消退。

我在昨夜看见一个人的微笑，尽管天空一如既往的低沉和暗淡。我以往看见的总是她的愁苦和病痛。我为她过早离开尘世的景象而耿然于心，万回千度。我认为她起码应该像一片叶子一样，慢慢黄起来，给予我们一些想得通的理由，并且给我们的梦境以明媚。在昨夜，她的笑容清晰而美好，我甚至看见她鬓角的一根白发，似要染上这秋日的芳华。于是我想着，即使是在她凋谢的时候，她依然如同梦中的笑容那般葱茏。我甚至相信,昨夜的微笑蕴含一种谕意,"纵经如许磨难,我迟暮之年与崇高之灵魂使我得到一个结论:一切都好"(加缪)。

099.蜗牛

那是哪一天呢,也许是一个夏日黄昏吧,我坐在离家不远的一座山峰上,望着四周另一些青色的山峰想:如果有一种时刻,我沿着这些山脉一直走,一个人,如果牵着一匹马,或者一匹瘦驴,更好,去哪里无关紧要,只要往前走,夜晚到来,白昼开始,一枚大麻的叶子凋落,一只小云雀在田野高歌,都不能让我停驻。

当我那样想的时候,晚风有些凌厉地从山头拂过,夜的阴影开始在山脚堆积,山下没有炊烟的平地上,小小楼宇杂乱无章。我知道,我不能长久地,如此平白无故坐在山头,我必将在夜晚到来之前回家去。我也知道,尽管我那样热烈地想象,但我不可能行动。不是没有条件,是没有胆量。

想象可以不受约束地驰骋,漫无边际,但不能全部付诸实践。想象是抛洒,是晕染,胆量是用笔尖来收边。

蜗牛大约也是如此吧。

菜园里的虫子,除了蜗牛、瓢虫、蚂蚁和蚯蚓,其余的似乎都有点让人怕。其实,寒冷的青藏高原,虫子本来就少,惯常见到的,也就是长腿蜘蛛,踩着高跷似的慢悠悠来去;一种漆黑的甲虫,仿佛泡大了的黑豆；一寸长的褐色蜈蚣，还有一种从青杨树上掉下来的大树虫，两寸长，白中带绿，肚子底下密集的全是爪子。春天翻地时，土壤中藏着一种"小和尚"，它会不停地摇头。小孩们常命令"小和尚"说：小和尚小和尚左摇头，或者，小和尚小和尚右摇头，"小和尚"是否听话，我已忘记。菜园的南墙根，长满了野罂粟，这是一种蔓延起来无边际的花草。它羽状有裂齿的叶子披拂开来，会迅速遮蔽出一个滑湿的幽暗所在。有时雨水丰沛，叶子葳蕤得过分，未开花前，便揪它墨绿的叶子做菜吃。凉拌，或者煮在面条里。那时，淡灰色的蜗牛总是爬在那些叶子上，不动，像麻雀屎。揪两三片叶子，便要甩一只蜗牛下去。那时即便时间充足，有足够耐心，我也从没见过蜗牛在叶子上爬行。时间久了，我甚至相信蜗牛在一个地方出现，它将永远在那个地方，它的来去不过就是出现和消失，那几乎是一种带着任性的存在。它不会在你的视野中带着你的目光爬行，绝不。

我没有见到的，习惯凭借臆想和猜测来丰富。这总会有点不可靠，带些风险，然而非如此不可。如果蜗牛没有想法，我愿意将我的短浅灌输与它。

再见蜗牛，已是多年之后。鲁迅文学院，那是雨后的早晨。阳光掠过梧桐和玉兰的大叶子，也掠过合欢浅粉的管状花瓣铺下来，罩在池塘旁边的水泥甬道上。太阳升起的时间并不长，一些小蚯蚓已经将一截截深褐色的尸体蜷在那里，仿佛风干了一样。水泥地面上，更多的是一些细线，它们那样醒目，正在发散银色光芒。我原先以为那只是一些银色的丝线，被谁遗忘在路面上，弯下腰才看清是

194

一种黏液滑过的痕迹。黏液早已干透,板结在水泥上,成为深深浅浅的银粉。它们弯曲着,缠绕着,显得毫无规则和头绪。它们又那样多,一条条从路旁的草丛延伸出来,纠缠着,试图到达路面的另一头。路面不宽,但它们的目标并没实现。它们只将自己囿于两只手掌宽的地面上,来去迂回,并终止。

蜗牛在一边,有些已被汽车车轮压碎,我捡起一些并未遭遇车祸的蜗牛,它们无一例外地,已经用一层银色黏液将壳口封闭,不知生死。

100.木屋

木屋外响起各种奇怪声音,侧耳,我依稀听出松涛和山下哗哗的河水流淌,以及银河喧响。松涛我早已熟悉,如同我熟悉这座搭建在云杉林中的木屋一样。山风始终存在,便是晴朗午后。雨后,山下大河总会暴涨,原先清澈的河水变得暴躁混浊,它们在夜晚的喧器,会更加肆意。也有鸟声穿透桦木板壁。长耳鸮、猫头鹰、杜鹃、鸮鹦鹉,似乎都不是。尖厉啸叫之后是长久呻吟。有什么东西在击打门板,仿佛愤怒的石块被人抬起,然后砸中门框。似乎又有人用中指的关节叩击身旁板壁,啪嗒——嗒,啪嗒——嗒,富有节奏。恐惧袭来,我在被子底下找不到任何可以躲藏的地方,爷爷在一旁鼾声雷动。这个惯常给我讲述马匪、狼和鬼怪的老人,此刻,他并不知道我在担受惊吓。我唯有等待黎明早些到来,等待光线将木屋的声响一一驱逐干净。但是期待越加急迫，等待越加漫长。

白天，我坐在木屋前的空地上，看云杉怎样将黑蓝的身影朝天空铺排。有时看得无聊，我便像想象一株树木那样想象时间。时间一定像树木忽而粗忽而细那样，像树木有节疤和光滑那样，有着丰盈和单薄之分。我甚至想象有那样一个阶段，时间丰腴得如同我日复一日嬉戏游玩的山野：到处是自由奔放的脚步和酣畅淋漓的呼吸，鸟儿的翅膀撑满整个蓝色天空，大地上遍布鲜嫩幼芽，大山深处的雪豹甚至懒得在暴风雪中为果腹奔忙，因为到处是旋角山羊。时间有时野草那样葳蕤，并且覆盖所有细枝末节，以至风再吹，牛羊还是在高草下隐伏不见。但一定也有那样一个阶段，譬如那个傍晚，我沿着祁连山的山脊线奔跑，追赶逃离栅栏的那只羊羔。我的速度远远慢于羊羔，但我还是想在夜晚到来前将羊羔捉回。倔强与生俱来，不管输赢。日暮之际，时间变得那样短暂宝贵，我瞄一眼山巅，太阳就下滑一寸。时间几乎就是枯瘦井绳，它挣脱我的手掌，刷刷溜到井底，它这样迅速快捷，甚至连一滴冰凉的露水都不曾挂起。

然而一切有条不紊。

白天，有人将自己残疾的身体拖到沼泽地，在阳光下用铅笔刀割破手腕自杀，那是一个七月。在此之前，一座土木结构的房子倒塌，年轻女子被横梁压断脖颈。我见到被人收拾后的现场，自杀者身上盖着黑毡，他身边开满蓝色龙胆和绿绒蒿。年轻女子被一袭红色腈纶毯包裹，青杨的飞絮落下，撒在毯子上，如同一层白色绒毛。有人小声哭泣，然而他们更多的亲人，忙着将他们从这块土地上抹去的事情。他们将亡者运到山沟烧掉，因为他们不属于正常死亡，连同他们遗留的衣物。将他们用过的器物，搁置到看不见的高处，不再触摸。事情过去，他们偶尔谈论亡者，脸上带着伤痛，但他们逐渐恢复到他们的往日中去。他们重新说笑，并且习惯于没有亡者的生活。消失如此快捷，仿佛不曾有任何事情发生。

我看不出他们对消失有什么恐惧。牧羊人背着牛毛雨披，在旷野度过一天又一天。他们的每一天都相似：早起赶着羊群寻找水草丰茂的地方，中午用石头垒成简易灶台，舀水烧茶，傍晚回家。他们在原野的大部分时间，独自坐在羊群一旁，沉默不语，便是大雨倾盆，他们也在雨中端坐，日复一日。待嫁的女孩子，总是在每一个午后，聚到青杨树底下说笑，直到傍晚时分，又结伴去河畔洗土豆。她们总是在一起，总是嬉闹。那个瘸腿的孤儿，他带着笛子，赶着他的乳牛，几乎每一个清晨和黄昏，他断断续续的笛音，在山林飘起。他们从不曾表现出某种焦灼，或者害怕。仿佛时间失去，理所当然。也许在他们看来，一年过去，另一年接着来到，似水流年，原本如此。

那时，我看不到更遥远的未来，也无法等待。拔扫帚草，采摘野果，捡柴火，清晨蹲在灶旁熬茶水，傍晚，坐在木屋前看山下景象。静寂中，我将一段段时间接过来，再送过去，像递送一些尚没熟透的草莓果。那个过程那般缓慢，似乎没有行进，我因此无法将那些过程看完整。然而未曾告知的，你会慢慢懂得；未曾挑明的，你会慢慢清楚。

西风消息
——李万华作品

辑四 从立冬到大寒

101.立冬

天空始终阴霾,仿佛僵硬的水泥地坪。早晨起来,窗帘未卷,便知道远山罩着和天空一样的铅灰,青杨林也一定在那铅灰之中。这是肯定的。刚刚走掉的那个秋天,始终不曾听得有雨水淅沥,现在,更不会有雪花飘落了。

大致推算起来,天气还是比较倔强,约是老了的缘故。多少时间过去,天气总是风雨雷电,冰雪霜雹等等固定不变的老模样。如果天气也懂得推陈出新,比如某一个夏日午后,一阵雷电,乌云中落下纷乱花瓣,或者某个秋日早晨,草尖上蒙着宝石蓝的霜花,或者天空降下另一些莫名的东西,想来,这景象奇丽是奇丽,但出乎人们的固有认知,其实恐怖。

昨夜的梦还是一片泥泞沉滞,基调依旧黑白,仿佛贝拉·塔尔的电影。贝拉·塔尔专门挑战人的耐心,我看完《都灵之马》,接着看《伦敦来的男人》,我最想看的是长达七个钟头的《撒旦的探戈》,一时没找到,然而我没耐心将夜晚的梦细细拼接。放一曲勃拉姆斯的《G 小调第一钢琴四重奏》,吉利尔斯和阿马迪乌斯四重奏团的一次合作。钢琴和弦乐的对话,忧郁和热情的大冲撞。我喜欢的曲子,总有着情绪的大起大落。我对慢性子的人保持敬畏,然而面对一曲始终如一的抽泣或者轻诉,选择逃离。

怀念夏日午后的慵懒阳光,或者在一个夜晚降临的大雪。

吉卜赛风格的回旋曲结束,屋内呈现的,依旧是静寂。那些活力四溢的,或者小心翼翼的音符,都去了哪里。扭头看看窗外,灰白,无鸦群,无雁阵,便是青杨上的几枚黄叶,也不飞,只是抽掉了筋骨般耷拉在枝子上。大地成为天空,天空覆盖着地平线,一片沉闷,这竟然是一个冬天刚刚到来的样子。

"劈开一块木头,我在那里,举起一块石头,你将发现,我在那里。"托马斯的福音如是说。何止如此,我应该还在冬天的每一个角落,每一分钟。也不仅仅是独一无二的我,是许多我都在冬天的每一个角落,每一分钟。

我想起这一句,又想象我就是这个冬天的雪花,或者是这个冬天的语言。

然而灰白天空里的语言尽管丰盛,宛如夜宴,终是不敢铺排。红楼里那一个可怜的人儿来给另一个人托梦,说:婶子啊,万不可忘了那"盛宴必散"的俗语。语言岂不如此。

非洲的一个民间传说里,兔子殷勤地跑去传达月亮女神的话。这差事原本是虫子的,但兔子的精力充沛呀,丰盛的语言于是闯祸,兔子的嘴被月亮女神打成三瓣。

我们一定在那木头里,在石缝里,在天光云影,在一切自然的、神秘的、巨大的花园里。可丰盛的语言的唇,终被裂为三瓣。

102.冬至

冬至的阳光,仿佛一篮子冰块。溅到马路上,屋顶上,草垛上,亮晃晃的,全是丁零零的碎片。而冬至这一天的水,正在村南的滩里,就着西风,读王维的诗,奏琵琶和扬琴,跳芭蕾,古典又现代。

下午十八时,太阳已经西沉。这疲惫的太阳,头都不回,决绝的模样,找不见一丝留恋的余晖。其实这时日里的太阳一直蹅摸捷径,偷懒,沿着南天靠山的一侧,无力滑翔。太阳是不是不愿意月亮有盈亏,海水有涨落,草木有荣枯,人生有代谢?是不是,因此而让自己有假象中的冷热,参照面上的大小?而实际是,太阳,这朵大花,它是不是只稍稍地蜷了一下花瓣,让芬芳缓一下速度再散播?

月亮已经升起。一块未圆待圆的黄玉。

“冬至大如年”。庆祝。水饺、馄饨、汤圆。“家家捣米做汤圆,知是明朝冬至天。”阴阳从此转换,一条荣枯的分水线。又有民间的习俗,说,画梅花一枝,素墨勾出九九八十一朵花,每天用红笔涂染一枚,花尽而九九出。想想都是一幅“南枝触目春如海”的九九消寒图。

在这里,冬至吃油饼。大水油饼,狗浇尿,葱油饼。

103.小寒

傍晚时候,我站在楼上,不小心就撞见远处的山峰。我原本以为这个季节的山早已不是昔日的模样,起码,它应该戴顶小白帽,裹一条白毛线的围巾。我瞥一眼,以为看错了,再瞥一眼。山果真是连绵的山,但我总觉得它不应该还是这个黛青色的样子。“犯了错”,我想了想,一时间竟恍惚起来,不知道是山的错还是雪的错。

网上说,雪,雪,雪。我用等待未来的心情等待雪,结果等来了现实。

这一天的早晨,薄寒凝成云烟,裹着房屋树木,一派朦胧。黑鸦飞过来,再飞过去,竟然丢失了方向,仿佛用错了的逗点,寻找着应该停顿的地方。但是在午后,气象却清明起来。阳光仿佛刚从热水中捞出来,滴滴答答,带些暖人的意思。云在天上飞起来,风在树梢上读着些唐宋的诗歌,甚至有些春天敲门的意思。春天会不会走捷径呢?我在中午时分独自捧着一碗面,突然将春天想象成楼层上的电梯。

其实在这一天,我想得更多的是二十多年前的冬天。我由身边的寒气想到那个时候的寒气,我由身边的冷风想到那个时候的冷风。那个时候……当我很理性地想那个时候时,我明白那个时候的凄冷、清贫,也明白那个时候的简单、潦草。我一直想知道别人是否也成年成月地活在那个时候。我想着肯定有些人活在未来,不像我。记忆会不会撒谎?仿佛一个简单的文档,让我们修改,删除,再修改,然后留下美好。它甚至不如学生的草稿纸,有着墨水和涂改液的痕迹。它是不是果真如幽灵,一切不在的时候,钻出来。

104.大寒

说,"寒气之逆极,故谓大寒"。

晨起,撩开窗帘见到的并不是天色,而是窗玻璃上的冰花。冰花仿佛不是凝结而成，而是赶了许多路，从不同的地域和季节走来，繁盛如同夏日花园。也有些玻璃上是展开的宋人山水，萧瑟，向着某个苍茫处无止境地延伸。

依然是彤云。凝滞、沉郁。仿佛巨大而密实的网，罩下来，不留一丝缝隙。灰白，天地一色，听不到呼吸。

树杈稍有例外，带些黑褐色，直立或者横斜，都是萧疏。依着枝条的姿势，依旧能分辨出是榆是柳还是杨。杨孤立，向上。榆懒散，中庸。柳柔弱，下垂。此外，看不见其他植物。如果，雪能算作植被，现在，所有事物都被这白色植物覆盖，葳蕤。

不是雪花，亦非雪粒，雪以模糊的姿态寂静飘落。无法用眼光追踪其中的任何一枚。过于细碎，仅仅是，一个疏忽，它们逃逸。或者，消失。尘归尘，影归影。

冷是干冷，刺骨的那种。耳朵不小心露出来，感觉会迅速被冻结，一摸，便会哗啦哗啦地碎掉。

想藏雪鸡或者喜马拉雅雪鸡们一定在村庄附近的山坡上剪着苍茫行走。而在苍茫逐渐愈合的时候，雪鸡成为小小逗点。

小寒大寒又一年。这是一年的最后一个节气。好在这些节气是周而复始的。结束，便也开始。

105.大歪西

这个冬日午后，阳光一穿过玻璃，便有了夏季模样。其实天气依旧是零下二十多度的寒冷，正是大寒时节，窗外一切冰冻得冷硬又萧瑟。从阳台的玻璃望出去，隔了许多参差屋头，还能看见远处隐约的山脉一角。那是祁连山脉的东端，薄雪笼着那里，又罩一层寒烟，一些斑驳。如果要抵达那些山头，路途并不怎样崎岖。只是这其间要穿过一些喧嚣，一些斑斓的街头图案，便气馁。翻一页《老残游记》，又搁下。

学生时代读《老残游记》，读的也只是热闹。客栈里翠环和铁老论诗，翠环是个率真的人，说：体面些的人总无非说自己才气怎样大，天下人都不认识他；次一等的人呢，就无非说哪个姐儿长得怎么好，同他怎么样的恩爱……我就笑。那时学诗不会，对写诗的人就多了些嫉恨，其实也是风清月白的嫉恨，是那种跺一跺脚后的仰慕。这个午后再找这一段来读，早没了看热闹的兴致。至于一些惯常的评判，或者看法，关于技巧、艺术、趣味……我也是不大在乎。日子一天一天更新，这其间的配置也一点一点提高，如此匆促的升级。只是翻阅的时候，遇到一两个有情义的字，便做些简短停顿。这是唯一留存的习惯。

书上写月亮，说：大歪西了。

那时住在山里，一座云杉和白桦搭建的房屋，它蹲踞林中高处，门前一方平地，种些萝卜菠菜，也有一两株波斯菊。光线不足，肥力不够，萝卜和菠菜也只是勉强成些样子，波斯菊要到八月才能单薄地开放。房屋简陋幽暗，一门半窗。门朝东开，窗朝西凿。屋内常年烟熏火燎，板壁和木架上的简单器具虽然散发着松香，却早已暗淡发黄。林中总是寂静又喧响，有些声息来自根茎叶脉和土壤深处。白天行走嬉戏于野果灌丛之中，如同蜂蝶倒也趣味横生，夜间便觉漫长。山里的夜晚，声响总是很多。有时夜深，被夜鸟啼醒，而母亲依旧在身侧酣睡，我便盯着西窗听林中响动。风过掀起松涛万壑，流水跌落崖间千尺，也有天上群星闪烁的动静，还有银河旋转的声音。窗户上一小方碎花的旧布帘子总是不忍得拉上，夏季星空低垂，秋季天幕高远，一些星星大到伸手可握。不敢趴在小小窗口，只将头从被子中探出。银河响着响着，一些云杉的枝子咔嚓掉下，夜鸟又在远处啼一声，月亮便大歪西了，蝴蝶样的参星也是，还有仙后和太白。

大歪西了，我停顿一下，想，这岂是西窗白，纷纷凉月所能比得上的。

那时想象力正自茁壮，仿佛青葱树木，常常旁逸斜出。我看云看到喜怒哀乐，听水听出真假是非，其实那也只是孩子的喜乐，孩子的是非。看一天繁星，有时我看出花脸的罂粟，盛酒的龙胆，还有长满雀斑的卷丹，有时又是河谷卵石，水底长着胡须的游鱼。而那大歪西的月亮，除了我曾经用弹弓对其瞄准，我还揣测那是谁的玲珑话语，又是谁委屈后的冰凉泪珠，还想象如果我在那里，该怎样奔跑，怎样种一枝紫金标，怎样让羊群不迷掉方向……

106.雪原

现在，我站在一面坡地上，看这个冬天的第一场雪怎样将原野覆盖。虽然昨天才立冬,在别处,或许黄花红叶正在浓艳,但是高原,气温已降到零下。寒风刮起碎雪,冰冷扑打面庞,这是名符其实的冬天了。我以为我站得已经够高,环顾四周,苍茫山野尽在眼底,然而在远处,更高的山脉将我和这面山坡包围。它们并没有逼人的气势,虽然积雪的山体高耸,但是它们与我之间的距离,足够遥远。这样,这些山体又匍匐开来,仿佛羽翼伸展的大鸟,在灰色云气,和白色的大地之间,无声滑翔。无声,是。这样绵延无际的山川,原该密集着事物的声息才对。譬如积雪从枯枝掉下,流水冻结为冰块,譬如一只鸟离开树梢,尾随另一只鸟,一阵风刮下山坡,追逐另一阵风。然而没有。现在没有任何可以捕捉到的动静,甚至呼吸。如此空廓。

但我知道,这不是死寂。

刚才行走在山路上的时候,我看到一只棕色野兔,它从路旁的蒿草丛中钻出,站在积着薄雪的路中央向我张望。它那么小,仿佛一捧松软的黄土,只有两只耳朵探出来,仿佛插在那里的两枚枯黄树叶。我以往见过的野兔,都是灰色,它们过于机警,仿佛一粒灰色弹珠,在草丛和灌木间跳跃,或者隐没。我习惯性地屏住呼吸,与它对望。然而我的眼睛早已近视,我看不清它的面容。在它眼里,我是什么模样。它似乎对我不感兴趣,将我打探一番后,一声不吭,扭头蹦进草丛。

在此之前,山下一座村庄附近,我看到一只黑白色的猫咪,正在横穿马路。它像女王,又像哨探,它扭转脑袋,一边轻捷地走路,一边细细将我侦查。仿佛我是闯入这个世界的不明之物,而它才是这座村庄的主人。

它们都不愿发出声息。甚至鸟群。

一群鸟像一把树叶撒过我的头顶。那几乎就是黑褐色的枯去的青杨叶。我正在看路边灌丛，一把黑影从头顶飘过，不出声，吓人一跳。不像被风吹起，倒像一只无形之手在使劲将它们甩出。我以为是些枯叶，然而它们并没落下来。比麻雀小，比麻雀敏捷。麻雀裹着厚棉袄，不知去了哪里，一路上都不曾见到。而一路上见到的鸟，都不认识。一只有着长尾巴的黑蓝色大鸟，划过灌丛，飞向青杨树梢的时候，尾羽展开，修长，灵动，仿佛蓝色的凤凰。还有一种鸟，像灰喜鹊，却比灰喜鹊大许多，它飞过原野的时候，我看到它尾羽的顶端和翅尖上，缀着银白的圆点，那么醒目，仿佛几盏亮白的灯烛。

雪并不厚，早先它们飘落下来时，似乎有些不均匀。这使山野依旧显露着固有的形态，山坡、洼地、沟壑。大块倾斜的田地，边缘清晰，它们的方形和条状，将原野分割成各种几何形状。一些山洼里，偶尔坐落着村庄。白雪的屋顶，红砖墙隐约，看不到人影移动。雪并没有将黑色灌丛覆盖，也没能将淡褐的青杨林进行装饰。行走时，我看到路边灌丛，沙棘落尽叶子，带刺的枝子上，依旧密集着橘红的沙棘果。黄花铁线莲纠缠着沙棘，披散开它们带绒毛的雄蕊花丝，仿佛一群白发的魔女。夏天时，沙棘的叶子灰绿，黄花铁线莲展开四片橙黄的苞片，它们合二为一，成为花丛。其实黄花铁线莲同雪莲一样，它们的花瓣成为丝状，形似花蕊，而它们的苞片绽放开来，花瓣似的将人们迷惑。

这是我所熟悉的雪原，这样亲切，苍茫中的萧瑟。然而又像童年一样,让人感到安慰。我总是对山野无限痴迷,幻想有一天能独坐一座山头,然后将白昼坐成黄昏,再将夜晚坐成白昼。这样想着,盯着远处寒气迷蒙的山头,路一转,我又发出一声惊叫。太阳,我是说此刻悬在西山之上的太阳,那样大,宛如车轮,又那样艳丽,玫瑰红中揉着橙黄。它近在眼前,似乎只要赶到前面山头,就可以将它触摸。甚至可以搬动它,滚它下山坡,然后将它停放在某座院落的树枝下,让人赏玩。

107.雉鸡

大雪长久覆盖,高山上的雉鸡就跑到平原来觅食。雄雉鸡衣衫绚丽,带着耳羽簇,抹鲜红眼影,能与电影《紫色》里女主角西莉被夏格打扮一新,揭帘子而出时的惊艳媲美。雌雉鸡沉默又温顺,穿着素朴。雄性的鸟儿总是华美,雌性的鸟儿,却都是篱边捡柴的模样。看雄鸟展翅鸣叫,美丽的意图一目了然。爱默生说人就是一道霹雳,一切自然的力量都会从他身上喷涌而出,若用这话来诠释女子,也合适。只是女子的美貌瞬息即逝,鸟儿老了还是年轻的容颜。

我曾看见有人将一些蓝中带绿,绿中带黄,黄中带红,红中带紫的雉鸡长尾羽插在玻璃瓶里,做清供。又将雄雉鸡制成标本,架在墙壁上,来玩赏。一束光跃动在海面上,美丽的,是海面,还是光。如果美丽的光果真源自观者,如同华兹华斯所说的那样,我们为什么不能将自己做清供。

雉鸡在灌丛中穿行，受了惊，嘎一声叫起来，连飞带跳，扑棱棱从灌丛这边蹿到另一边去，那样子，仿佛德彪西的那一支爵士钢琴小品。

我在灌丛穿行，遇见雉鸡窝。雉鸡筑巢太潦草，似草书又带写意：地面刨出碗大一浅坑，垫些羽毛杂草，卧在上面，用肚腹压瓷实。窝里只有两枚蛋，比鸡蛋还要小，灰白色蛋皮上洒几粒黑斑点，像极了姑娘脸上的雀斑。蛋在手掌心，盈盈一握。我留一枚，拣一枚。带回准备让鸡孵出来。

我做贼一样将雉鸡蛋塞到母鸡肚子下，悄没声地等。我做事情基本属于闷葫芦型，不出声，也不对外人讲。事情成功固然可喜，失败了也没人知。什么事，只要自己清楚就行。这算好还是不好，我不知晓。等二十多天，小鸡一只只破壳而出，叽叽着，摇摆着，开始跟母鸡觅食。那枚小号的雉鸡蛋纹丝不动。

家鸡能不能孵出雉鸡来，我一直没研究清楚，主要是实验次数过少。倘若成功了，想来也没有多大意义。但如果这件事情我没做，来这里敲字就不可能这样胡扯。这样一说，似乎一件事情的意义也不在成败，倒在做事情的过程与趣味。

108.千山暮雪

父亲说，很久以前，青藏高原一片青葱苍郁，人们并没见过白雪这种东西,那时人和动物生活在一起,在高山之上,共享一片丛林,但是后来人们渐渐不满足于身边世界,觉得应该到更远的地方去,应该将那些地方据为己有,于是人们抛下动物离开高山,并且开始争斗杀伐。人们很快忘掉曾经一起生活的动物,但是动物们并没有忘记人类。每隔一段时间,一些动物就跑下山去看看人类。可是,很多人已经为地界和财富红掉眼睛,并且将掠夺的对象转向动物。动物们就提心吊胆地选择一些夜晚去看看人类。不看不行吗?我问。不行,人类曾经向动物们说过,我们要在一起。为什么人类要说这话而动物们不说?因为人类会说话。后来呢?后来老天看不过,就在动物们悄悄来看人类的时候,下起雪来,目的是要将动物的足迹留下,好让人类看到,让人类回忆起以前。人类记起以前了吗?没有。动物们开始失望,来到山下的次数越来越少,雪也就越来越少。

那时父亲为证明这个故事的可靠性,说有一个下雪的夜晚,他忙着回家,在一片沼泽地里迷失方向,父亲一直走,但就是到不了家门,天快亮的时候才找到家门。第二天,人们看到沼泽地里一圈圈的脚印,里层是父亲的脚印,外层是狼的脚印,后来当父亲的脚印消失在家门口的时候,狼脚印才折回去消失到远方。那晚的雪就是为了证明狼曾经想看看我而落的,父亲说。

雪果真是越来越少。十一月,高原的冬天也算到了中间,整日寒气凝结,却只落了一次雪,也是鸡爪雪。那个早晨起来,看到白色屋顶,也看到云杉挂起一个个雪爪子,近处的山一层白一层黄呈现出梯田模样。雪到底是雪,落了薄薄一层,空气便清新凛冽。出门,有意识地低头寻觅地上的脚印。鸟雀的爪印是看不到了,更为杂沓的,是人的脚印。沿着小路走出去许久,才看到不知名的一些小脚印,轻轻点着,向着远处的河道跑去。想起去年此时,我曾顺着一些小脚印走上遍布云杉的阴坡,在山顶的高山杜鹃丛中,与一只灰黄色的藏狐相遇,我看到藏狐眼里流露出惊恐和哀伤,那是我从没在一个人的眼睛里看到过的。于是放弃跟随这些小脚印看看究竟的念头,掉头回走。好在耳边传来红嘴鸦在不远处的啼叫,抬头看见喜鹊的窝也没有从树杈上搬走,想着猫咪依旧等待着这窝里有雏儿探出脑袋,于是又希望大地依旧能变换出它的另一副模样,像以前那样。

109.又是夕阳无语下苍山

想着出去走走,于是出去。是黄昏,身边有凛冽的风。风总有方向存在,却总是若无其事的模样,所谓大智闲闲,也就是如此吧。冬天的雪还裹在远山,山嵯峨着,围着天行走。在近处,正是浅山寒雪未消时。其实是残雪,斑驳,有了雨打花落的模样。仔细寻了去看,什么又不是雨打花落的模样呢:云是丝丝缕缕的,风是断断续续的,树梢上的声息是起起伏伏的,脚步是走走停停的,而夕阳,是舒舒卷卷的。

看见旧房子的时候,旧房子正静立在河道边上。仿佛一个处在长久等待中的人,面容疲累,却有着心灰意冷后的沉静。灰瓦,砖墙斑驳,油漆脱落的门窗,碎瓦缝里钻出些枯草。破旧、残损、剥落,人走茶凉的孤寂冷漠。走过去,触摸墙上的尘灰,看眼睛一般张着的门洞,仿佛过去的一切又都隐秘存在。会是怎样的过去呢,是不是瓦棱上覆盖金黄阳光,翠绿植物攀墙而上,门窗里掩映昏黄灯光,身影,呼唤,烟囱上炊烟的袅娜……往好处想,世俗往事宁静安详,如果相反,又会怎样。怎样的事情曾经起落圆转,怎样的容颜曾经明媚又黯然。想一想,持久的也许还是阳光、植物、灯光。时光次序,无声息,我们在里边仿佛盲人摸象。

旧房子一直在那里。如果它被拆除,也许是它最终的结局,但是,谁会又说,其实不存在。一如旧房子前的那个废弃花园:那个过去了的姹紫嫣红,那些葳蕤又葳蕤的茅草,那些浓郁复浓郁的丁香,那些挂了又挂的松果,那些,落了又落的雪。

存在是暂时的,还是葆有永久性。南郭子綦隐机而坐,坐着的是昔日,还是当下。我们看到实物兴盛而后陨落,这个过程,是前进,还是后退。

夕阳正浓。

想起一句诗:"吹不断,黄一线,是桑乾,又是夕阳无语下苍山"。一开始,我将"下"字记成"落"字,落苍山,多么无奈,夕阳是不愿意被一只大龟背着,走过夜晚。"下"字却不同,下苍山,多么干脆洒脱,仿佛一盘棋完了,意兴已足,夕阳起身,拍拍手,推开门。再说了,想起一句诗,或记起一个人,为什么要理由呢。如同偶尔相逢,我们未必将一条路画好,将一个身影设想好,将一种表情拟定好,然后在最好的时间里,你我走过。我们其实总是,像一根柔软的触须,努力着,不小心就和另一根触须,缠在同一棵歪脖树上。

是一条远方的短信,乘着夕阳来到。说:近日读《景德传灯录》,神光曰:"诸佛法印,可得闻乎。"师曰:"诸佛法印,匪从人得。"光曰:"我心未宁,乞师与安。"师曰:"将心来与汝安。"曰:"觅心了不可得。"师曰:"我与汝安心竟。"说,看到上面师徒对话,我心突然放下了许多累赘。

如果没有可安的存在,何来不安。想起一个名叫许由的小故事,说许由没有任何身外之物,喝水用手捧,有人送他一个水瓢,他将水瓢挂在树上,风吹水瓢响,听着烦,他便将水瓢扔掉,继续用手捧水喝。这样回复,觉得是我无知的牵强,只好看夕阳。夕阳还剩一半在山尖上,仿佛探出来的半张俏皮脸,那样子,无挂无碍,真是自在。

110.冬天的花香哪里藏

匆匆赶着,赶着,夜色还是弥漫了过来。人是赶不过时间的,也赶不过自己。时间绑架着人,人又捧着时间的一丝生机。它们是这样相互的磕磕绊绊,看上去,却是时间的一往无前。

弥漫过来的,还有静。山川和草木的静,聚在一起,仿佛一个人的静,径自向着内里去,低着头,不顾及,不言语。又仿佛我们的远和近,我们的光亮和阴影。

成为轮廓的,窗外的灰黑,此一刻,仿佛展开的泼墨画,模糊下去,再模糊。原先的山,原先的树,原先的天空和村落,一点一点,消去不见。不扭捏,不作态。不留恋,不回顾。仿佛一个人失去他的形体和元气,神情和光彩。我们曾经的见惯不怪,以至于我们迷惑不清的将来,我甚至听到有人说:不要立墓碑,只让玫瑰开。

是,消失的,不仅是灰黑,一定还有笑,有泪痕,有纷争,有缱绻。一定如风静水止,如倦鸟敛翅。顾不得所谓不所谓,竟都是轻轻悄悄地离去,衣袖都不挥,犬不吠,鸟不啼。

只是,我们知道的,那些事物依旧在,在黑夜之外,在我们的手势之外。不需要缄默,亦不必隐瞒。全是那惯常模样,山一定是苍黄的山,树一定是清寒的树,天空一定高远,村落一定安宁,时间一定丰腴,日子一定清简。而在这之前,春天燕子来,秋天菊花开。一如我们的记忆,明晰的明晰,陈旧的陈旧,伸出的手抓不住,但它们在身旁逗留。

伸出去的手,一定也抓不住车窗外的那把苍茫吧。人在苍茫中走过,却无法将苍茫抛下。苍茫是烟吗? 苍茫是雾吗? 苍茫是时间在时间外的微笑吗? 苍茫不回答,并且悄无声息。苍茫也许是绣布上的花,一朵,再一朵,叠加,再叠加。苍茫竟在苍茫中,仿佛水在水中,抽不断,仿佛风在风中,吹不完。

苍茫或许是方向。在前方。

车载 CD 传出来,也许是流行的曲子,我竟是第一次听到:"冬天的花香它在哪里藏,我一直在路上。"

111.太阳的容颜

我看见太阳升起的整个过程,在梦中。高耸的东山顶上,彩云密布。那是我曾经无数次在黎明时分见过亮光的地方,也是我曾在无数次雨后看彩虹的地方。在那里,一面雕刻精美的窗户出现,淡色的纱帘低垂。窗户四周的色彩却浓郁鲜艳,仿佛五色锦绣堆砌。天空并不平静,似有万千声息,却不能一一听出。许久之后,两扇窗户缓慢推移,探出一位女子,发髻高绾,衣带飘拂。她袅娜着,将半侧身子倚在窗框之上,俯身微笑。她的身后散出金色光芒。人们在山下敲锣打鼓,大喊:太阳,太阳。

另一个梦中,太阳裹着海蓝色头巾,从东天的浓云中钻出,并且向我头顶移动。太阳歪着嘴,始终微笑。她的脸庞,以及它那大而又大的嘴,都染着朱红,仿佛刚刚涂抹。我在地面上,扭头,环顾四周,我的村子依旧在炊烟之中,牛羊将身影移动在河滩上,一些野花,星光般绽放,但没有一个人,像我这样,仰头看太阳在半空中微笑。

不要猜度,因为我是女子,才梦见太阳是女性。也不要胡乱解析。力量缺损便是缺损,步履笨重便是笨重,我不假借虚妄的力量,也不跟随暗潮。太阳不在天空,那只是夜晚在运行。

那个小寒后的早晨,八点多,我看到太阳,马路尽头,在浅灰的雾气和云层后。它挂在那里,不醒目,仿佛只是一张裹着绯红绸布的牛皮鼓面。钱德勒曾经在《漫长的告别》中说笑:作家,必得使每种东西似另一种东西。我埋头于我寂静的家乡，无意那样的名号，然而太阳实在是，绯红绸布蒙着的鼓面。

而在这之前，另一个冬天，也是我的家乡，我看到垂在南天空里的，硕大、单薄，甚至透明的一轮白太阳。它没有光芒，并带着失掉血色的淡漠。它只在高处粘贴着，仿佛寿衣店老人剪出的白纸钱。如果我伸手，我甚至可以摘下它，并且在掌中将它揉搓。

我曾经恍惚，我四周山脉圈禁给我的想象，以及我的疑问，它们仿佛风过水洼的波纹，不曾停息。我惯常见到的，那些太阳，那盛产的火焰，那注在万物之上的齐整韵脚，那炽热，那金黄，那力量之下的蓬勃，那歌颂了又歌颂的，光芒万丈。我在四季的原野走过，抬头，我听过邻居描述，亦曾见到画面无数，那阳光给予的光晕世界，那吉羽飘飞。但在一些时日，我依旧愚钝：如果太阳拥有传奇，如果这变幻，来自天空，如果天空的升降与薄厚，你我操纵，如果你我，再不是当初，我想知道，我在哪一刻见到的明亮，是太阳原本的容颜。

112.雪舞祁连

傍晚，我们沿着门前的低矮山坡向深山行进。事情来得突然，牛蹦出栅栏，不知去向，我们分头去找。逼近年关的山坡已经失去青葱，积雪盈尺，匍匐的黑色灌丛如同陷阱。河道涨满暴冰，天空堆积湿漉漉的云。我们被突然高大险峻的祁连山挡住时，天空的云终于兜不住它的沉重,破裂开来,撒下无边雪花。我们原本以为顺着门前草山往深处找找便可回头。现在已晚。雪花旋转,天上地下,如此凄迷,周身早被雪花填塞,丢失方向。我想着盘古之前的混沌,无非就是这副模样。人一着急,脚步就乱。等到看清,人已被拖入远离村庄的群山之中。这里怪石嶙峋,沉寂,雪花的姿态极其放肆,仿佛衔着白色花朵的走兽正在奔突。青色岩石迅速变得滑湿,隐去身形。连绵的山脉消去阴影,无限亮白,棱角渐次圆润。

行进,回身,都无法预知哪一脚会踩实哪一脚成空。一种绝境。

我们钻进一座名叫神仙洞的幽深山洞。枯草、动物粪便、碎石、隐秘角落里的声响,嗡嗡回声,黑暗的脸悬挂四壁。我想着这是头巨兽之嘴,它刚刚吮吸掉山野气息。抓着粗粝山体,如同攀住锐利的巨兽之齿,然后探向外面。再没有其他色彩可以用来缓解我们眼睛的艰涩。白色谜团、旋涡,旋转,再旋转,遵从某种道理。雪花最终弥漫成洪水,吞食掉洞外仅存的天地。

如若遵从某种推理,我们将在神仙洞中等候一夜,雪过天晴,我们踩着耀目积雪找路回家,或者又有惯于山路的牧人找来做向导,引领我们回家。实际是,我们在神仙洞中并没有困多久。因为我们发现这个山洞居然还有偏洞。我们误打误撞,沿着洞中小洞穿行,居然来到山外空旷处。

在空旷处,雪花依旧凄迷,夜色暗沉。回身凝望,依稀见得山峰幢幢,它们在舞动的雪花中,如同观音的千只手臂。

113.天增岁月娘增寿

冬天真是有些神经质。

将植物的果实收尽,将流水的温度调到零下,将小孩子的耳朵冻成紫红,将一些动物赶进山洞,将虫子的身形凝固……一夜北风寒,冬天做出的事情过于大胆。冬天更为变化无常的是,大地才是茫茫一片苍黄,一夜间它又变成黄狗身上白的模样。如果前三个季节的变化约定俗成,不太迟,也不太早,花开是,萎谢也如此,冬天就是不遵循既定程序,乱来。

> 天增岁月人增寿
>
> 春满乾坤福满门

父亲就着寡淡阳光写春联。一张青杨木方桌支在屋檐下,台阶上坐着来写春联的左邻右舍。墨汁在瓶子中,像一些浸泡过久的花瓣,黑中带黑。我用小石子将父亲写好的春联压到地面上,等风将墨汁吹干。哥哥跑过来给我讲故事。说有个霸主欺压人,有人决计报复他,年三十霸主在门上贴一副春联,天增岁月人增寿,春满乾坤福满门,晚间,穷人跑去便将对联给改了。

我问改成什么了。

风将院门推开,像一只没声息的猫。风又走过来掀春联,哥哥跑过去关门,不回答。

我蹲在父亲身旁看春联。紫燕高飞剪开千里云雾，布谷欢歌唤起万家春耕。千山万山雪盖的高原，哪里紫燕，哪里布谷。喜鹊低飞铺开万里棉被，旱獭……下联改不上，我便看桌上的那幅《三顾茅庐》。

墨线勾勒的图案，刘关张裘衣暖帽，迎风而立，身后是玉簪银妆的山林，半开的草堂之内，卧龙先生正在熟睡，左下角一行柳体小字，"一夜北风寒，万里彤云厚"。父亲的柳体我太熟悉。拘谨，胆怯。桌子中间一条裂纹，似古琴上的蛇腹断纹，将刘关张与卧龙先生隔在左右。

多年后读三国，我才发觉那幅画有问题：刘关张三顾茅庐，初见诸葛亮时，已是冬去春来，所谓草堂春睡暖，窗外日迟迟。画上显然是刘关张冒雪二访卧龙岗，那时卧龙先生避而不见，并不在草堂上。

天增岁月娘增寿
春满乾坤爹满门

哥哥走过来告诉我霸主家门口的对联，并且大声读。我不明白这是什么意思。不懂有什么关系，这个下午竟然没有雪，但手指头依旧冻得发木。

夜里下大雪真是唬人，我摸着桌上的裂纹想。那一夜大雪纷飞，我守着空屋子将炉火生旺。炉火烧起来仿佛大河发水。木头屋子燥得咯吱咯吱乱出声。后来一声大响，我跳起来寻根找源，发现刘关张和卧龙之间一条新裂纹。云杉木质地紧密，松香似有似无。历史上，刘关张和卧龙先生之间真的有缝隙吗。我不知道。

现在,当我在灌满暖气的房间待得过久,以为冬季无非是另一个季节暂时得了些病症。譬如太阳失去注意力,精神恍惚;草木荷尔蒙失调,导致叶子脱落;云层失去行走能力,只好在天空瘫软。譬如有些河流得了硬皮症,而有些动物,无非犯了懒病,要在洞穴里赖一段日子。这样一想,对冬天就失去戒备。

失去戒备的老故事是,木马屠城。

114.喜鹊不赋闲

再没有更多的事情在这个冬日去做。等待太阳从东山之上升起,或者等待一场大雪纷飞,西风也成,让它穿过河西走廊,刮过祁连山脉……这样的无所事事,才想起前三个季节一晃而过,仿佛山头上的风马旗,啪啪一阵响动后,只给人留下红黄蓝绿白的重复,其间如果有一些醒目的存在,也容易混淆它们来自哪个季节。有一个时刻,我坐在炉火前,拿往事消遣,突然想起自己仿佛一头花白的牛或者毛色染着尘埃的羊,如果前三个季节只是低头忙着啃草,现在,才卧在圈棚里反刍些泛青汁的草茎。

前几天天气好转,笼罩寒气的蓝天突然挂在青杨树梢上。平时看惯了树叶,现在,在蓝天的背景上,这些冷硬的线条张牙舞爪。鸟巢也凸现出来。喜鹊到底是一种容易靠近人的鸟,一辈子都将巢穴搭在人家庄廓周围的青杨树上。麻雀也是,不过麻雀更肆无忌惮,居然将窝搭到人家的檐下,带些寄生的嫌疑。在冬天之前,我总是忙碌,很少注意到喜鹊和麻雀成天干些什么,想着无非是日出之前飞到远处,日落之后仓皇归来,比山野之中人们的日出而作,日落而归勤奋一些。到了冬天,它们是否也会赋闲下来,躲在巢穴里面取暖,和我一样?连续几日早起,都没能看到它们身影,它们何时悄悄离开,何时回来,不得而知。

昨天,在沙棘和红柳遍布的低矮灌丛旁,看见一只喜鹊蹦来蹦去,偶尔停驻,低下头用喙啄着地表。远远看去,喜鹊仿佛在那里不知倦怠的嬉戏,那修长的尾羽高高翘起,翅膀之上的几枚蓝羽(谁说喜鹊只穿着黑白的晚礼服)偶尔闪烁出狐鬼之光。枯草,碎石,仿佛都是它的玩具。其间一刻,看它似乎回看我的童年。待要回身,又有一只乌鸦飞来,停驻在喜鹊身边,将喙伸过去,却原来在抢啄一粒防风的种子。再凝神,喜鹊已不是嬉戏模样,而带着焦灼急躁。于是想,或许在喜鹊的世界里,嬉戏从不存在,也不存在赋闲或者休养生息这样的概念。

大地或许有着不公平的存在,譬如我和这只喜鹊。

然而,然而,在这个冬天,如果一只喜鹊突然从它树梢之上的敞篷移出来,生起炉火,裹着棉袄,蹬上靴子,在有雪的午后,倚着窗户,发出些虚妄的喟叹,我还是不习惯。

115.未央花

晨起,见得一窗玻璃上,繁花盛开如同春暮。昨夜我便梦见花开,旷野无际,我捏一枝蓝色龙胆花,不知何去。龙胆盛开形同小酒盅,却盛不下两滴青稞酒。我在梦中又有醒时的喜悦,因为惯常我梦见些花开便觉得有好事降临。晚间室内外温差越大,结在窗上的冰花越繁复。昨日早晨,我见得窗上的宋人山水。有一幅实在跟李唐的《万壑松风图》相仿,竟有李唐新创的斧劈皴法。可惜午后气温渐次回升,那幅幅山水只化作几串水珠。

山中最妙的事情是撩开窗帘便可见得远处山峰连绵。山南山北雪晴,千里万里月明。这是祁连山东端的一支山脉,青色岩石在七月也有积雪覆盖,隆冬时节自然丰腴饱满。晨起撩开帘子时不见山峰,只见得一窗繁花,风格实在与昨日迥异,便知昨夜气温又有下降。高原清寒,紫外线强烈,氧气含量低,花草少,我对花木的认识仅限于常见的几种。因此我只能想象开在窗玻璃上的是荷包牡丹,又有金盏菊和五台莲,高山杜鹃也多。有一扇窗花枝叶交错葳蕤,像我小时候的一张黑白照片:我穿一件皱巴巴的花棉袄站在菜园里,背后是碧桃和刺柏树,前面掩映大片肥硕壮实的叶子,几乎挡住我的脸。母亲回忆说那些大叶子是青蒜和烟叶。

冬天的事情似乎就是守着炉火,然后弄些吃食来消遣:烫红的生铁炉盘上炒蚕豆,让白中透绿,光洁温润,像蒙着一层包浆的蚕豆在炉盖上一边跳芭蕾,一边噼啪乱叫;在炉灶中塞几枚土豆,等待烤熟;熬一壶牛血样的茯茶,加足花椒姜片草果和盐;铁丝上串些肉片,架在火焰上烤……院子一片静寂,藏在柏树中的麻雀不知去了哪里,花喜鹊也不来,更别说听见院外云雀鸣啭。冬天果真有些奇怪,好多事物突然消失不见,仿佛一个魔术。云雀不叫,冬天就有些沉闷,好在有风。

现在,炉火上的沙锅中正煮着麦仁粥。老人们去河道的冰面上刨个小坑,放些麦粒进去,用杵子去除麦粒外皮,背回家,放进煮过羊肉或者猪头的汤中煮烂,出锅时加点青蒜芫荽,这是延续已久的食物。炉火要温,这样煮出的麦仁才会绵软。我坐在炉旁的木凳子上看沙锅。那些虫豸一样的热气顶着锅盖,冒出来,盘在屋角的幽暗中,花椒、姜片、草果和八角茴香的味道混合在一起。屋外又有碎雪扬起来,也不轻柔,刷刷刷发出些小兽落脚的声响。小时候的雪片总是大而完整,一片一片六角形,落地又无声,风车一样可以将一个夜晚转白。现在的雪变得琐碎而小气,一肚子精细,非得将一片雪花给揪碎了才肯撒下来。碎雪这样纷扬一会儿,开始停止。窗户上的冰花却在一点一点融化。起初只是掉一片叶子,落一片花瓣的萎败,后来就模糊了,整座花园都倾颓下来,在玻璃上零落成泥。

冰花也叫未央花。古人说:"草木之花多五出,度雪花六出"。

116.冰车

我无来由地想象自己是古时候骑瘦马的诗人,不是诗人也成,如果骑一匹瘦驴更好。

回风动地,秋草萋绿,我骑着瘦驴在荒草古道独行。一直走,白杨反复萧萧,黑夜反复降临,霜露沾衣。道旁人家是否露豆丁星光,远山密林是否藏孤鸟悲鸣,与我并无关联。包袱如果干瘪,不如弃之不用,衣袖如果褴褛,不如露腕赤臂。前方永昼还是苦夜,我都策马而过。饥不从猛虎食,暮不从野雀栖。

有时,我坐在黄昏的山头,看落日熔金,想象自己可以一步越一个山头。山峰连绵,从未中断。有时我坐公交车,看站牌一一晃过,我便想象这路途没有终点。

在熙攘的人群,半闭的门后,我不前瞻,也不回顾。不到达,不停顿,不趋近,不远逝。我枯朽不影响你青葱,我哀吟不影响你远游。

午后,西风刮起碎雪,檐上枯草凄惶。我偷出哥哥的冰车去河道。河道早已冻结成冰,光滑冰面坚硬结实,一缕风过便是一缕白光。有些凸起的冰骨朵,膨大如早春芍药。有些小孩子蹲在上面,让另一个小孩子从背后往下推,滑下时仿佛花瓣上滚落露珠。我曾经从冰骨朵上站着向下滑,脚底溜得太快,身体后仰,后脑勺砸在冰面上哐当一声响。响完后站起来继续玩,没出过大事。拎着冰车,藏藏掖掖,走到离村子更远的河道。回顾不见来路,才安心坐上冰车。

冰车制作简单,五块木板三横两竖钉起,接触冰面的两块木板缠上铁丝,大号铁钉按上木头把手成为冰车杆,一手一只。我盘腿在上,如同青蛙在荷叶上。然而青蛙不用自己弹跳,自有风过荷摆。我轮番挥手,让铁钉在冰面上碰出火花,冰车飞驰而下。

西风呼啸,身边寒林如岁云。转瞬,眼前白色换作凝练,一抖就是波涌三千。如此,不抵达,不抵达,我这样思谋,暮色已堆满河道。

117.年年雪里

我在键盘敲下"年年雪里"一词,文档中跳出的竟然是"年年雪梨"。雪梨是一种什么梨,不太清楚,因为我从不敢随意吃梨。梨的性子凉,像别离。枣热,像聚会,因此可以多吃。女友从阿克苏寄一布袋子鲜枣来,我将它蒸了吃,有些饕餮的嫌疑。干枣焙焦了泡水剥皮吃,也好。桂圆性子温,吃多了会上火。我不敢多吃梨,可冬天总有人送梨来,一种产自青海名叫"宛儿"的梨(也可能叫"软儿")。这名字让人想起唐代那女子,还有那不露齿的笑,都婉约。名叫宛儿的梨长得小,盈盈一握,但又圆头圆脑。将宛儿藏进冰箱,零下十八度,冻成黄绿色冰球,哐当哐当响。去年咳嗽,出痰,吃止咳药胸闷失眠。于是烧开水,丢一粒洗净的冻宛儿进去,咕嘟咕嘟煮,直到皮褪肉烂,加入冰糖,盛水喝。一星期后症状全无。于是如果有人拎宛儿来,我照单全收。

"年年雪里,常插梅花醉。挼尽梅花无好意,赢得满衣清泪。今年海角天涯,萧萧两鬓生华。看取晚来风势,故应难看梅花。"微博关注了新浪读书后,早晨起来,不小心就会碰见一个"早安诗选"的栏目。都是些寻常诗词,瞄一眼意思全知,适于走马观花。李清照说雪,不过是为了梅。我当然期望李清照写一场大漠飞雪,那才叫惊异。但李清照是插着梅花荡秋千的女子,后来又成为醉影挂在帘上的人,写雪到底不般配,适于写身世。

落雪的日子,天地冷得打战。我记得最深的关于雪的诗是"黄

226

狗身上白,白狗身上肿,出门一啊呵,天下大一统"。其实雪也分肥厚与薄瘦,梅瓣那样。白狗身上肿是前者,高原的雪,再厚也显得瘦,大约是高原骨节隆起的缘故。

我在高原,见到的雪大概要比李清照见得多,这几乎可以肯定,因此我觉得雪也分生活类和文艺类。真是如此,在真实的雪中来去,并没有多少值得新奇的事情。如果有,也就是雪花降落的动态过程,以及雪覆盖原野山脉的静态,值得一观。如需雪助兴,只得自己找事做。探梅自然不能够,只好找火。现在的房屋,谁家还生火。前天一场不薄不厚的雪,去参加一个名叫"酒与记忆"的新书研讨会,在青稞酒公司。研讨中,酒与各种事物有关,唯独无一人提到酒与雪的关系,尽管那一时,窗外有雪。显然雪中酒助兴的事,也已不再。

几年前,梦中见雪。雪以臃肿的方式堵塞通向旧院子的所有路径,我冒雪而行。每一次将腿从雪中拔出时,另一条腿必陷进雪中去。没什么,不疲累,也不觉得冷。旧院子孤零零在雪中,旁边的几棵青杨仿佛由雪雕成。再没有其他事物了,天空似乎也堆满了雪。在后来,我逐渐靠近院子,我看见我从雪中拔出的腿,皮肉已被雪扲尽,只剩下雪色一样的,干枯骨头。

有一次和同事聊天,她说李清照写细节过于周详,那一时我有些恍惚,我以为同事将李清照当作现代的某位小说家。这样一糊涂也有意思。李清照如果写小说,譬如她以《年年雪里》或者《年年雪梨》为题,会怎样?

118.象牙梯

这一次,我所熟悉的梯子,并没搭在屋檐或者墙壁,而是搭在山尖上。那是多高的梯子,我家乡,最矮的山,也该在两千多米以上吧。我是怎样爬到梯子顶端的,已经忘记,或者本没有忘记,梦不过就是从我站在梯子顶端,也便是山尖开始而已。白天过去,夜晚的梦纷纷扬扬,但都是片段,后现代一般,属于先锋。我努力低头,朝山的另一面望去。那般空廓,除了我小小的女儿,山那边再无一物。空廓又是那般浩大,茫无涯际,而且不断涌出,咕嘟有声,这使山底的小女孩,小到我伸出一只手就可将她捧起,捧起一朵静谧的睡莲那样。那种空廓没有色彩,只是混浊的透明。混浊而透明,多么矛盾,然而空廓就那样弥漫着。山是灰黑的,因为有青色岩石裸露,灰黑显得斑驳破旧。倒是那奶白的梯子,富有瓷器色泽,又有骨质密度,摸上去温润细腻,有人似乎在梦境中告诉我说,这是象牙梯。

象牙梯? 我本该稍稍发怵:别人习惯顺藤摸瓜,我趴在大象的牙齿上,做什么。然而我并没顾及这些,因为我看见我女儿在无止境的灰黑中,轻轻走动,她身上的一团浅粉,兀自明丽娇嫩。

女儿怎样才能沿着山那边的梯子爬到山头,翻过来,再和我一起下山呢。如果我有一只伸缩自如的胳臂,或者,我可以吹起一缕风,我的女儿瞬间便会花朵一般在我身旁灿然,然而这不可能。我徒劳地站在梯子顶端,双手捏紧从岩石缝隙探出来的植物根茎,等待。山怎么会那样薄呢,甚至比一堵大板夯筑的土墙都要薄。梯子也不牢固,总在山体上滑来滑去。周边有什么东西飘过去，不是云，但也不是黑色的鸟，它掀起的气流，水般冰凉，它甚至使山体轻微摇晃。我喊着催促女儿赶紧爬梯子，但声音发出去，如同虚无，女儿依旧浑然不觉。

为什么我不下到山那边去呢，梦醒后，我想。

但我无法站在梦中看清迷蒙，如同在白日，我看不到自己完整的轨迹。梦一醒薄如蝉翼，吹弹可破，白日却厚重到梦无法包裹。

有无数次，我从梯子上摔下，在少年的梦中。梯子总是无法牢固搭在屋檐，要么屋檐长满青草，油光湿滑，要么檩条或者椽子探出，而地面凹凸不平。每次当我小心爬到梯子顶端，梯子总会仿佛被屋顶的人推了一把，向后直直倒下，我总是沿着抛物线，被甩出去，像被指头弹出的一块泥丸。

全是失重的感觉，身体浸在溪水中一般，凉飕飕，心脏被人用手揪起，脚下的空虚，如同深渊。身边有些物体一晃而过：淡到看不见色彩的天空，树梢之外的山脉，院子里的樱桃树，绿苔匍匐的墙壁……它们滑过去的弧度那样圆润天成，仿佛未曾有任何事情发生。但是这个过程太久，砰然落地倒成为一种希冀，哪怕坠地时有意外发生。但是，还有什么意外比沿着抛物线甩出去还意外。

我终于没等到落地就长大，因此我不知道花瓣坠地是否会疼痛，云雀从高天射进青稞地，是否会被麦芒擦伤，雨珠溅碎时，是否因为血脉膨胀，我也不知道，那些一瞬间的声响，是否都猝不及防。

似乎很久以后。我带着女儿去玩，在汤汤作响的大河边，女儿一跳就坐在防护栏杆上，她身后，喧嚣河水正在溅起白花。那一瞬，梦境中从梯子摔落的恐惧突然袭来，身心又在失重之间，那般强烈,并且实实在在,仿佛那时梦境中的恐惧,只是一种演示,一种预设,或者,一粒种子。它们曾经出现,却又归于沉寂,然而这种沉寂,不过是一种爆发前的沉默。梦中的梯子,不论它是黄金白银铸成,还是玛瑙象牙雕刻,也不过是一种道具和手段,它给予它们依凭,给予它们过程。它是一种相。

现在,种子找到宿主,它萌芽,预设一一成真。但它们的合二为一,必得另一种分离作前提。

我知道,所有的一分为二,都不如女儿长大时,一个母亲所能听到的那般,脆裂有声,尽管女儿必定饱满并且莹洁如月。

119.暗八仙

夕阳照在屋檐和木头板壁上, 明亮耀眼的金黄色彩让人想到马的脊背。我在梦中见到的金鬃马毛色鲜亮,光滑如瀑,马一扬蹄金色就是一阵波浪涌动。太阳也是一匹大马吧,当它在天空颠儿颠儿地驰骋,它金色的鬃毛就一波一波漾到人间。板壁上用红漆写着一些字,油漆剥落,板壁也已残旧。"不周山下红旗乱",字迹不清楚,我只识别出这一句。

屋檐上搭着梯子, 一只黑猫抱着梯子往上爬。猫爬墙攀树才对。可是猫爬墙攀树时为何总是急匆匆,仿佛尾巴着了火。黑猫抱着梯子往上爬,也是急匆匆。到了房顶还扭身回看。回眸一笑百媚生。猫的圆眼睛显得俏皮,看不出笑意。

我顺着梯子爬到房顶。有人说,青海好,青海的房顶能赛跑,青海的大姑娘不洗澡。不洗澡也不对,是不经常洗澡。这大约是因为气候原因吧,天总是冷,又干旱,人都懒得往水中泡。土木结构的房顶确实大而平整,晒燕麦晒青稞滚碾子绰绰有余,小孩子在房顶踢毽子也是常事。这也是气候的缘故,降水少,屋顶自然不用倾斜。

夕阳在近处濡染,也在远处胡涂乱抹。东边原本青色的山坡,嵯峨岩石,山下灌木丛,现在都浮动一层金光,仿佛有数以万计的金盏菊在盛开,又有万千蜂蝶展着翅膀嗡嘤。然而这只是冬天的某个黄昏,流水正在冰下暗哑。转个身,我看到我所在的屋顶,正高悬在凸起的坡地上,四周是黑色沙棘和青杨林。

父亲坐在院子里,弯着腰,给人家的壁橱画图案。柳木的壁橱表面粗糙,父亲用擦皮反复擦,用调好的灰泥磨平褶皱和疤痕,上一层浅黄色骨胶,使之光洁平整,用黑漆做底,在上作画。现在父亲正在画一把宝剑,剑柄上彩带飞扬。我知道这是暗八仙。壁橱上的主要图案是四只宝瓶,瓶颈彩帛飘垂,瓶体端庄,瓶中插着艳丽的牡丹石榴芙蕖与菊花。绿叶配红花,老手法,花朵上彩蝶翩跹。宝瓶下,一些博古,一些暗八仙图案:韩湘子的笛子,"紫箫吹度千波静",何仙姑的荷花,"手执荷花不染尘"。万物滋生,修身养性……美好的寓意。父亲画得仔细,一只手夹两支毛笔,大号毛笔蘸着颜料晕染,小号毛笔给叶子收阴阳,沾金银粉给花瓣收边。

父亲这样弓着身子,画过许多图案:王羲之爱鹅,赵彦求寿,李白骑鲤,五福拜寿。云纹、海水、凤凰、麒麟、梅兰竹菊、八骏。我坐在房顶看父亲,暗八仙便成了画中画。

120.墙根雪下草

我将腊八早上刨回的冰块堆放到南墙根，都是几斤重的大冰块，光洁坚硬，晶莹透亮，搬运起来困难。说吃腊八这一天的冰块，不会肚子疼。天寒地冻的，为什么要吃冰块，我想不通。孩子们嚷着要冰块，大人就去砍一小块过来，蘸些白糖，让孩子吃。有些小孩将冰块融化到杯子中，加糖喝。老人将冰块插到门口的矮墙上，以求来年如意吉祥，极尽虔诚。都是旧规矩老习惯。旧规矩有没有来由，不清楚。老人们一旦说起，都是满脸庄严。

南墙根的雪底下，还埋着青蒜苗。盐煎肉配料简单，肉片、青蒜苗、豆瓣酱。但是不大做，毕竟是外来的川菜。好吃的还是揪一碗破布衫。将擀好的青稞面一片一片撕到腊肉萝卜青菜的热汤中，出锅时青蒜苗炝一勺热油，老人们研究出来的吃食。雪底下还埋着青稞面花卷，我们叫它油花。有时也埋些卷心菜。

一个冬天过去，南墙根的雪从来没融过。也不是天天降大雪。如果天天降大雪，我们也有被大雪埋掉的可能。大雪的早晨起来，地上积雪五寸厚，我们忙着搭梯子上房，将房顶积雪扫下来，又将院中积雪扫成一个大堆，用背篼背到屋外去。扫雪成为冬天最重要的活。南墙根和花园中的积雪任其一天天堆积。有时偷懒，还要将园中积雪扫到南墙根去。

这样，南墙根就成了大冰箱。一时吃不完，或者需要保鲜的食物，都往雪底下塞。其实在冬季之外，南墙根一直是虫子和苔藓的积聚地，也有明黄的野罂粟花在那里开放。野罂粟花繁殖得快，今天还是一片绿油油的苔藓顶着几只大蜗牛，明天就有野罂粟的叶子冒出来，把戏一样。夏季花开得繁，清晨就有邻居来采花，母亲总是大方地采一束相送。傍晚也有放学回家的孩子挤在门口探看，期望采一两枝玩。反正花开得繁，孩子们总会满意而归。

那时候，我端了小板凳，坐到南墙根下看《玉堂春》。太阳光在院子里照镜子，阴影浮在膝盖上。薄薄一册剧本，也不知从哪里找来。崇公道一上台就念，"你说你公道，我说我公道，公道不公道，自有天知道"，是个老好人，苏三戴着鱼枷悲悲切切，潘必正和刘秉义坐在王景龙两侧挤眉弄眼，皮氏歹心肠……我单看剧情和唱词，不明白二黄散板与西皮流水有什么区别。"苏三离了洪洞县，将身来在大街前。未曾开言我心内惨，过往的君子听我言：哪一位去往南京转，与我那三郎把信传。就说苏三把命断，来生变犬马我当报还。"多年后我也会咿咿呀呀的唱词，这么早出现在我面前。一册书翻完，苏三起解和三堂会审让人影响深刻。结局还是大团圆。团圆莫非是最好的结局。我想想读过的书。那时读的书不多。我几乎将所有可以嬉戏的日子，都用来嬉戏。

121.大腊之月

腊月……起先我并没意识到腊月要如此快捷地到来，我记着的，依旧是"一九二九不出手，三九四九冰上走"。我想等到八九河开,九九燕来的时候,就有一种令人愉悦的变动,如同学生时代课本上那个小姑娘的想象:"不久,我爸爸一定会回来的,那时我妈妈就会好了,一定!"为此我经常在梦里撞见些花朵,高山上的头花杜鹃,它的花瓣印着水色,或者金露梅,如同油菜花那样,一气初盈,万花齐发。昨夜我见得橘色的红花,绚丽异常,它细碎的花瓣却无力纷披,失去筋骨,仿佛一场等待归于失望。惯常的日子里,我看到红花,总要想到一些人的终极希望,因为我总是将红花同宗教连接起来——有些事物就是这样,你看着它,但你想着的并不是眼前这个饱满的实体,如同宗教里的一棵树木、垭壑、石头或者一个塄坎,它们并不是我们所看到或感受到的那样,它们的内部依旧有许多力量在活跃,还有某种意志,而它们的意志从不转移——我再度忆起梦境中的红花,想着自己还是在等待那九尽春回杏花开,鸿雁飞去紫燕来。

午后,依旧风大,天寒,尽管阳光在它的阴影外披着黄衫。在小街,我见到红灯笼缀满榆树枝杈,彩旗猎猎,还有对联,福禄寿三星的图案,金童玉女,绢制荷花,彩门上的二龙戏珠和蹲伏街头的纸兔子。去年的大红灯笼还在电线杆上悬挂,去年的天空和屋檐,以及绘制在沿街小楼上的盘绣图案,那浓艳丰饶的五瓣梅、石榴、太极,依旧蕴涵家庭兴旺、幸福长久的吉祥寓意。在那里,它们静谧,并不躁动,任时间穿梭,过去,或者将来,仅此存在,无声息。在它们身旁,人们熙攘,来往匆忙,神色并不闲淡,仿佛从此丢失,再得不到这世间繁华。他们从对面的阳光里走来,头顶散射细微白光,人本身反而不带阳光的色彩,只看见深色剪影。这让我诧异。我一直以为人披拂的光芒可以映照他自己,甚至成为自己的光芒,佛光那样,现在看来,显然不是。走过去,有人靠近,拎黑色塑料袋,低声询问:要不要湟鱼?这种来自青海湖的小小鱼类,生长缓慢,即便生活在咸涩冰冷的湖水之中,即便封湖育鱼,依旧免不了遭遇末世般的杂乱与掠杀,更无法得到如同它们的祖先,那有着鳞片的黄河鲤鱼所获得的赞美:"眼似珍珠鳞似金,赤鲤腾出如有神"或者"黄河三尺鲤,本在孟津居,点额未成龙,归来伴凡鱼。"

原来腊月已经来到,并且行将结束。但我看到的腊月再不是"田猎取禽兽,以祭祀其先祖"或者"新故交接,故大祭以报功。"对天地失去崇敬,腊月不再成为一种无际辽阔的开始处。说年来尘事都忘却,只有梅花万首诗竟已成遥远梦境。而腊月本身如同我们,从一些宁静并且闪烁光芒的背景中凸显出来,并且与天地隔开来。其实我们的安慰还在它的记忆里,我们的歌谣和过往也在那里,是我们自己拎着腊月走出来,狂奔呼啸。我们努力使自己成为标题,却忽略了曾经的物与芬芳,暮色与向往……

122.秋千

我蹲在台阶上看牡丹。牡丹芍药一起开,白的粉的紫的花瓣层层叠叠,像一头头毛发长而蜷曲的妖娆小兽。庭院这般热闹,大黄蜂来来去去都显得落寞。五台莲也在开,金色的莲座高筑,白度母或者绿度母在那里拈青花佩璎珞都不为过。揉一揉眼,其实我蹲在落了几场厚雪的院落。园里的牡丹早已铅华洗尽，留下枝子上的清癯，几笔疏朗俊逸，仿佛大梦初醒。院墙下，黑猫卧在一捧枯草上，懒懒的一团温柔，正午的大眼睛只剩一条褐色长线的眼珠，一些诡异。

秋千架上空空。两根粗麻绳拴在梁柱上，垂下的部分绑一块窄木板做蹬板。小孩能坐就可以，大人的秋千拴在村子中央架起的高杆上。我有恐高症，只将秋千当椅子。坐在木板上，耷拉着腿，头倚在悬起的手臂上，闭着眼，若有若无地，来回晃荡，像风中的一株草。如果睁开眼睛，会看到架在房梁上的干菠菜，结着籽的萝卜秧子和干透的罂粟花枝，青杨木的梁柱密布蛀虫咬啮出的小洞，父亲用黄漆粉刷一遍，又用清漆将小洞糊住。有时捧一本书，《西汉故事》，萧何月下追韩信，明修栈道，暗度陈仓，有时捧一本父亲当年的课本。有一搭没一搭地读。反正时间多得像院外的积雪，要等到春过半才能融化。

总有亲戚来。正月的气氛紧张又兴奋。炉子上炖着排骨，母亲在厨房捏馄饨。拇指大的肉馅馄饨煮熟，舀上瘦肉蒜苗的臊子。有时候我去厨房帮忙，穿过院子时瞅一眼秋千。秋千空荡荡，也不得安闲，它依旧在那里轻轻摇晃，坐着的，要么清风，要么阳光。夜晚谁会坐上去，一面轻吟，一面摇晃？有一次看着空无然而荡个不停的秋千，突然想。炉边酣睡的大黑猫，一只从窝里掉出来的麻雀，两颗星，屋子里的太岁，还是……

"飘扬血色裙拖地，断送玉容人上天。花报润沾红杏雨，彩绳斜挂绿杨烟。下来闲处从容立，疑是蟾宫谪降仙。"这不是仙，是夜晚荡秋千的长发女鬼。

偶尔也荡秋千。房梁高,秋千吊得长,人可以站在蹬板上自己使劲,腰一弯,腿一蹬,秋千便会自己荡起来。也可以坐在秋千上,让谁来推。可是那时候,院子大,来去的人似乎都有自己的事。

多年后读墙里秋千墙外道,觉得确是如此。我家是孤院,院墙外三面菜园一面人行的小道,其实菜园外依旧是小巷道。至于墙外行人,墙里佳人笑,我又不赞同。我坐在秋千上,从来没发出过"咯咯咯"的笑声,偶尔出声,不是笑,而是坐在秋千上睡觉,突然被哥哥推着将秋千荡高,吓得尖叫。

然而这样说也不对,佳人何在,彼时我不过是个孩子。

123.雪爪子

傍晚的时候,其实并不知道大雪即将来临。天地出奇的安宁,黑色松林如同冬眠,河流藏到冰层下面,远处山脉仿佛挪移到了更远的地方,天空失去雀鹰和秃鹫的翅膀。邻家藏狗没了声息,猫咪原本无声。院子里柏树枝权间的麻雀早睡了吧,肯定这样。午后一段时间,它们过于喧闹,仿佛不闹腾点事情出来便不舒畅,但也没有什么事情是麻雀可以闹腾出来的,它们大约因此生了退却之意,便在傍晚的阴影里静下声去。再没有什么事物是可以发出声音的,院门早已关好,窗上的碎花帘子也已拉上,依旧的昏黄灯晕,此刻正晕染着四壁的寂静。

冬天的夜晚真没有什么事情可做,生炭燃起的炉火终究要慢慢熄下去。但在此之前,炉火正旺,屋子里不时有毕毕剥剥的声响。云杉木的梁柱,青杨木的檩条,许是雨季受了潮,现在炉火一烤,木头逐渐干燥,于是发出声音。板壁也是,但它发出的声响不同于梁柱。梁柱的声音如果是钢琴的点性弹奏,带些轰鸣,有停顿和停顿后无法预想的继续,板壁发出的声音则是大提琴的线性运动,时间的呻吟一般,滞涩或者幽咽。窗玻璃也会被某个小物碰撞一下,声音虽小却带足底气,仿佛夏夜那些名叫撞到墙的小虫子又来前仆后继。迷糊中偶尔想起一些异物,面目模糊的鬼怪,或者妖狐,却都是断断续续,闪烁而过。

一夜雪落,竟然不知。

大雪之后需要忙碌。雪在屋顶上,在墙根,在庭院,在台阶,在树枝,在宿茎,雪积在哪里,哪里的事物就憨厚起来。山中,有些地方需要雪来滋润,但有些地方不一样。墙角的雪最终会渗到墙体里去,使得墙根松动,院里的雪一化,平地成为水泽,樱桃树和碧桃的枝子正柔软,雪压的时间长,枝子容易折断,因此这些地方的雪须尽快扫去。雪后阳光澄澈,积雪将日光反射过来,如此强烈,如同无数钻石正冒出闪光的棱角来。我们不敢一下放眼开去,怕眼睛被雪光打盲。眯起眼,拿着扫帚,或者铁锹,我们要将积雪搬运到它们该去的地方,菜园和河道,这要花去一个上午的时间。

这之前,在松软的雪上,会看到很多小东西将爪子印留在那里。五瓣梅、竹叶、祥云,或者精心排列的圆点,它们从远处山谷、河道或者森林中画过来,一点一线靠近我们。可以看出,它们曾经在房顶张望,在墙角徘徊,或者在庭院里做长久停驻,然后又一点一线地离去。它们或者是奔着昨夜窗口的那一星灯火而来，或者奔着一个人匀称的鼾声而来，或者，它们只是走过来，踩着积雪，绕着这个静谧的屋子转一圈。它们最终不言不语地离去。一只马鹿，一只藏狐，一只雪鸡，还是一只灰兔。我们在屋子里忙着酣睡，忙着老去，不知道一只小动物正站在角落里朝我们张望，只有雪将这些小动物的脚印留下，等着给细心的人看。

这些小爪子印任意散乱，没有重蹈覆辙。当然，雪也将我们的足迹留下来，那通常是踩出的一条小路，尽管不过半日，足迹很快会化为泥水。

有一次，我好奇一些小爪子印去了哪里，顺着一串竹叶前行，在山前灌木丛中，见到一只雉鸡已经死去，显然雪是停在雉鸡死去之前。此一时，雉鸡的羽毛是这片清冷雪野上仅有的华丽色彩，那些灰褐，蓝紫，朱红，翠绿，光亮鲜洁。它们在那里，甚至让人看不出这只美丽的雉鸡已经作别冬天，仿佛只是小憩。但是它的身体已经僵硬，碰上去哐哐作响。雪覆盖了所有可以果腹的东西，最终却没有覆盖它小小的身体，也没覆盖它最后的足迹。

雪其实也有自己的爪子。云杉将枝条撑开，带着黑褐松针，雪积在云杉枝上，仿佛叉开的白色手指。

124.腊肉与太岁

为什么要将腊肉挂在有太岁的黑屋子里呢。

太岁躲在黑屋子里，屏着气，一声不出，不像黑森林中的怪叫。有一个夜晚，我们被声声怪叫惊醒。揭开窗帘，见月色挤满院子，没有声息，仿佛一些静坐示威的银色背影。我们壮起胆子，推开月光，走出院门，站在路口的大树下探听情况。月光下的冬季山野一派清简，黑铁和银灰两色一统山川，仿佛两件巨大鼓荡的袍子，被一些瘦硬的脊骨披服。云杉林横贯山腰，黑魆魆一派鬼魅模样，怪叫正从那里传出。不同于野猫叫春，不同于婴孩哭闹，亦不同于长耳鸮夜啼。不像四足动物，更不像两脚飞禽。阴森，凄切，高低不同，长短有别。那声音仿佛有千条无形手臂，软软的，藤蔓一般伸过来，捻着我们的头发，揪着我们的耳垂，挽着我们的腰，弹着我们的腿骨。能感觉，但看不到。这样站一会儿，猜测一番，丝丝恐惧就游虫一样向我们逼近。急忙抽身而返，扣牢门闩，拉紧窗帘。

月色似乎总是有点恐怖，不信你独自到月光中坐到夜深人静。

太岁在黑屋子里，能做些什么。我站在深冬的午后，身边是枯枝朽叶铺满一地的荒芜花园。一枝萎去的翠菊斜在屋檐上，瑟瑟发抖，云像一层薄纸糊在天上。没有窗户，没有灯烛，角落堆满年久日深的杂物，一间屋子竟然可以寥落到这种地步。许多时候，我都不敢进到黑屋子里面去。有一次做梦，我梦见黑屋子长出一地亮光闪烁的脑袋，仿佛一地蘑菇。蘑菇我并不害怕。门外山野，树根草下，几日雨后，各种蘑菇由着性子生长。我踩着露珠去采摘一包，回来洗净，热油清炒，原汁原味。然而一地脑袋实在吓人，我越加不愿到黑屋子里去。

腊月来帮忙的人将猪身上的骨头剔下，放入大缸，搬到南墙根下,四蹄塞进猪的大嘴,将猪头用绳索捆绑,将肉割成长条。又有人用细麻绳将肉条逐一穿起,和猪头一起悬挂到黑屋子的梁上。

在别处,我看到有人做腊肉,先抹一层盐,然后悬挂在通风的地方。又在别处,有人做腊肉,将肉储藏在面粉之中。

肉在黑屋子中一点一点风干,变黄。正月十五燎猪头,吃不完,放到二月二。二月二,龙抬头,炒蚕豆,吃猪头。

腊肉一直吃,一直吃。到端午,去树林野炊,做腊肉面片。萝卜韭菜,老姜花椒。菜籽油烧热,倒入腊肉丁,调料爆香,注入清水,烧开,放萝卜丁,揪进一锅面片,放韭菜,出锅。端午节多雨,山川一片迷蒙。雨滴从山杨的树梢滚下,啪嗒啪嗒,掉进碗里。

太岁什么模样呢。让我知道黑屋子里住着太岁的哥哥并没有告诉我。它也许像一只肉色皮球,在黑屋子的地底下,左冲右撞。有时安眠。看着是安眠,实则蓄意不善。

我一直怕篮球,也是情有可原。

125.醋炭石

傍晚,剪纸一样的雪片从灰白天空旋转下来,整个天空仿佛都挤进了万花筒中。父亲说,世界上有两种涡顺时针旋转,一是男子的发旋,一是碾场。碾场的事情我曾经经历,从没看到有人逆着来。以前教学时,课堂上偷看男孩子的发旋,发现大部分顺时针旋转,但也有一些,逆着旋转,我便想象那是女孩子所变。傍晚的雪花凄迷又纷扬，我站在雪花中试图辨清它们旋转的方向。我看见一些雪花顺时针落下，一些雪花逆时针飘到枯枝上。然而小旋转的雪花，最终形成一个大旋涡，那是风的方向。

这样的大雪不会即刻就停，它们要等到夜深人静。待到翌日，天空蔚蓝，雪在大地上栖息，像一些被猎人追逐疲乏的白毛动物。

父亲在煮排骨，母亲包饺子，与以往的年夜饭没有区别。厨房的热气中，八角荜拨肉桂的香味已经弥散。父亲拉起一个话头，母亲稍作停顿，简短回复，然后归于静默，跟逝去的每个傍晚一样。这种安静并没有因为这是这一年的最后一晚而改变。院落，甚至院外山川，都悄无声息。然而这又不是死寂。饺子摆整齐，炉火渐渐变温，大狗从铺着厚毡的窝里出来，转个圈，又钻进去，柏树枝上一团积雪啪嗒一声掉下。一年正在走完，这样平淡。

雷·布莱德伯里的小说《世界的最后一夜》中，那真的是在世界的最后一夜，一对年轻夫妇跟以往每个夜晚一样，喝咖啡，刷碗，读报，说话，听音乐，看壁炉里的柴火，听时钟将钟摆一次一次敲响，然后相拥，亲吻，互道晚安。世界结束得也是那样平淡，像往常一样。

我冒雪去河滩捡一块小而圆的石头。

山川早已变白。河道漫开的冰面上全是积雪，石子被埋在下面。倒是一些灌木丛的根部，摊开一圈圈黑色沙土，青色和白色的石头半露在那里。沙土并没冻实，用树枝轻轻一抠，石子已经在手。

这样，一枚原本埋在冰雪中的石头，被我带回屋子，放进火苗噗噗的炉膛。天色渐次暗淡，门户掩实。喝盖碗茶，吃饺子，啃骨头，嗑瓜子。灯火渐次阑珊，睡意袭来。父亲起身，拿一只搪瓷脸盆，抓些干透的柏树枝进去，用火钳将烧得通红的石头放到柏树枝上，浇几圈醋和热水下去，一声噗嗤，脸盆里冒出咕嘟咕嘟的烟雾，带着柏香和醋味。我们围过去，沾些柏香水，抹在额上。父亲又端着脸盆，低下腰，各个屋角熏一遍，然后将变成暗红的石头倒在门外。

这一习俗的源头或许是，将炭烧红，以醋浇之，来消灭病菌。高原没炭，便用石头代替。不伦不类的事情总是有，譬如将一块石头从此叫醋炭石。然而寓意依旧美好：一切腌臜的东西，你们远离，给我们以洁净，以安康，以吉祥。

哪怕一切都将结束。

126.猫捕鼠

《旧唐书》载：高宗宠武氏，废王皇后及萧良娣，萧骂曰："阿武狐媚，倾覆至此，愿得一日吾为猫，阿武为鼠，扼其喉以报今日！"武后闻之，不悦，约六宫不许蓄猫。萧妃此话，在《鹤林玉露》中改口为："愿武为鼠，吾为猫，生生世世扼其喉！"比起前者，萧妃的不共戴天之仇与愤恨越深。说，猫为天子妃，源于此。《鹤林玉露》又有一诗："陋室偏遭黠鼠欺，狸奴虽小策勋奇，扼喉莫讶无遗力，应记当年骨醉时。"骨醉是指当年武后断王皇后及萧妃手足，置于酒瓮中，曰："使此二婢骨醉。"

猫捕鼠的事情，我已经不再陌生。猫晚间出去，清晨披着灰白天光归来的方式会不一样。猫如果悄无声息地回来,乘主人未醒,钻进被窝,或者蜷在松软的毯子上,仿佛深睡未曾醒转,一般是夜间毫无收获,空手而返,肚子或许饿着,但也不敢贸然叫唤,很有些理亏不好意思的样子。猫如果得胜,逮到一两只老鼠,总会大张旗鼓地回来:嘴里衔着老鼠,也不急于吞咽,人在哪里,就找到哪里,并用鼻腔发出些大的声息。有时当着主人面,嬉戏老鼠:放开,等待老鼠摇摆着逃窜,老鼠的步子总是小,逃几步也还在猫爪子范围内,这嬉戏像极了孙悟空在如来手掌内翻筋斗。如果衔来的老鼠已死,猫也会将它搁在地面上,用爪子来回拨弄,直到意兴阑珊。也有一些世事已经看淡的猫,清晨衔着老鼠回来,找个安静角落,嘎嘣嘎嘣嚼着,独自进餐,一派老年意象。

科学家研究猫梦,发现它的梦依旧是猫族们饮食男女那一套,这让人失望。猫最懂得优雅,这胜过惯常女子,它的肢体动作少而又少,力度常常在一朵花承受清风之上,独来独往,孤绝之外,大眼睛还藏些不解与无辜。如此,我总以为猫的梦如果不超凡脱俗,起码也要文艺一些,或者,魏晋一些也有可能,没想到它们还是坠落世间,做着捕鼠为生的行当。

我养过的一只虎斑小猫,瘦弱,总是营养不良百病易侵的模样,生小猫倒是一年一窝。是极慈爱负责任的母亲,小猫眼睛未睁行动不便时,整日守在窝旁,风吹草动都格外警醒,待到小猫可以行走攀爬,便带领它们熟悉周边环境,花园、果树、房间、台阶与甬道。吃饭也总是等小猫吃完,才去胡乱吞咽一些。有一次,它逮回一只小老鼠,放在地上,兴奋地大声喵呜,招呼小猫去吃,自己则蹲在一边啃食盘里干硬的馒头块。

我以前看《猫和老鼠》,曾经感慨:猫和老鼠才是朋友,因为它们是彼此的精神动力。现在想来,瞎扯。在猫眼里,老鼠不过是美味的食物而已。

冬日的黄昏来得总是匆促,下班才要往家走,西天的紫色光晕已被暗灰取代,淡烟浮起,远山也只剩下黑的朦胧剪影。转换的事情如此不经意,仿佛从没有转换发生。近处,冷风似晨间白霜,并未散去,枯瘦的青杨枝条、屋顶、衰草,甚至掠过的一些鸟影,都裹着寒意。我塞着耳机慢悠悠地走,并不着急,勃拉姆斯的《第一弦乐六重奏》如同天际暗云,有着不知何处涌动的茫然。果真如此,冬天便是一个大撤退之后的荒原,烽烟已尽,走不掉的,都带些仓皇模样。这样走着,扭头便看见路旁绿化带的荒草中,一只白色流浪猫躺在那里,微蜷躯体。它已死去,但它的样子仿佛正在熟睡,小脑袋抵着胸部。它的毛色并没有被这个冬天的尘土污染,显得蓬松柔软,它的耳尖依旧挑着俏皮。我看着它,站一会儿,转身继续自己的路。汽车在身旁疾驰而过,行人看不清容貌,大小提琴的声音中,我想起的,却是前几天的一个梦:黑暗弥漫,不知是白昼还是夜晚,我挑一盏灯笼行进,除去灯笼,四周一切都被黑暗笼罩,而那昏黄光晕,也只是小而又小的一团,我期望能遇见什么,停顿一下,或者结伴而行,然而除了远处同样行进的几盏昏黄灯笼之外,依旧是黑暗,我静悄悄地行进,一句话却兀自冒出(或许是醒来时想到的一句话):我们行进的路线,彼此都是如此平行。

127.寒林已觉春

俯视和仰望一棵树,完全不同,在冬天。如同我们说话,"你"和"我"不同。安徒生闲话多,让人感觉随意。他说夜莺,一开口就说:你大概知道,在中国,皇帝是一个中国人。我只读这一句就得笑着停下来,因为我也有话要扯:那当然,难不成中国的皇帝是一只东北虎。扯几句闲话有什么不好,你看,我们的日子都是东拉西扯,枝枝蔓蔓的,仿佛一棵枝杈斜逸的树。王尔德写夜莺与玫瑰,说:因为哲理虽智,爱却比她更慧;权力虽雄,爱却比她更伟。我一句都接不上,因此不敢多读。

开花的树和结果的树也不一样,当然不是在开花的时候,也不是结果的时候,如同学生时代和现在不同。那时只在意一句"如何让你遇见我,在我最美丽的时刻",仿佛赶时髦,现在只想着树木的新芽发于落叶之前。吉田兼好说人生在世,来日方长的想法片刻都不能有。所以要辨别出它们的不同,最好不要选春天,也不要选夏天和秋天。冬天或许不是它们最美丽的时刻,但冬天的枝子,哪些将在春天开出花朵,哪些只是萌芽,一目了然。

无雪时,我在高原的林中闲逛。眼前是平铺的浅褐色旷野,一览无余,树林依旧是一张线条简洁,风格冷硬的铜版画。西风沿着河道从远处刮来,仿佛一些失明的鸟。鸟儿已少,几只守林的花石头雀在树枝间无处遁形,又无处可去。寒鸦例外,它们是天空中一些没有秩序的黑色符号。我不能跟着风转悠,风的方向不明确。朽叶覆盖着一条有目标的路:走进去,穿出来。一只灰兔,一群雏鸡,孩子或者农夫。谁曾经在小路上循规蹈矩,谁又旁逸斜出。

林木清寂。

大片青杨。高原的土著,它们的枝子总是戳向天空,这种角度挂不住缀冰。如果在院中,那株杏树的横枝斜条上会吊出晶莹剔透的冰柱。若是早晨,屋檐上也有冰柱,但总比树枝上的要粗大些,不透明,泛点浅红和淡黄。午后,会有雪水沿着冰柱掉下来,溅在青石台阶上。也有麻雀跳到院墙上,举了喙,砺刀般嚓嚓嚓反复磨拭。

我跟随小路行进,冬天却在随树木转移。

原本是有花纹小松鼠的,它们应该回到青杨的枝子上,背条大尾巴,抱着一个个胖大的芽枝,一边啃一边思考才对。

松鼠思考什么呢。我想不出来。